Die Leiden des jungen Werthers

푸 른 숲
징 검 다 리
클 래 식
0 3 3

젊은 베르테르의 슬픔

Die Leiden des jungen Werthers

요한 볼프강 폰 괴테 지음

유영미 옮김

푸른숲주니어

'푸른숲 징검다리 클래식'을 펴내며

　어린 시절, 할머니께서 조근조근 들려주시던 옛날이야기는 새로운 세상과 통하는 작은 창이었다. 상상의 날개를 달고 떠나는 창 너머 세상으로의 여행은 들어도 들어도 질리지 않는 재미와 마음속 깊은 곳을 울리는 감동을 선사해 주곤 했다. 그뿐 아니라 우리의 삶을 어떻게 꾸려 가야 하는지 곰곰이 생각해 보게 하는 지혜를 가르쳐 주었다. 말하자면 우리는 그 이야기들을 통해 '삶'을 배운 셈이다.

　우리가 문학 작품을 읽어야 하는 까닭 또한 '삶을 배운다'는 점에서 크게 다르지 않다. 우리는 한 편 한 편의 문학 작품을 만나 사랑을 배우고, 우정을 배우고, 진실을 배우고, 지혜를 배운다.

　그런 점에서 '푸른숲 징검다리 클래식'은 참 의미가 깊다. 오랜 세월을 거치며 각 나라의 문학사에 확고히 자리매김한 작품들을 한데 모았기 때문이다. 문학을 사랑하는 사람들이 즐겨 읽어 세계적인 명저로 일컬어지는 작품들……. 이를테면 우리 부모 세대, 아니 그 이전 세대부터 즐겨 읽었던 작품들로 많은 이들에게 삶의 의미와 가치를 일러주고, 또 '인생'이란 망망대해에서 등대 역할을 담당했던 것들이다.

세월이 흘러 사람들이 사는 모습도 달라지고 생각도 달라졌다. 그러나 시대와 장소를 뛰어넘어 변하지 않는 것이 있다. 바로 '삶'이다. 사람이 있는 곳이라면 어디든지 존재하는 삶은 항상 저마다의 무게를 떠안고 있다. 그 무게는 진실이라는 옷을 입고 문학 작품 속에 영원한 생명을 불어넣는다. 우리는 그것을 '고전'이라 부른다.

그러나 제아무리 훌륭한 고전이라 해도 독자가 읽고 소화할 수 없다면 아무런 소용이 없다. 지나치게 방대한 분량과 길고 어려운 문장은 책을 읽으려는 청소년들의 의지를 꺾을 뿐 아니라 좌절감마저 불러일으킨다.

'푸른숲 징검다리 클래식'은 바로 그러한 점을 염두에 두고 기획된 세계 명작 시리즈이다. 작품이 본디 지닌 맛과 재미를 고스란히 살리면서 우리 청소년들이 읽고 소화하기 쉽게 글을 다듬었다.

그리고 본문 뒤에는 현직 국어 교사들이 직접 쓴 해설을 붙였다. 작가나 작품에 대한 풍부한 설명은 물론, 그 작품들이 지니고 있는 현재적 의미까지 상세하게 짚어 보이고 있다. 아울러 해설 곳곳에 관련 정보를 담은 팁과 시각 자료를 배치해, 읽는 재미를 넘어 보는 재미까지 만끽할 수 있도록 했다.

아무쪼록 '푸른숲 징검다리 클래식'을 통해 우리 청소년들의 삶이 더욱더 깊고 풍성해지기를……

2006년 4월
기획위원 강혜원·계득성·전종옥·송수진

| 차례 |

제 1 장
독자 여러분에게

    가련한 베르테르에 관련 있는 이야기를 열심히 찾아 모아 독자 여러분 앞에 내어놓습니다. 이 이야기를 읽으며 베르테르의 정신과 성품에는 감탄과 사랑을, 그의 운명에는 눈물을 아끼지 않을 것이라고 생각합니다.

    베르테르와 같은 충동을 느끼는 이가 있다면, 그의 슬픈 운명에서 위안을 찾기 바랍니다. 그리고 그대의 운명이나 잘못 때문에 고통을 함께 나눌 친구를 만들지 못하였다면, 이 작은 책을 그대의 친구로 삼아 주십시오.

제 2 장

아름다운 봄날

1771년 5월 4일

이렇게 멀리 떠나오니 정말 후련하네! 인간의 마음은 정말 알다가도 모르겠어. 그렇게도 자네와 헤어지기 힘들었는데 막상 떠나와서는 이렇게 기뻐하다니! 하지만 자네만큼은 나를 이해해 주리라 믿네. 자네를 제외한 사람들과의 인연은, 정말이지 나를 괴롭히려고 운명이 일부러 골라다 놓은 것 같았다네.

아, 레오노레가 안됐긴 해. 하지만 그게 내 잘못이라고 생각하지는 않네. 내가 레오노레 여동생의 매력에 마음을 빼앗긴 사이, 그녀의 가슴에 정열의 불꽃이 타오른 것을 난들 어찌하겠는가? 그렇다 해도 정말로 내게 아무런 책임이 없을까? 혹시 내가 레오노레의 감정을 부추긴 것은 아닐까? 그녀의 얘기가 재미있는 것도 아닌데 함께 웃고 떠들어 댔던 것은 아닐까?

아, 또…… 이렇게 탄식을 하고 있다니 인간이란 대체 무엇인지! 그래, 자네에게 약속하겠네. 이제 더 이상 그런 생각은 하지 않을 거야. 내가 여태껏 그래 왔던 대로 운명이 우리에게 던져 준 작은 불행을 곱씹고만 있지는 않겠다, 이 말일세. 더 이상 지나간 과거는 돌아보지 않을 거야.

자네 말이 옳았어. 인간이(인간이 왜 그렇게 생겨 먹었는지는 정말 모를 일이지만) 온갖 상상력을 발휘해서 과거의 불행한 추억을 떠올리는 일에 매달리는 대신 현재를 있는 그대로 담담히 견딘다면 고통이 훨씬 줄어들 텐데.

미안하지만 우리 어머니에게 전해 주겠나? 어머니가 부탁한 일은 잘 처리하고 있고, 되도록 빨리 기별을 해 드리겠다고 말일세. 친척 아주머니를 만나 보았는데, 듣던 것과는 달리 꽤 괜찮은 분이었네. 좀 괄괄해 보였지만 쾌활한 성격에 마음씨도 좋으시더군.

나는 아주머니에게 우리 어머니가 당신 몫의 유산을 받지 못해 상당히 불만스러워하신다고 말씀드렸네. 그랬더니 그간의 사정을 자세히 설명해 주시고 몇 가지 조건을 내세우셨어. 그 조건만 충족되면 우리가 요구하는 것 이상도 줄 수 있다고 하셨네. 여하튼 지금 이 편지에는 그 일에 대해 구구절절 쓰고 싶지 않아. 우리 어머니에게는 모든 일이 순조롭게 처리될 거라고만 말씀드려 주게.

나는 이번 일을 통해서 다시금 깨달았네. 술수나 악의보다는 오해와 게으름이 더 많은 갈등과 다툼을 불러일으킨다는 사실을 말일세. 적어도 권모술수 때문에 문제가 생기는 경우는 얼마 안 되는 것 같아.

그건 그렇고, 난 이곳에서 아주 잘 지내고 있네. 낙원 같은 이 마을에서 고독은 내게 더없이 귀중한 위안이지. 이 풍요로운 청춘의 계절은 자칫 동요하기 쉬운 나의 마음을 훈훈하게 감싸 준다네. 나무 한 그루 한 그루, 울타리 하나하나가 모두 꽃다발이라고 해도 과언이 아닐세. 나는 차라리 한 마리 풍뎅이가 되어 이 향기의 바다를 헤엄치면서 온갖 자양분을 맛보고 싶은 심정이라네.

사실 도시 자체는 그다지 유쾌하지 않아. 하지만 도시 주변은 말로 다 표현할 수 없을 만큼 아름다운 자연에 둘러싸여 있어. 지금은 고인이 된 M 백작이 이 언덕에 정원을 꾸민 것도 그 때문이겠지. 이 부근의 언덕들은 서로서로 교차하면서 더없이 아름다운 골짜기들을 만들고 있다네.

M 백작의 정원은 의외로 소박해. 그곳에 발을 내딛는 순간, 전문적인 정원사가 아니라 그저 자연을 즐기고 싶은 풍류객이 설계했다는 것을 한눈에 느낄 수 있다네. 나는 그 정원 안에 있

는, 이제는 낡아 빠진 정자에 앉아 백작을 떠올리며 몇 번이나 눈물을 흘렸는지 몰라. 생전에 그가 아끼던 곳이, 이제는 내가 좋아하는 장소가 되었기 때문이야. 머지않아 내가 이 정원의 주인이 될 걸세. 며칠 전부터 정원사도 내게 호의를 보이기 시작했다네. 그에게도 나쁠 것이 없으니까.

5월 10일

내 마음은 이상할 정도로 들떠 있네. 내가 온 마음으로 즐기고 있는 감미로운 봄날 아침처럼 말일세. 마치 이 마을은 홀로 인생을 만끽하고 싶어 하는 나 같은 사람을 위해 마련해 놓은 듯해. 나는 요즘 정말 행복하다네. 고요히 삶을 즐기다 보니 그림은 뒷전일 정도야. 솔직히 지금은 그림을 그릴 수 없을 것 같아. 붓질 한번 할 수가 없으니 말일세.

하지만 내가 지금 이 순간보다 더 위대한 화가였던 적은 없는 것 같아. 사랑스런 계곡에서는 안개가 피어올라 주변을 아스라이 감싸지. 태양은 어두운 숲 언저리에 머문 채 가까이 다가오지 못하고 고작 몇 줄기의 햇살만이 내가 있는 거룩한 숲 속으로 스며든다네.

나는 기운차게 흘러가는 시냇물 옆 우거진 풀밭에 가만히 누워 본다네. 그렇게 대지와 가까이 있으면 풀 줄기 하나하나가 얼마나 신비롭게 다가오는지……. 풀 줄기 사이에서 오글거리는 작은 곤충들은 또 어떻고……. 저마다 생김새가 달라 볼수록 신비롭다네. 우리를 만드신 전능한 분의 존재를 더 가까이에서 느낄 수 있지. 우리를 영원한 기쁨 가운데 있게 하시고 보호하시며 무한한 사랑을 베푸시는 분의 숨결을 말일세.

황혼이 깃들면 나를 둘러싼 지상과 하늘이 마치 사랑하는 연인처럼 내 영혼에 안식을 가져다준다네. 나는 이따금 상념에 잠기곤 하지. 아, 내 안에 가득 차오른 이 따사로움을 과연 그림으로 재현해 낼 수 있을까? 종이 위에 그 숨결을 불어넣을 수 있을까? 내 영혼이 무한한 신의 거울이듯 종이가 내 영혼의 거울이 될 수 있을까? 그러나 나는 이내 자신이 없어진다네. 대자연의 장엄한 힘에 압도당하고 마는 걸세.

5월 12일

이 마을에 사람을 홀리는 정령들이 맴돌고 있는 건지, 아니면 내 가슴속에 따사로운 천상의 환상이 깃들어 있어서 그런 건지는 알 수 없지만, 나를 둘러싼 모든 것이 낙원처럼 느껴진다네.

아주 가까운 곳에 샘이 하나 있어. 나는 멜루지네(고대 프랑스의 전설에 나오는 물의 요정—옮긴이)와 그녀의 자매들처럼 그 샘에 마음을 빼앗겨 버렸네. 나지막한 언덕을 내려가다 보면 아치 문에 이르는데, 그 문을 지나 스무 계단쯤 더 내려가면 그 샘이 보여. 맑디맑은 물이 대리석 바위틈에서 솟아나고 있지. 샘을 에

워싼 야트막한 담과 가장자리의 키 큰 나무들, 그곳에 감도는 서늘함…… 이 모든 것이 매혹적이면서도 어딘가 모르게 장엄한 분위기를 풍기고 있어.

나는 매일 그곳에 한 시간쯤 앉아 있곤 하지. 그러면 마을 소녀들이 물을 길러 온다네. 참 순박한 풍경이지. 살아가는 데 꼭 필요한 일이기도 하고. 옛날에는 왕의 딸들도 손수 물을 긷지 않았나? 그곳에 앉아 있으면 족장 시대의 풍경이 생생하게 되살아나는 듯해. 웃어른들이 샘터에서 친분을 쌓기도 하고 혼담을 나누기도 하는 광경 말일세. 아, 무더운 여름 고된 방랑 끝에 차가운 샘물을 맛보지 못한 사람은 이런 상황에 공감할 수 없으리.

5월 13일

내 책들을 이쪽으로 보내 주어야 하느냐고? 제발 부탁이니 그러지 말게나! 나는 더 이상 지도나 격려 같은 걸 바라지 않네. 내 가슴은 혼자서도 충분히 들끓고 있거든. 오히려 자장가가 필요할 지경이야. 자장가쯤은 내가 읽는 호메로스의 책 속에서도 충분히 찾아볼 수 있다네. 이 끓어오르는 혈기를 가라앉히기 위해 얼마나 자주 자장가로 달래야 하는지…….

자네도 지금껏 나처럼 변덕스럽고 불안한 사람을 보지 못했을 걸세. 걱정에 잠겼다가 금방 큰 소리를 지르며 기뻐하고, 깊은 우울에 빠졌다가 이내 정열적으로 변하는 나를 보며 많이 힘들었을 테지. 나 스스로도 여리디여린 내 마음을 병든 아이처럼 대한다네. 무슨 일이든 마음 내키는 대로 하도록 내버려 두고 있어. 다른 사람들에게는 이런 이야기를 하지 말게나. 나를 안 좋게 생각할지도 모르니까.

5월 15일

이곳 사람들과는 그사이 꽤 친해져서 나를 무척 좋아한다네. 특히 아이들과 많이 친해졌어. 처음엔 좀 서글픈 일을 겪기도 했지. 내가 그들에게 다가가 허물없이 이것저것 물었을 때, 조롱하는 것이라 생각하고 매정하게 대하는 이들이 있었거든.

나는 그다지 불쾌하게 여기지는 않았네. 이미 알고 있던 사실을 다시 한 번 확인했을 뿐이야. 신분이 좀 높다 싶은 이들 중에는 서민들과 가까이 지내면 무슨 손해라도 보는 것처럼 냉정하게 거리를 재는 자들이 있지 않나? 그런가 하면 스스로를 낮추는 척하면서 도리어 신분을 과시하는 경박한 무리나 악질들도 있지.

나는 사람들이 평등하지 않을뿐더러 평등해질 수도 없다는 걸 잘 알고 있네. 하지만 자신의 체통을 지키기 위해 신분이 낮은 사람들을 멀리하는 사람은, 패할 것이 두려워 적 앞에서 몸을 숨기는 겁쟁이와 다를 바 없다고 생각해.

얼마 전에 샘터에 갔다가 어린 하녀 한 명을 만났네. 그녀는 물동이를 계단 맨 아래칸에 놓고서는 그것을 머리에 이는 걸 도와줄 사람을 찾는 듯 두리번거리고 있더군. 나는 얼른 계단을 내려가서 물었네.

"내가 도와줄까요?"

그러자 그녀는 얼굴을 새빨갛게 붉히면서 대답하였네.

"아, 아니에요, 나리."

"사양하지 마요."

하녀는 그제야 똬리를 머리 위에 올려놓더군. 내가 물동이를 올려 주자, 그녀는 고맙다고 인사하고는 계단을 올라갔네.

5월 17일

나는 다양한 사람들과 사귀었지만, 아직까지는 마음을 터놓고 지낼 만한 사람을 만나지 못했네. 나의 어떤 점이 사람들의 마음을 끄는지 알 수가 없어. 어쨌든 많은 이들이 나를 좋아하고 친절하게 대해 준다네. 그럴수록 우리가 짧은 인연으로 스쳐 지나가야 한다는 사실이 몹시 아쉬울 뿐이야.

자네가 이곳 사람들이 어떠냐고 묻는다면, 다른 마을의 사람들과 별다르지 않다고 말할 수밖에 없네. 인간은 어디에 살든 다 마찬가지 아닌가? 사람들은 대개 먹고사는 일에 거의 모든 시간과 노력을 기울이지. 어쩌다 조금이라도 자유로운 시간이 생기면 아주 불안해하고 말이야. 그러고는 갖은 수단을 동원해

거기에서 벗어나려고 애를 쓴다네. 아, 인간의 운명이여!

　그러나 정말로 좋은 사람들이라네. 나는 이따금 모든 걸 잊은 채 인간에게 허용된 즐거움을 그들과 함께 누린다네. 잘 차려진 식탁에 둘러앉아 허심탄회하게 대화를 나눈다든지, 마차를 타고 산책을 나간다든지, 다 같이 어우러져 춤을 춘다든지 하면서 말이야. 그런 일들은 나를 아주 유쾌하게 만들어 주는 것 같아.

　다만 그럴 때면 내 안에 아직 다른 힘들이 많이 남아 있는데 그것을 내가 제대로 쓰지 않은 채 썩혀 버리고 있다는 생각을 떠올리지 않도록 노력해야 한다네. 아니, 그 힘이 다른 사람들의 눈에 띄지 않도록 감춰 두고 있어야 한다는 게 옳겠군. 아, 그런 생각을 하니 가슴이 답답해지는걸. 하지만 어쩔 수 없지 않은가? 오해를 받는 것은 인간의 피치 못할 운명이니까.

　아, 내 청춘 시절의 여자 친구가 세상을 떠났다니! 한때 나와 매우 다정하게 지냈던 사람인데! 나는 나 자신에게 이렇게 말하고 싶네.

　'너는 정말 바보다! 이 세상에서는 구할 수 없는 것을 찾고 있다니!'

　어쨌든 나는 그녀를 사랑했고, 그녀의 마음과 영혼을 느꼈다네. 그녀 앞에 있으면 내가 더 큰 사람으로 여겨지곤 했어. 그때 나는 내가 되고 싶은 모든 것이 될 수 있었으니까.

　아, 내 영혼에 쓸모없이 남아 있는 힘이 단 한 줌이라도 있었던가? 그녀 앞에 있을 때면 온 마음으로 자연을 받아들였을 때 느꼈던 그 놀라운 감정이 고스란히 피어오르지 않았던가. 우리의 교제는 지극히 섬세한 감정과 더없이 예리한 지성이 만들어 낸 직조물이 아니었던가. 갖가지 모양을 지닌 그것들은 때로 이상하게 보이기도 했지만, 그마저도 하늘이 내린 운명처럼 여겼는데……. 이제는! 아, 그녀가 나보다 먼저 태어났다는 이유로 먼저 무덤으로 가 버렸네. 나는 결코 그녀를 잊지 못할 걸세. 그 굳은 의지와 거룩한 인내심을.

며칠 전에 우연히 V라는 젊은이를 만났네. 꽤 잘생긴 외모에 솔직한 성격의 청년이었지. 대학을 갓 졸업했는데, 자신이 똑똑하다고 드러내 놓고 자부하지는 않았지만 다른 사람들보다는 아는 것이 많다고 여기는 듯했어. 여러 가지 면에서 아주 열심인 청년이라는 걸 느낄 수 있었네. 사실 이것저것 아는 게 많긴 하더군.

그는 내가 그림을 그리고, 또 그리스 어를 할 줄 안다는 이야기를 듣고(이곳에서는 그 두 가지를 한다는 것이 유성처럼 빛나는 재능이지.) 나를 찾아와서 자신의 박식함을 드러내 보였네. 바토(18세기에 근대적 예술 체계를 확립한 프랑스의 미학자―옮긴이)에서 우드(영국의 예술 평론가―옮긴이), 드 필(프랑스의 화가이자 미술 평론가―옮긴이)에서 빙켈만(독일의 미술사가. 과학적 방법으로 고대 유물을 연구하여 미술사학의 방법론을 확립하였다.―옮긴이)까지 말일세.

또 자신이 줄체르(독일의 계몽주의 철학자이자 미학자—옮긴이)의 이론 제1부를 완전히 독파했고, 고전 연구에 관한 하이네(독일의 언어학자—옮긴이)의 원고를 가지고 있다고 하더군. 나는 그저 가만히 듣고만 있었네.

그리고 또 한 사람, 무척 훌륭한 분을 알게 되었어. 이곳의 법무관인데, 아주 개방적이고 솔직한 분일세. 사람들 말로는 그가 자녀들에게 둘러싸여 있는 모습을 보면 누구나 흐뭇한 미소를 짓게 된다고 하더군. 자녀가 모두 아홉 명인데, 특히 맏딸에 대한 칭찬이 자자하다네.

마침 그분이 나를 초대한 터라 조만간 찾아뵐 생각이야. 그분은 지금 공작의 사냥 별장에 살고 있다네. 여기서 한 시간 반쯤 걸리는 곳이지. 부인이 세상을 떠난 후에 시내의 관사에서 지내는 것이 너무 괴로워서, 공작의 허락을 받아 그곳으로 이사를 했다는군.

그 밖에 괴짜 몇 명을 알게 되었는데, 하나에서 열까지 다 마음에 들지 않는 사람들이야. 무엇보다 짐짓 친한 척 구는 태도는 정말이지 견딜 수가 없다네.

잘 있게! 이 편지는 자네 마음에 들 거야. 아주 사실적이니 말일세.

5월 22일

인생이 일장춘몽에 지나지 않는다는 말은 이미 많은 사람들이 절감하는 사실이겠지만, 나 역시도 자꾸만 그런 느낌이 드네. 우리가 아무리 부지런히 활동하고 열심히 연구한다 하더라도 결국은 한계에 부닥치게 마련이야. 모든 노력은 오로지 불쌍한 생을 연명하기 위한 욕구들을 채우는 데 집중될 뿐이지.

우리의 탐구가 어느 정도의 수준에 이르렀다는 만족감은 자신이 갇힌 감옥의 벽에다가 여러 가지 형상을 화려한 색으로 그려 놓는 것과 같이 몽환적인 체념에 불과한 것 아니겠나?

빌헬름, 이런 생각들을 할 때면 나는 말문이 막히고 만다네. 그러고는 내 안으로 침잠하여 하나의 세계를 발견하지. 그것 역시 구체적인 표현과 생동감이 넘치는 세계라기보다는 어렴풋한 예감과 어두운 욕망으로 이루어진 세계라네. 거기서는 모든 것이 나의 감각 앞에서 아스라이 떠돌아다니고, 나는 꿈을 꾸면서 그 세계를 향해 미소를 보낸다네.

아이들은 무언가를 원하면서도 왜 그것을 원하는지 알지 못한다고 하지. 이 점에 대해서는 박식한 교사나 교육자들 모두 같은 견해를 가지고 있네. 그러나 어른들도 아이들과 별다를 바 없어. 이 지상에서 어쩔 줄 모르고 어슬렁거리며 돌아다닐 뿐, 어디에서 와서 어디로 가는지 알지 못한다네. 진정한 목적을 향해 행동하지 못하고 비스킷과 케이크, 아니면 회초리의 지배를 받지. 누구도 그것을 인정하고 싶지 않겠지만, 내가 보기에는 아주 명백한 사실일세.

자네가 내 의견에 대해 뭐라고 말할지 이미 알고 있네. 그래서 다음과 같이 말한다 해도 기꺼이 받아들일 준비가 되어 있어. 자네는 아이들처럼 하루하루에 충실한 것이 가장 행복한 삶이라고 말하겠지. 인형을 이리저리 끌고 다니며 옷을 입혔다 벗겼다 하고, 어머니가 달콤한 과자를 넣어 둔 서랍 주위를 어슬렁거리다가 마침내 원하는 과자를 손에 넣으면 양 볼이 빵빵해지도록 입 안 가득 쑤셔 넣고서 우물거리다가 "더 줘!" 하고 졸라 대는 평범한 아이들의 삶 말일세. 그래, 그것이야말로 행복한 삶이지.

한편 자신들의 하찮은 사업이나 정열에 그럴듯한 이름을 붙여 놓고, 마치 인류의 구원과 행복을 위해 꽤나 대단한 일이라도 하는 양 떠들어 대는 사람들도 행복한 이들이지. 그래, 그렇게 할 수 있는 사람은 누구나 행복하여라!

그러나 그 모든 것이 어디로 흘러가는지를 겸허한 마음으로 깨닫는 사람도 있다네. 그들은 행복한 사람은 자신의 정원을 낙원처럼 멋지게 꾸미려 노력하고, 불행한 사람도 무거운 짐을 지고 허덕이면서도 부단히 자신의 길을 나아가고 있으며, 너나없이 모두가 이 햇빛을 단 일 분이라도 더 보고 싶어 한다는 사실을 깨달은 사람이라네.

그런 사람은 조용히 자기만의 세계를 가꾸고, 인간이라는 사실 자체만으로도 행복해한다네. 그러고 나면 그 사람은 아무리 속박을 당할지라도 가슴속에는 항상 달콤한 자유의 감정을 간직하게 되지. 자신이 원한다면 언제든지 이 감옥 같은 세상에서 벗어날 수 있다는 걸 아니까 말일세.

5월 26일

자네는 내가 어떻게 살고 싶어 하는지 잘 알고 있을 걸세. 한적한 곳에 작은 집을 마련해 놓고, 꼭 필요한 것들만 가지고 단출하게 지내는 것을 좋아한다는 사실을 말이야. 이곳에서도 내 마음에 꼭 드는 장소를 발견했네.

시내에서 한 시간쯤 떨어진 곳에 발하임(독자 여러분은 그곳이 어디에 있는지 애써 찾지 않길 바랍니다. 편지 원본의 실제 지명을 부득이 변경하였습니다.—편저자)이라는 마을이 있네. 언덕 위에 재미있게 자리 잡고 있는 마을이지. 오솔길을 따라 마을을 벗어나면 갑자기 골짜기 전체가 한눈에 들어오거든.

나이에 비해 쾌활하고 친절한 여관 주인아주머니가 포도주와 맥주와 커피를 따라 준다네. 무엇보다도 인상적인 것은 두 그루의 보리수나무야. 이 나무들은 가지를 사방으로 뻗어서 교회 앞의 작은 광장을 뒤덮고 있네. 그 광장의 가장자리에는 농가와 창고와 마당이 있어. 이렇게 은밀하고 아늑한 곳을 찾기란 쉽지 않을 거야. 나는 여관방에 있는 작은 탁자와 의자를 그리로 내어 달라고 한 뒤, 거기에 앉아 커피를 마시며 호메로스를 읽곤 한다네.

어느 아름다운 오후, 우연히 그 보리수나무 밑에 처음 갔을 때 그 광장은 아주 적막했다네. 모두들 들판으로 일을 하러 나가고 없을 때였어. 네 살쯤 되어 보이는 사내아이가 육 개월 정도 된 아기를 안고 땅바닥에 앉아 있었지. 아이는 아기를 자기 다리 사이에 앉히고 두 팔로 꼭 껴안아 가슴에 기대게 해서 마치 안락의자처럼 해 주고 있었네. 아이의 생기 넘치는 새까만 눈동자는 부지런히 주변을 두리번거렸어. 그래도 동생을 안고 진득하게 있었지. 무척이나 보기 좋은 광경이었네.

나는 맞은편에 있는 쟁기 위에 걸터앉아 즐거운 마음으로 그 형제의 모습을 그리기 시작했네. 아이들 바로 옆에 있는 울타리와 창고의 문, 부서진 마차 바퀴 몇 개도 보이는 그대로 그려 넣었지. 한 시간쯤 지나자 아주 훌륭한 그림이 완성되었네. 내 생각은 조금도 섞어 넣지 않았는데 말이야. 그 덕분에 앞으로는 자연에만 충실하겠다는 내 생각이 더욱 확고해졌네. 오로지 자연만이 무한히 풍요로우며, 자연만이 위대한 예술가를 만들어 주지.

물론 예술의 규칙에도 많은 이점이 있다고 말할 수 있네. 마치 시민 사회를 칭송할 때처럼 말이야. 예술의 규칙을 배운 사람은 무미건조하거나 질이 떨어지는 작품을 만들어 내지 않지. 그것은 법과 예의를 배우고 그에 따라 행동하는 사람이 무례한 이웃이나 악한이 될 수 없는 것과 마찬가지일세. 그러나 모든 규칙이 자연의 진정한 느낌이나 진실한 표현을 망가뜨리는 것도 사실이야! 자네는 아마도 이렇게 말하겠지.

"그건 너무 심한 표현이네. 규칙은 단지 경계를 설정해 주고, 쓸데없는 가지를 쳐 줄 따름이야."

그렇다면 내가 비유를 하나 들겠네. 그건 사랑과 같은 경우라고 할 수 있지. 어떤 청년이 한 아가씨를 사랑하게 되어 온종일 그녀 곁에서 시간을 보내고, 모든 정력과 재산을 자신의 사랑을 표현하는 데만 쏟고 있다고 하세. 그때 공직 생활을 하는 어떤 속물이 나타나 그에게 이렇게 말하네.

"여보게, 젊은이! 사랑이란 극히 인간적인 일이지. 그러니 사랑을 하는 것도 인간적으로 해야 한다네. 자네의 시간을 잘 나누어 일부는 일하는 데 쓰고, 남는 시간을 그 아가씨에게 바치게나. 그리고 재산을 잘 셈하여 자네에게 꼭 필요한 만큼을 제하고 나서 남은 걸로 그녀에게 쏟아부어도 말리지 않겠네. 하지만 너무 자주는 말고, 생일이라든지 세례일 같은 날에만 선물을 하게나."

청년이 그 말에 따른다면 그는 아주 쓸모 있는 인물이 되겠지. 그런 청년이라면 나라도 영주를 찾아가서 그를 써 달라고 추천할 걸세. 그러나 그렇게 된다면 그의 사랑은 끝장이 나겠지. 그가 예술가라면 그의 예술이 끝장인 셈이야.

오, 나의 친구여! 천재의 강은 어찌 이렇듯 드물게 발원하는지! 그 강물이 높이 물결쳐 그대들의 영혼을 뒤흔드는 일이 어찌 그리도 어렵단 말인가? 사랑하는 친구들이여, 그것은 그 강가에 아주 이성적인 신사들이 살고 있어서라네. 그들은 홍수가 나면 자신들의 정자와 튤립 꽃밭과 채소밭이 강물에 휩쓸려 갈까 봐 걱정하지. 그렇기에 미리 둑을 쌓고 물고랑을 내어 언제 닥칠지 모를 재난에 대비한다네.

5월 27일

내가 지나치게 내 기분에 빠져 장광설을 늘어놓다가 그 아이들이 어떻게 되었는지 이야기하는 것을 깜박 잊고 말았군. 어제 편지로 짤막하게 적었듯이, 나는 화가의 감성에 푹 빠진 나머지 못해도 두 시간쯤 쟁기 위에 앉아 있었던 듯해. 그러다 저녁 무렵이 되었을 때였어. 팔에 바구니를 낀 젊은 부인이 내내 그 자리에서 꼼짝 않고 앉아 있던 아이들에게 다가오면서 큰 소리로 외쳤다네.

"필립스, 정말 착하구나."

그녀는 나한테도 인사를 건네더군. 나는 가볍게 고개를 끄덕인 뒤 자리에서 일어나 아이들의 어머니냐고 물었지. 그녀는 그렇다고 대답했네. 그리고 큰아이에게 흰 빵을 반 잘라서 주고는,

앉아 있던 아기를 안아 올려 사랑을 가득 담아 입맞춤을 했어.

"필립스에게 아기를 맡겨 놓고, 맏이를 데리고 시내에 나가 빵과 설탕과 죽 냄비를 사 오는 길이에요."

그녀가 말했네. 덮개가 떨어져 나간 바구니 안에 그 물건들이 담겨 있었어.

"저녁에 한스(아기의 이름이 한스였어.)에게 수프를 끓여 주려고요. 큰 녀석이 어찌나 장난꾸러기인지, 어제 냄비 바닥에 남아 있던 수프를 서로 먹겠다고 필립스와 다투다가 그만 냄비를 깨뜨려 버렸지 뭐예요."

나는 맏이는 어디 있느냐고 물었네. 그녀가 들판에서 거위를 쫓아다니며 놀고 있다고 대답하는 순간 그 아이가 후다닥 뛰어왔어. 그 녀석은 둘째에게 개암나무 가지 하나를 건네주더군.

나는 그 여인과 조금 더 이야기를 나누었네. 그래서 그녀가 학교 선생님의 딸이며, 남편은 사촌의 유산을 찾으러 스위스에 갔다는 사실을 알게 되었지.

"친척들이 남편을 속이고 유산을 가로채려 했어요. 남편이 쓴 편지에 답장도 하지 않더라고요. 그래서 남편이 직접 찾아간 거예요. 무사히 돌아오기만을 바랄 뿐이에요. 여태껏 아무 소식도 없거든요."

나는 그 여인을 그냥 두고 오기가 힘들어, 아이들에게 일 크로이처(옛 독일과 오스트리아에서 사용하던 동전—옮긴이)씩 나누어 주었네. 그리고 막내 몫으로도 일 크로이처를 챙겨 주면서 시내에 나가거든 수프에 곁들여 먹는 흰 빵을 사는 데 쓰라고 했지. 그런 다음 우리는 헤어졌네.

내 소중한 벗이여, 내 마음이 어지러워 견디기 힘들 때 이런 사람들을 보면 소란했던 마음이 한결 차분하게 가라앉는 것 같아. 인생의 작은 테두리 안에서 행복하고 평온하게 하루하루를 살아가는 사람들, 나뭇잎이 떨어지는 것을 보면 겨울이 오는구나 할 뿐 별다른 생각을 하지 않는 사람들 말일세.

그날 이후로 나는 자주 그곳에 찾아갔네. 아이들도 나하고 꽤 정이 들었어. 나는 커피를 마실 때면 아이들에게 설탕을 나누어 주었고, 저녁에는 버터를 바른 빵과 우유를 함께 먹었지. 일요일이면 습관처럼 아이들에게 일 크로이처씩을 준다네. 혹시 내가 예배 시간이 지나도 그곳에 가지 못할 때에는 나 대신 아이들에게 돈을 나누어 주라고 여관의 주인아주머니에게 부탁해놓았지.

아이들은 나와 친해진 뒤부터 온갖 이야기를 다 늘어놓는다네. 마을 아이들이 많이 모여들면 전에 없이 흥분하면서 욕구를 분출하는 모습이 무척 재미있어. 다만 그 젊은 부인이 자기 아이들이 내게 폐를 끼칠까 봐 하도 노심초사하는 통에 마음을 놓게 하느라 신경을 좀 써야 했다네.

5월 30일

얼마 전에 내가 그림에 관해 이야기한 것을 기억하나? 그것은 분명 문학에도 그대로 적용이 된다네. 그 역시 본질을 잘 파악해서 제대로 표현하고자 노력해야 하지. 그러다 보면 짧은 말 속에도 깊고 많은 의미를 담아 표현할 수 있다네.

오늘 나는 아주 인상적인 장면을 목격했어. 그 광경을 있는 그대로 표현하면, 세상에서 가장 아름다운 목가가 될 걸세. 하지만 문학이니 목가니 하는 것이 무슨 소용이겠나? 우리가 자연 그 자체와 교감한다면 그것을 굳이 인위적으로 조작할 필요가 있을까?

내가 이렇듯 거창하게 사설을 늘어놓는다고 해서 뭔가 고상한 이야기가 나올 것이라 기대한다면, 자네는 이번에도 감쪽같이 속은 걸세. 나를 이 생생한 교감으로 이끈 것은 어느 농가의 머슴이니까 말이야. 언제나처럼 나는 또 두서없이 이야기를 늘어놓을 것이고, 자네 역시 언제나 그랬듯 내가 지나치게 과장한다고 생각할 걸세. 이번에도 발하임에서 벌어진 일이야. 이렇게 보기 드문 일은 늘 발하임에서 일어나지.

보리수나무 아래에 모여 앉아 커피를 마시는 모임이 있었네. 나는 그 자리에 그다지 끼고 싶지 않아 뒷전으로 물러나 있었지. 그때 어느 집에서 젊은 머슴이 나오더니, 며칠 전에 내가 그림을 그리며 앉아 있었던 쟁기를 손보지 뭔가? 나는 그 모습이 마음에 들어서 그에게 다가가 이런저런 말을 걸었네. 우리는 곧 서로에게 마음을 터놓게 되었지. 이런 종류의 사람들과는 금세 친해지는 법이라네.

그 청년은 어느 미망인의 집에서 아주 좋은 대우를 받으며 일하고 있다고 했네. 그 여주인에 관해 많은 이야기를 늘어놓는 데다 쉴 새 없이 칭찬하는 품으로 미루어 보아, 온 마음으로 그녀를 사랑하고 있는 듯했지.

그 여주인은 나이를 제법 먹은 데다가 전 남편에게 하도 학대를 받은 탓에 다시는 결혼할 생각이 없어 보인다고 하더군. 그의 말투에서 그 여주인을 얼마나 매력적으로 여기는지 확연히 느낄 수 있었어. 그는 그녀가 자신을 선택해서 전 남편에게 받은 상처를 지울 수 있기를 진심으로 바라고 있었네.

그 청년의 순수한 연정을 자네에게 보여 주려면 그의 말 한마디 한마디를 그대로 옮겨 적어야 할 걸세. 그래, 그 몸짓과 목소리, 절절한 시선을 생생하게 묘사하기 위해서는 위대한 시인의 재능이 있어야만 할 거야. 아니, 아니야. 그 무슨 말로도 그의 표정과 몸짓에 깃들어 있는 섬세함을 표현해 내지 못할 걸세. 어떤 표현을 쓴다 해도 모두 서투를 뿐이지.

특히 내가 감동받은 것은, 내가 그와 여주인의 관계를 이상하게 생각하고 혹시라도 여주인의 품행을 의심할까 봐 염려하는 모습이었다네. 그는 비록 젊지는 않지만 자신의 마음을 온통 사로잡아 버린 여주인의 모습을 열정적으로 묘사했네. 그 모습이 얼마나 매력적이던지……. 오로지 내 마음속에서만 되새겨 볼 수 있을 거야.

나는 지금껏 그렇게 사무치는 욕망과 뜨거운 감정이 이토록 때 묻지 않은 상태로 순수하게 존재하는 것을 본 적이 없네. 그래, 그렇게 순수한 모습은 꿈에서조차 상상해 보지 못했어. 그의 순수함과 진심 어린 마음을 떠올리면 내 영혼이 은밀히 달아오른다네. 그토록 헌신적이고 애정이 넘치는 모습이 오래도록 머릿속을 떠나지 않았지. 어느 순간, 나 자신도 그 불길에 휩싸인 듯 그것을 갈망하고 있더군. 내가 이렇게 말한다고 해서 나를 너무 나무라지는 말게나.

조만간 내 눈으로 그녀를 직접 보고 싶네. 아니야, 그러지 않는 게 좋을 것 같아. 그녀를 사랑하는 사람의 눈을 통해 보는 편이 훨씬 더 좋겠어. 실제로 보면 지금 내가 머릿속에 그린 모습과는 완전히 다를지도 모르잖아. 굳이 그 아름다운 모습을 망가뜨릴 이유가 뭐가 있겠나?

제 3 장
클롭슈토크!

6월 16일

왜 편지를 쓰지 않느냐고? 그런 걸 물으면서도 자네가 배운 사람이라고 자부할 텐가? 무소식이 희소식이라는 말이 있잖나? 간단히 말하겠네. 어떤 사람을 알게 되었는데, 그 사람 때문에 정신을 차릴 수가 없어. 그러니까 나는……. 아, 잘 모르겠네.

그토록 사랑스러운 사람을 어떻게 알게 되었는지 자네에게 일목요연하게 이야기하기란 쉽지 않을 것 같아. 나는 지금 아주 즐겁고 행복하네. 그러니 좋은 이야기꾼이 될 수 없지.

천사! 쳇, 누군들 자기 연인을 두고 천사라고 칭하지 않겠는가? 하지만 나는 그녀가 얼마나 완벽한지, 왜 완벽한지 설명할

능력이 없네. 그녀가 나의 온 마음을 사로잡았다고 말하는 것만으로 충분히 만족해.

그토록 총명하면서도 그토록 순진하고, 그토록 건실하면서도 그토록 마음이 곱고, 그토록 현실적이고 활동적이면서도 영혼의 고요까지 갖춘 여인.

아, 내가 그녀에 관해 하는 말은 모두 조잡한 헛소리에 불과하네. 그녀의 진실한 모습을 조금도 보여 주지 못하는 추상적 단어들일 뿐이지. 언젠가 다음번에……. 아니, 아니야. 다음번은 안 돼. 지금 그 이야기를 해야겠네. 지금 하지 않는다면 영원히 못 할 것 같아. 솔직히 말하면, 이 편지를 쓰기 시작한 후로 벌써 세 번이나 펜을 내려놓고 말을 타고 달려 나갈 생각을 했다네. 하지만 오늘은 정말 밖에 나가지 않기로 아침 일찍부터 다짐했어. 그런데도 매 순간 창가로 가서 태양이 얼마나 높이 떠올랐는지 살피는 나를 발견하곤 하지…….

나는 도저히 참을 수가 없었네. 그녀에게 달려가야만 했어. 빌헬름, 나는 이제 막 돌아와서 늦은 저녁으로 버터 바른 빵을 먹으며 다시 자네에게 편지를 쓰는 걸세. 사랑스럽고 명랑한 아이들, 그 여덟 명의 동생들에게 둘러싸인 그녀의 모습을 보는 것은 얼마나 큰 기쁨인지!

내가 계속 이런 식으로 이야기하면 자넨 이 편지를 다 읽고 난 다음에도 대체 무슨 이야기를 하는 건지 알 수 없겠지. 자, 이제 자세히 이야기할 테니 잘 들어 주게.

　일전에 내가 법무관 S를 알게 되었다는 이야기를 했을 거야. 그분이 자신의 집, 아니 그의 작은 왕국이라고 할 만한 곳에 나를 초대했다고 했지? 나는 그 약속을 차일피일 미루고 있었네. 그런 조용한 곳에 숨겨져 있던 보물을 우연히 발견하지 않았더라면, 아마도 나는 결코 그 집을 찾아가지 않았을지도 몰라.

　이곳의 젊은 친구들이 무도회를 열었다네. 나도 기꺼이 참석하겠다고 했어. 나는 이곳에 사는 아가씨들 중 한 명에게 파트너가 되어 달라고 부탁했네. 그녀는 착하고 예쁘기는 하지만, 사실 그것밖에는 별다른 매력이 없는 아가씨야. 나는 마차를 한 대 빌린 후, 나의 파트너와 그녀의 사촌 언니를 태우고 무도회 장소로 가기로 했지. 가는 길에 사냥 별장에 들러 샤를로테라는 아가씨도 태워 가기로 했다네.

　마차가 널따란 숲길을 지날 때 내 파트너가 이렇게 말하더군.

　"당신은 이제 곧 아름다운 여인을 만나게 될 거예요."

　그러자 그녀의 사촌이 덧붙였네.

　"그녀에게 반하지 않도록 조심하세요."

　"왜요?"

　"벌써 약혼을 했거든요. 약혼자는 아주 훌륭한 분이에요. 얼마 전 부친이 돌아가신 바람에 여러 가지 뒤처리할 일도 생긴 데다 겸사겸사 일자리를 알아보려고 이곳을 떠나 있답니다."

나는 그냥 그런가 보다, 하고 별다른 관심을 두지 않았네.

우리는 해가 서산으로 기울어질 즈음, 사냥 별장에 도착했네. 아주 무더운 데다 습기를 잔뜩 머금은 회색 구름이 지평선으로 몰려들고 있었어. 아가씨들은 소나기가 쏟아질까 봐 걱정을 하더군. 나는 엉터리 기상 지식을 동원하여 아가씨들의 걱정을 덜어 주려 노력했다네. 하지만 속으로는 날씨가 우리의 즐거운 행사에 지장을 주지는 않을까 염려가 되었지.

내가 마차에서 내리자 하녀가 대문 쪽으로 달려 나왔네. 그러고는 로테 아가씨가 곧 나올 테니 잠시만 기다려 달라고 양해를 구하더군. 나는 마당을 가로질러 멋지게 지어진 건물 쪽으로 걸어갔네. 계단을 올라가 현관으로 들어섰을 때, 지금껏 내가 본 것 중 가장 매혹적인 장면이 눈에 들어오지 뭔가!

아름다운 아가씨가 두 살에서 열한 살 사이로 보이는 여섯 명의 어린아이들에게 둘러싸여 있었네. 크지도 작지도 않은 적당한 키에 그와 어울리는 아름다운 자태를 지닌 아가씨였어. 그녀는 팔과 가슴에 분홍색 리본이 달린 수수한 흰색 원피스를 입고 있었지.

얼굴 가득 다정한 미소를 띤 그녀는 검은 빵을 손에 들고서 빙 둘러선 꼬마들에게 나이와 식욕에 따라 알맞게 빵을 떼어 주었네. 아이들은 고사리 같은 작은 손들을 높이 쳐들고 기다리다가 빵을 받으면 천진난만한 목소리로 "고맙습니다!" 하고 외쳤지.

어떤 아이는 빵을 들고서 흐뭇한 얼굴로 뛰어가 버렸고, 차분한 아이들은 조용히 문 쪽으로 가서 누이가 타고 갈 마차와 낯선 손님들을 구경했다네.

그녀가 나를 보며 말했네.

"정말 죄송해요. 이렇게 집 안까지 들어오시게 하다니요. 기다리는 아가씨들에게도 미안하네요. 내가 없을 동안을 대비해 집 안일을 몇 가지 처리하고 옷을 갈아입다 보니 아이들에게 저녁 빵 주는 것을 깜박 잊었지 뭐예요. 아이들은 꼭 나한테서만 빵을 받으려고 하거든요."

나는 그녀에게 겨우 몇 마디 의례적인 인사만 했을 뿐이야. 내 영혼은 온통 그녀의 모습과 목소리, 몸짓에 사로잡혀 있었거든. 그녀가 장갑과 부채를 가지러 방으로 들어가고 난 후에야 간신히 정신을 차릴 수 있었지.

조금 떨어진 곳에서 아이들이 나를 바라보고 있더군. 나는 그중 가장 어린아이한테 다가갔네. 아주 귀엽게 생긴 아이였어. 내가 가까이 다가가자 아이는 한 걸음 뒤로 물러났다네. 때마침 로테가 방에서 나오다가 그 모습을 보고는 이렇게 말했어.

"루이스, 친척 아저씨와 악수를 해야지."

그러자 그 꼬마는 기꺼이 손을 내밀었네. 그 모습이 무척 귀여워서, 나는 꼬마의 작은 코에서 콧물이 줄줄 흐르는 것도 아랑곳 않고 뽀뽀를 해 주었어.

"친척이라고요? 내가 당신의 친척이 되는 영광을 누릴 자격이 있을까요?"

나는 로테에게 손을 내밀며 말했어. 그녀는 가벼운 미소를 지으며 대답했지.

"오, 우리 집은 친척의 범위가 아주 넓답니다. 그런데 당신이 그중에서 가장 자격이 없는 분이라면 정말 유감인데요?"

로테는 집을 나서면서 열한 살쯤 되어 보이는 제일 큰 여동생 소피에게 아이들을 보살피고, 아버지가 산책에서 돌아오시면 잘 말씀드리라고 일러 두었네. 그리고 어린 동생들에게는 소피를 자신처럼 생각하고 말을 잘 들으라고 당부했지. 그러자 몇 아이는 그러겠다고 약속을 했는데, 여섯 살쯤 돼 보이는 금발 소녀는 맹랑하게도 이렇게 말하지 뭔가?

"소피 언니는 로테 언니가 아니잖아. 우린 로테 언니가 더 좋단 말이야."

그 사이에 큰 사내아이 둘이 마차 뒤로 기어 올라왔다네. 나는 그들을 좀 태워 주는 게 어떻겠느냐고 물었지. 로테는 아이들에게서 장난치지 않고 얌전히 있겠다는 다짐을 받아 낸 후에 숲 앞까지만 태워 주는 것을 허락하였네.

우리가 자리에 앉자마자 여자들은 몹시 반가워하며 인사를 나누었네. 그리고 서로의 옷차림, 특히 모자에 대해 의견을 주고받았어. 또 그날 밤 무도회에서 만날 사람들에 대해서도 한마디

씩 평을 했지. 그 와중에도 로테는 잊지 않고 숲 언저리에서 마차를 세운 다음 남동생들을 내리게 했다네.

동생들은 다시 한 번 로테의 손에 입을 맞추고 싶어 했어. 큰 녀석은 열다섯이라는 나이답게 제법 신사적인 태도로 입을 맞추었지만, 작은 녀석은 아주 장난스럽게 까불며 아무렇게나 입을 맞추더군. 로테도 동생들에게 한 번 더 사랑이 담긴 인사를 했지. 우리는 계속해서 마차를 몰았네.

내 파트너의 사촌이 로테에게 자신이 최근에 보내 준 책을 다 읽었는지 물어보았어. 그러자 그녀가 대답하였네.

"아니요, 그 책은 별로 마음에 들지 않아요. 그냥 돌려 드릴게요. 지난번 책도 그리 나을 게 없더군요."

나는 그것이 어떤 책이냐고 물어보았는데, 그녀의 대답을 듣고 정말이지 깜짝 놀랐어. 로테가 하는 모든 말에서 강한 개성을 느낄 수 있었네. 말을 할 때마다 그녀의 얼굴에서 새로운 매력, 새로운 정신의 광채가 발산되는 것 같았지. 내가 자기를 이해하고 있다는 것을 느꼈는지, 그 매력과 광채는 점점 더 만족스럽게 빛을 발하는 듯했네.

로테가 말했어.

"더 어렸을 때는 소설을 무척 좋아했어요. 일요일이면 방 한 구석에 콕 박혀서 미스 제니의 행복과 불행에 푹 빠졌지요. 그때 내가 얼마나 행복해했는지는 하느님만 아실 거예요. 지금도 그런 종류의 소설들을 좋아하긴 해요. 그렇지만 이제는 책 읽을 시간이 그리 많지 않으니까 정말로 내 취향에 꼭 맞는 책을 읽고 싶어요.

나는 나의 세계를 재발견할 수 있게 해 주는 작가를 좋아해요. 나와 비슷한 상황, 우리 가족의 모습 같은 재미있고 따뜻한 이야기를 쓰는 작가 말이에요. 물론 우리 집이 천국은 아니겠지만, 그래도 나에게는 형언할 수 없는 행복의 원천이랍니다."

나는 그 말을 듣고 깊은 감동을 받았네. 하지만 그것을 내색하지 않으려 애썼어. 물론 오래가지는 못했네. 로테가 지나가는 투로 《웨이크필드의 목사》(영국 작가 올리버 골드스미스의 소설로, 따뜻한 인간미와 유머, 풍자가 넘치는 작품이다. — 옮긴이)와 《○○》에 대해 언급하자, 나는 완전히 자제력을 잃고 하고 싶은 말을 모조리 쏟아 내 버렸거든.

얼마 후 로테가 다른 두 아가씨에게 말머리를 돌렸을 때에야 비로소 나는 그녀들이 마치 그 자리에 있지 않은 사람들처럼 멀거니 앉아 있었다는 것을 알아차렸네. 두 사람의 눈이 휘둥그레져 있더군. 내 파트너의 사촌은 조소하는 표정으로 여러 번 나를 쳐다보았지. 그러나 나는 조금도 개의치 않았어.

그러다 화제가 춤 이야기로 넘어갔네. 로테가 말했어.

"춤에 지나치게 열중하는 것은 잘못이겠지만, 솔직히 나에게 춤보다 더 즐거운 것은 없어요. 머릿속이 복잡하고 걱정거리가 있을 때, 음도 제대로 맞지 않는 내 피아노 앞에 앉아 대무곡(對舞曲)을 몇 곡 두드리고 나면 다시 기분이 좋아지거든요."

로테의 검은 눈동자를 보며 대화를 나누는 그 시간이 얼마나 즐거웠는지! 그 생동감 넘치는 입술과 싱그러운 뺨이 내 영혼을 온통 사로잡았다네. 나는 그녀의 유려한 언어 감각에 푹 빠진 나머지 종종 그녀가 하는 말을 제대로 알아듣지 못할 정도였어. 자넨 나를 잘 아는 사람이니, 내 모습이 어떠했을지 상상할 수 있을 걸세.

그리하여 마침내 무도회장에 도착했을 때, 나는 마치 꿈꾸는 사람처럼 마차에서 내렸다네. 사방에 어스름이 짙게 드리우는 가운데 나는 꿈결 속에 있는 듯 넋을 잃고 말았어. 환하게 불을 밝힌 홀에서 울려 퍼지는 음악 소리조차 제대로 느끼지 못할 지경이었지.

내 파트너 사촌의 파트너인 아우드란과 로테의 파트너인 아무개(그 모든 사람의 이름을 어떻게 일일이 기억할 수 있겠나?)가 마차 문 앞까지 나와서 각자의 파트너를 맞이했네. 나도 나의 파트너를 무도회장까지 안내하였지.

우리는 미뉴에트를 추었기 때문에 서로 엇갈려 빙빙 돌며 차례로 파트너를 바꾸었다네. 그런데 마음에 들지 않는 여자일수록 다른 남자에게 손을 내밀어 끝을 낼 생각을 하지 않더군. 로테와 그녀의 파트너가 영국식 컨트리댄스(17세기 영국의 농촌에서 유행하기 시작하여 유럽 전역으로 전파된 사교춤. 남녀가 서로 마주서서 원을 그리며 춤을 춘다.—옮긴이)를 추기 시작했네. 우리와 같은 줄에 서서 춤을 추는 모습을 보았을 때 얼마나 기쁘던지!

로테가 춤추는 모습을 자네 눈으로 직접 봐야 하는데 말이야. 그녀는 온 마음과 정성을 다해 춤을 춘다네. 온몸이 조화를 이루어 오로지 춤만이 전부인 듯, 그밖에는 아무것도 생각하고 느끼지 않는 듯 그렇게 거리낌 없이 즐기지. 춤을 출 때만큼은 그녀 앞에서 다른 것은 모두 사라져 버리는 것 같아.

나는 로테에게 두 번째 곡에서 대무를 청했지만, 그녀는 세 번째 곡을 함께 추겠다고 했네. 그러고는 세상에서 가장 사랑스럽고 솔직한 태도로 이렇게 말하더군.

"나는 독일 춤을 무척 좋아해요. 이곳에서는 독일 춤을 출 때 파트너를 바꾸지 않는 것이 관례예요. 내 파트너는 독일 왈츠풍의 춤에는 아주 서투르기 때문에 피해 가게 해 주면 진심으로 고마워할 거예요. 당신의 파트너 역시 왈츠를 잘 못 추는 데다가 좋아하지도 않고요. 조금 전에 보니까 당신은 왈츠를 꽤 잘 추더군요. 독일 춤을 출 때 내 파트너가 되고 싶다면, 내 파트너에게 가서 양해를 구하세요. 나는 당신의 파트너에게 허락을 구할게요."

나는 당연히 그녀의 의견에 동의했다네. 우리가 춤을 추는 동안 로테의 파트너와 내 파트너는 서로 이야기를 나누고 있도록 했지.

드디어 춤이 시작되었네. 우리는 한동안 팔을 이리저리 감으며 춤을 즐겼어. 그녀가 얼마나 맵시 있게, 얼마나 경쾌하게 움직였는지 모른다네! 그러다 왈츠가 시작되어 사람들이 하늘의 별처럼 빙글빙글 돌기 시작했지. 왈츠를 잘 추는 사람이 많지 않았던 탓에 처음에는 약간 혼란이 빚어졌어. 우리는 소동을 일으키는 무리에서 슬쩍 비켜 있다가 서투른 커플들이 물러난 틈을 타서 다시 앞으로 나섰네. 그러고는 유일하게 남아 있던 아우드란과 그의 파트너와 더불어 신나게 춤을 추었지.

그렇게 경쾌하게 춤을 춰 본 것은 난생처음이었네. 나는 더 이상 이 세상 사람이 아닌 듯했어. 그렇게도 사랑스런 여인을 안고서 번개처럼 이리저리 날아다니다 보니, 주변의 모든 것이 눈앞에서 사라져 버리더군. 빌헬름, 솔직히 말하면 내가 사랑하는 사람은 나 아닌 다른 어떤 남자와도 왈츠를 추지 못하게 하겠다고 굳게 다짐했네. 자네는 이런 내 마음을 이해하겠지!

우리는 홀 안을 한두 바퀴 걸으며 한숨 돌렸네. 자리에 앉자 남은 것이라고는 내가 따로 챙겨 두었던 오렌지 몇 개뿐이었어. 다행히도 그것이 그녀의 기운을 북돋아 주었네. 그런데 로테가 옆자리에 끼어 앉은 한 여자에게 예의상 한 조각씩 떼어 줄 때마다 내 가슴은 비수에 찔리는 듯했어.

세 번째 영국식 컨트리댄스를 출 때, 로테와 나는 두 번째로

커플을 이루었네. 줄을 따라 춤을 추는 동안 내가 얼마나 행복했는지는 하느님만 아실 거야. 나는 행복감을 솔직하게 드러내 보이는 로테의 눈동자에 푹 빠진 채 그녀의 부드러운 팔을 잡고 황홀해했지.

그러다 우리는 한 여인 곁으로 다가가게 되었네. 그다지 젊지는 않았지만 무척 사랑스런 표정 때문에 눈길을 끌던 여인이었지. 그 여인은 미소 띤 얼굴로 로테를 바라보더니, 경고라도 하듯 손가락 하나를 치켜들고 우리 곁을 빠르게 스쳐 지나가면서 의미심장하게 "알베르트."라고 말하더군. 그것도 두 번씩이나.

"이렇게 묻는 게 실례가 될지도 모르겠지만, 알베르트가 누굽니까?"

나는 로테에게 물었네. 그녀가 대답하려는 순간, 우리는 큼지막하게 8자 모양을 그리기 위해 떨어져야 했어. 이어 서로 엇갈리며 스쳐 지나가는데, 얼핏 로테의 이마에 깊은 생각이 서리는 듯했네.

"당신에게 숨길 이유가 뭐가 있겠어요."

로테는 프롬나드 포지션(남녀가 같은 방향을 보고 서서 오른손은 오른손끼리, 왼손은 왼손끼리 잡는 포지션—옮긴이)을 위해 손을 내밀면서 말했네.

"알베르트는 성실하고 좋은 사람이에요. 나와는 약혼한 사이나 다름없지요."

사실 그것은 내게 새로울 것이 없는 이야기였어. 오는 길에 이미 들었으니까. 그런데도 그 순간에는 완전히 처음 듣는 말 같았네. 왜냐하면 그렇게 순식간에 내게 아주 소중한 존재가 되어 버린 그녀를 그 말과 연관해서 생각해 보지 않았기 때문이었지. 나는 갑자기 정신이 혼미해져서 엉뚱하게도 다른 커플 사이로 끼어들고 말았네. 그 바람에 모두가 엉망진창이 되어 버렸지. 그러자 로테가 침착하게 나를 이리 잡아끌고 저리 당기고 하여 얼른 바로 잡았네.

한참 전부터 지평선에서 번개가 번쩍거렸지만 별로 대수롭지 않게 여기고 있었네. 그런데 춤이 아직 다 끝나지 않았을 때 번개가 더욱더 강렬해지더니 이내 천둥소리가 음악 소리를 압도하더군. 여인 셋이 그 소리에 놀라 대열에서 빠져나가자 파트너들도 그 뒤를 따라 나갔어. 곧 춤 대열은 엉망이 되었고, 음악도 중단되었네.

한창 즐거울 때 불행이나 재앙이 닥치면 그것은 우리에게 평소보다 훨씬 더 강렬하게 다가오게 마련이지. 그 상황이 생생하게 대조되기 때문이기도 하지만, 그보다는 우리의 감각이 매우 민감해져 있어서 어떤 인상이든 빨리 받아들이기 때문이라네. 여인들 몇 명이 그렇게 인상을 찌푸린 것도 그 때문일 걸세.

여인들 중 한 명이 홀 한쪽 구석에 쪼그리고 앉아 창문을 등진 채 귀를 막았네. 그러자 다른 여인이 그 앞에 무릎을 꿇고 앉아 그녀의 무릎에 얼굴을 묻었지. 또 다른 여인은 두 여인 사이에 끼어들어서 눈물을 흘리며 부둥켜안았네. 어떤 여인들은 당장이라도 집으로 돌아가려고 했고, 어찌할 바를 몰라 하던 몇몇 여인들은 허둥대느라 젊은 남자들의 뻔뻔한 장난질도 막아 내지 못했어. 여인들이 불안한 마음에 하늘을 향해 초조한 기도를 드리는 틈을 타, 짓궂은 청년 몇 명이 그녀들의 아름다운 입술을 훔치려 들었거든.

몇몇 신사들이 조용히 담배를 피우러 아래층으로 내려갔네. 나머지 사람들은 그 집의 안주인이 덧문과 커튼이 있는 방으로 가자고 제안하자 그대로 따랐고.

그 방에 들어가자마자 로테는 의자들을 둥그렇게 둘러 놓았네. 그러고는 무슨 놀이라도 하자면서 사람들에게 자리에 앉아 달라고 부탁했어. 몇몇 사람이 벌칙으로 키스 세례를 기대하며 입술을 뾰족이 내밀거나 기지개를 펴기도 했다네.

"숫자 세기 놀이를 해요!"

로테가 말했네.

"자, 잘 들으세요. 내가 오른쪽에서 왼쪽으로 빙빙 돌아갈 테니, 여러분도 돌아가며 각자 자기 차례의 숫자를 말하는 거예요. 속사포처럼 빨리 말해야 해요. 그렇게 하다가 숫자를 더듬거나 틀리는 사람은 따귀를 한 대씩 맞는 거고요. 그렇게 천까지 세도록 하죠."

아주 재미있는 놀이였네. 로테가 팔을 뻗은 채 의자를 따라 돌기 시작하자, 첫 번째 사람이 "하나." 하고 말했어. 뒤를 이어 두 번째 사람이 "둘." 했고, 그 옆 사람이 "셋."을 세었네. 그런 식으로 계속 다음 사람들이 숫자를 세었고, 로테는 점점 더 빨리 돌았지. 점점 빨리! 그때 한 사람이 숫자를 놓치는 바람에 찰싹 따귀 소리가 났다네. 한바탕 웃음보가 터지는 통에 그다음 사람도 틀려 버렸어. 철썩! 속도는 더 빨라졌네.

나도 따귀를 두 번이나 맞았네. 로테가 다른 사람들보다 나를 더 세게 때린 것 같아 내심 기분이 좋았어. 모두들 흥겹게 웃고 떠들어 댄 덕분에 숫자를 천까지 세기도 전에 놀이가 끝났네. 친한 사람들끼리 삼삼오오 무리를 지어 흩어졌지. 어느새 우레는 지나갔네. 나는 로테를 따라서 홀 안으로 들어갔어. 로테가 말했네.

"따귀를 때리고 맞는 데 정신이 팔려서 모두들 소나기 같은 건 잊어버렸네요."

내가 뭐라 대꾸할 말을 생각하고 있는 사이에 그녀가 다시 말했어.

"사실은 나도 누구 못지않게 무서웠어요. 하지만 다른 사람들에게 용기를 주려고 애를 쓰다 보니, 진짜로 용기 있는 사람이 된 것 같았어요."

우리는 창가로 다가갔네. 멀리서 천둥소리가 들려오고, 장엄한 빗줄기가 대지를 적시고 있었지. 훈훈한 대기 속에서 상쾌한 향기가 피어올랐어. 로테는 창가에 서서 팔꿈치를 괸 채 창밖의 풍경을 뚫어지게 바라보았네. 그러다가 하늘을 한 번 올려다본 다음 나를 돌아보았는데, 두 눈에 눈물이 가득 고여 있었어. 로테는 내 손 위에 자신의 손을 올려놓으며 이렇게 말하였네.

"클롭슈토크(독일 계몽주의 시대의 시인―옮긴이)!"

나는 로테가 클롭슈토크의 장엄한 송가를 떠올리고 있음을 알아챘다네. 그러고는 이내 그녀가 느꼈던 격렬한 감정의 소용돌이에 휩쓸려 버렸지. 결국 더 이상 참을 수가 없어서 몸을 구부리고 기쁨의 눈물을 흘리며 그녀의 손에 입을 맞추었어. 그런 다음에 다시 눈을 들어 로테의 눈을 바라보았네. 오, 고귀한 시인이여! 당신이 이 눈빛에 담긴, 당신을 향한 존경심을 보았더라면! 나는 이제 당신의 이름이 아무렇게나 불리는 것을 듣고 싶지 않습니다!

6월 19일

지난번에 내가 어디까지 썼는지 기억이 나지 않는군. 잠자리에 들었을 때가 새벽 두 시였다는 것밖에는. 편지를 쓰는 대신 자네에게 직접 이야기할 수 있었다면 아마도 자네를 아침까지 붙잡아 두지 않았을까 싶네.

무도회에서 돌아오는 길에 있었던 일에 대해서는 아직 이야기하지 않았지. 하지만 오늘도 그 이야기를 길게 하지는 못할 것 같아.

정말 장엄한 일출이었네. 주변에는 온통 물방울이 뚝뚝 떨어지는 숲과 생기 넘치는 신선한 들판이 펼쳐져 있었지. 동행한 여인들은 꾸벅꾸벅 졸고 있었네. 로테는 내게 자기는 신경 쓰지 말고 잠깐 눈을 붙이라고 하더군. 나는 그녀를 뚫어져라 바라보며 말했네.

"당신이 눈을 뜨고 있는 한 난 잠들 수가 없어요."

그렇게 우리는 로테의 집에 다다를 때까지 버텼네. 하녀가 조용히 문을 열어 주었고, 로테가 안부를 묻자 아버지와 동생들은 별일 없으며 모두들 자고 있다고 대답했네. 나는 로테와 헤어지면서 그날 중으로 다시 만나 달라고 청했어. 로테는 기꺼이 승낙했고, 나는 집으로 돌아왔지.

그 이후로도 해와 달과 별들은 고요히 자신이 할 일을 하고 있지만, 나는 도무지 낮인지 밤인지도 모르고 지낸다네. 나를 둘러싸고 있던 온 세계가 사라져 버린 듯해.

6월 21일

나는 요즘 하느님이 성자들을 위해 아껴 둔 것 같은 행복한 날들을 보내고 있다네. 나의 미래가 앞으로 어떻게 될지 모르겠지만, 내가 인생의 가장 순수한 기쁨을 맛보지 못했다고는 말할 수 없을 것 같아. 자네도 내가 좋아하는 발하임을 잘 알고 있을 걸세. 나는 이제 그곳에 완전히 터를 잡았어. 발하임에서 로테의 집까지는 걸어서 삼십 분이면 되거든. 그곳에서 나는 나 자신을 느끼고, 인간에게 주어진 모든 행복을 누리고 있다네.

내가 발하임으로 산책을 다니기로 마음먹었을 때만 해도 그곳이 그토록 천국에 가까우리라고는 꿈에도 생각지 못했어. 요즘은 먼 산책 길을 오가며, 나의 모든 소망이 깃들어 있는 사냥 별장을 때로는 산에서, 때로는 강 건너 들판에서 얼마나 자주 바라보곤 하는지 모른다네.

빌헬름, 나는 인간의 욕망에 대해 이런저런 생각을 해 보았네. 자기 자신을 확장하고 새로운 것을 발견하게 할 뿐 아니라 세상을 헤매고 다니게 만드는 욕망 말일세. 또한 다시금 제약을 기꺼이 감수하고 습관의 쳇바퀴를 돌며, 오로지 앞만 보고자 하는 내적 충동에 대해서도 생각해 보았지.

참으로 놀라운 일이야. 여기 언덕에서 계곡을 바라보면 주변의 모든 것이 너무나 매력적으로 다가와 내 마음을 사로잡고 만다네. 저기 작은 숲! 아아, 저 숲의 그늘 속으로 들어갈 수 있다면! 저기 저 산봉우리! 아아, 저 높은 곳에 서서 광활한 대지를 바라볼 수 있다면! 나란히 이어져 있는 언덕들과 정다운 골짜기들! 오, 저 속에 파묻힐 수 있다면! 그래서 나는 그곳으로 성급히 발걸음을 재촉해 보기도 했지만, 바라던 것은 찾지 못한 채 그냥 돌아오고 말았네.

아아, 아득히 멀리 떨어진 곳은 우리의 미래와 같다네! 광대하고 어렴풋한 세계가 우리의 영혼 앞에서 아른거리고, 우리의 눈과 감성은 그 안에서 부유하지. 아, 우리는 우리의 모든 존재를 그곳에 던져, 유일하고 무한하며 영광스런 행복감으로 충만해지기를 애타게 원한다네. 그러나 아아! 서둘러 그곳으로 달려가 그곳이 이곳이 되면, 결국 모든 것은 전과 다를 바가 없어지지. 우리는 여전히 가난과 제약 속에 얽매일 뿐이고, 우리의 영혼은 갈증에 허덕이게 된다네.

그렇기에 제아무리 날뛰던 방랑자라도 결국엔 고국을 그리워하게 마련이야. 자그마한 집에서 배우자의 품에 안기거나 아이들에게 둘러싸인 채, 가족을 먹여 살리기 위해 힘들게 일을 하는 가운데 삶의 기쁨을 찾게 되지. 넓은 세상을 떠돌며 그토록 헛되이 찾아 헤매었던 기쁨을 말일세.

나는 해가 뜨자마자 발하임으로 간다네. 그곳 여관집 채소밭에서 완두콩을 딴 후에 자리를 잡고 앉아 콩깍지를 까면서 나의 호메로스를 읽지. 그러고는 작은 부엌에서 냄비를 하나 골라 그 안에 버터와 완두콩을 넣고 불에 올린 뒤 뚜껑을 덮고서 그 앞에 앉아 있다가 가끔씩 저어 주곤 한다네. 그럴 때면 나는 페넬로페(그리스 신화에 나오는 오디세우스의 아내―옮긴이)의 오만불손한 구혼자들이 소와 돼지를 잡아 그것을 잘게 썰어 불에 굽는 광경을 생생하게 떠올리곤 해.

족장 시대의 생활 방식처럼 고요하고 진정한 행복감을 주는 것은 없는 듯해. 다행히도 나는 그런 삶의 방식을 어떤 과장 없이 나의 삶 속에 가미할 수 있지.

손수 키운 양배추를 식탁에 올리는 사람들의 그 단순하고 소박한 기쁨을 느낄 수 있다는 것은 얼마나 행복한 일인지! 그럴 때의 기쁨은 양배추에 그치는 것이 아니라네. 양배추를 심던 아름다운 아침과 양배추에 물을 주고 그것이 커 가는 모습을 보며 기뻐하던 사랑스런 저녁 같은, 그것과 더불어 행복했던 모든 날들을 함께 식탁에 올리는 것이지. 그렇게 그 모든 순간들을 다시금 누리는 것이라네.

6월 29일

엊그제 이 마을의 의사가 법무관의 집에 들렀다네. 그때 마침 나는 땅바닥에 앉아 로테의 동생들과 어울려 놀고 있었지. 몇 녀석은 내 몸에 기어 올라왔고, 또 몇 녀석은 나를 놀려 대며 장난을 걸었네. 나도 아이들을 간질이면서 함께 어울려 소리를 지르고 법석을 떨었지.

그 의사는 앞뒤가 꽉 막힌 채 점잔을 빼는 사람으로, 대화를 하면서도 끊임없이 셔츠 소맷부리의 주름을 잡고 옷깃을 매만지더군. 그는 내 행동이 신사의 품위를 손상시킨다고 생각한 모양이었네. 얼굴 가득 못마땅한 표정을 짓고 있었지.

하지만 난 그러거나 말거나 신경 쓰지 않았어. 그가 설교를 늘어놓는 동안, 나는 아이들이 허물어뜨린 카드 집을 다시 만들어 주었네. 그날 이후로 그 의사는 시내를 돌아다니면서, 안 그래도 버르장머리 없는 법무관 집 아이들을 베르테르가 완전히 망쳐 놓았다고 탄식을 늘어놓았다더군.

그래, 빌헬름, 이 세상에서 나와 가장 잘 통하는 존재는 바로 아이들이라네. 아이들을 보고 있으면 작은 일에서도 언젠가는 그들의 인생에 꼭 필요할 덕과 힘의 싹을 발견하게 돼. 그들의 고집에서는 미래에 발휘될 끈기와 단호함이, 장난기에서는 갖은 세파를 헤쳐 나갈 재치와 경쾌함이 보이지. 그 모든 것이 때 묻지 않은 채 고스란히 있는 모습을 확인할 때마다, 나는 언제나 인류의 스승인 예수 그리스도의 금언을 되새긴다네.

"만일 너희가 어린아이들과 같지 않으면!"

우리와 동등할 뿐만 아니라, 어쩌면 모범으로 삼아야 할지도 모를 아이들을 우리는 너무 함부로 대하고 있으니……. 아이들이 자기 의지대로 하게 내버려 두어서는 안 된다는 식이지. 하지만 어른들은 늘 자기가 하고 싶은 대로 하지 않는가? 도대체 우리에게 무슨 특권이 있기에? 우리가 그들보다 나이가 더 많다고 해서 더 현명하다고 할 수 있을까?

하늘에 계신 아버지, 당신이 보기에는 나이 많은 아이들과 나이 어린 아이들만이 있을 뿐이겠지요. 그 이상의 의미는 없어요. 어느 아이들이 당신에게 더 기쁨을 주는지는 이미 오래전에 당신의 아들이 말씀해 주셨습니다. 그러나 사람들은 당신의 아들은 믿으면서도 그의 말에는 귀를 기울이지 않습니다. 이것 역시 오래된 일입니다. 그래서 그들은 아이들을 자신의 방식대로만 가르치려고 하지요.

잘 있게, 빌헬름! 더 이상은 아무런 말도 하고 싶지 않군.

제 4 장
행복을 만드는 그것, 사랑

7월 1일

나는 로테가 환자에게 얼마나 위안이 되는 존재인지 온 마음으로 절감하고 있다네. 지금 내 마음은 병상에서 고통받는 그 어떤 환자보다도 더 안 좋은 상태니까.

로테는 며칠 동안 시내에 가 있기로 했어. 어느 성실한 부인 집에서 지낼 예정이네. 의사 말로는, 그 부인은 살 날이 얼마 남지 않았다나. 그런데 그 부인이 마지막 순간에 로테가 곁에 있어 주기를 바란다는군.

지난주에는 로테와 함께 성(聖) ○○에 사는 목사를 방문했다네. 이곳에서 한 시간가량 걸리는 곳에 있는 조그마한 산골 마을이었지. 오후 네 시쯤 도착했는데……. 아, 로테의 둘째 여동생도 함께 갔네. 우리가 키 큰 호두나무 그늘이 드리워진 목사관에 들어섰을 때, 목사는 현관 앞 벤치에 앉아 있더군. 아주 선량해 보이는 노인이었어.

로테를 보자 매우 반가운 기색을 보이며 지팡이를 짚는 것도 잊은 채 자리에서 일어섰다네. 로테는 얼른 그에게 달려가 자리에 앉히고는 자기도 그 옆에 앉았어. 그녀는 아버지의 안부를 간곡히 전한 후에, 꼬질꼬질한 늦둥이 막내 아이를 안아 주었네.

로테가 목사에게 얼마나 잘하던지! 가는귀가 먹은 목사를 위해 목소리를 한껏 높여 건강했던 젊은이들이 갑작스럽게 죽었다는 소식을 전했네. 그리고 칼스바트 온천이 효험이 있어서 이번 여름을 거기서 보내기로 했다는 목사의 얘기를 듣고 열렬히 칭찬했지. 지난번에 왔을 때보다 얼굴이 훨씬 더 좋아져 생기 있어 보인다는 말도 덧붙였네.

그러는 동안 나는 목사 부인에게 공손히 인사를 하였네. 목사는 생기를 되찾은 듯 보였어. 내가 시원하게 그늘을 드리우고 있는 호두나무를 칭찬하자, 그는 약간 힘이 부치는 목소리로 그 나무들에 얽힌 이야기를 들려주었네.

"저기 저 오래된 나무는 누가 심었는지 몰라. 이 목사가 심었다는 둥, 저 목사가 심었다는 둥 사람마다 말이 다르지. 하지만 저 뒤에 있는 좀 더 어린 나무는 내 아내와 나이가 같다네. 올 10월이면 쉰 살이 되지. 장인어른이 아침 일찍 저 나무를 심었는데, 그날 저녁에 아내가 태어났다더군.

장인어른은 나의 전임 목사였는데, 저 나무를 얼마나 좋아했는지 이루 말로 다 할 수 없을 정도였네. 물론 나도 그분만큼 저 나무를 좋아하지만 말일세. 이십칠 년 전, 내가 가난한 대학생 신분으로 처음 이곳에 왔을 때, 아내는 저 나무 밑에 놓인 평상에 앉아 뜨개질을 하고 있었지."

그때 로테가 목사에게 따님은 어디 갔느냐고 물었다네. 그는 딸이 슈미트 씨와 함께 일꾼들을 보러 들판에 갔다고 말하더군. 그러고는 자신의 이야기를 계속했네. 전임 목사가 자신을 좋아했을 뿐만 아니라 그의 딸도 자신을 사랑했다고······. 그래서 전임 목사의 사위가 되었다가 나중에는 후계자까지 되었다고 말이야.

목사의 이야기가 막 끝났을 때, 그의 딸 프리데리케가 슈미트 씨와 함께 정원을 가로질러 들어왔네. 그녀는 진심으로 따뜻하게 로테를 맞아 주었어. 발랄한 성격에 몸매가 보기 좋은, 꽤 매력적인 갈색 머리 아가씨였지. 시골에서 잠시 동안 즐거운 대화를 나누기에는 더없이 훌륭한 상대인 듯했네.

그녀의 애인(슈미트 씨는 금방 애인이라는 티를 내더군.)은 세련되고 예의 바른 사람 같았지만, 말이 상당히 없는 편이었네. 로테가 대화에 끌어들이려고 여러 번 말을 걸었지만, 그는 우리와 어울리려고 하지 않았지. 그의 표정으로 미루어, 우리의 대화에 함께하지 않는 것은 지성이 부족해서가 아니라 고집과 불쾌감 때문인 듯 느껴져서 약간 씁쓸한 기분이 들었네.

얼마 뒤에는 그의 그런 마음을 더욱 뚜렷이 느끼게 되었지. 함께 산책을 할 때였어. 프리데리케는 로테와 같이 걷거나 나와 이야기를 나누면서 나란히 걸어갔다네. 그럴 때마다 그렇지 않아도 가무잡잡한 그의 얼굴이 더더욱 어두워졌거든. 보다 못한 로테가 내 옷소매를 잡아당기면서, 내가 프리데리케에게 너무 친절하게 대한다고 충고해 줄 정도였어.

사랑하는 사람들이 서로를 괴롭히는 것보다 어리석은 짓은 없을 거야. 특히 인생의 모든 기쁨에 스스로를 열어 놓을 수 있는 꽃다운 청춘인데도 불구하고 쓸데없이 찡그린 얼굴로 서로를 대하며 좋은 날들을 망쳐 버리는 젊은이들을 보면 정말 화가 난다네. 그들은 시간이 한참 지난 후에야 잃어버린 순간은 되돌릴 수 없음을 깨닫곤 하지.

저녁에 목사관으로 돌아와 식탁에 둘러앉아 우유를 마실 때, 마침 대화의 화제가 인생의 즐거움과 괴로움에 관한 것으로 옮겨 갔다네. 나는 기회를 놓칠세라 얼른 이야기의 실마리를 잡은 다음, 그렇게 찡그린 얼굴로 살아가는 것을 비판했지.

"사람들은 흔히 즐거운 날들은 너무 적고 괴로운 날은 너무 많다고 탄식합니다. 하지만 나는 그렇게 생각하지 않아요. 우리가 마음을 열고서 하느님이 우리에게 마련해 주신 즐거움을 진심으로 즐긴다면, 설사 나쁜 일이 일어난다 해도 거뜬히 견뎌 낼 수 있을 겁니다."

그러자 목사 부인이 대꾸했네.

"하지만 우리는 자신의 기분조차도 마음대로 조절하지 못하는걸요. 사람의 기분이란 건 건강 상태에 따라 많이 좌우되니까요. 건강이 좋지 않으면 어딜 가도 즐겁지가 않지요."

나는 그 말이 옳다고 수긍하면서 이렇게 물었지.

"그렇다면 그것을 일종의 병으로 보고 치료 방법이 없는지 알아봐야 하지 않을까요?"

로테가 말을 받았어.

"그럴듯한 이야기인데요. 적어도 나는 많은 부분은 각자 하기 나름이라고 생각해요. 나의 경우를 생각해 보면 알 수 있거든요. 뭔가 기분이 나쁘거나 짜증이 날 때면, 자리를 박차고 나가 정원을 오가며 노래를 몇 곡 부르곤 한답니다. 그러면 짜증스런 기분이 금방 사라져 버려요."

내가 대꾸했네.

"내가 하고 싶었던 말이 바로 그겁니다. 우울은 게으름과 마찬가지라고 할 수 있어요. 아니, 일종의 게으름입니다. 우리 인간들은 천성적으로 게을러지기 쉬운 기질이 있지요. 하지만 단 한 번만이라도 용기를 낸다면 생각보다 쉽게 헤쳐 나갈 수 있어요.

그러다 보면 진정한 행복을 찾게 될 겁니다."

프리데리케는 내 말에 귀를 기울였네. 하지만 슈미트 씨는 다른 반응을 보였지. 사람은 스스로를 마음대로 통제할 수 없으며, 무엇보다도 감정을 지배하는 것은 어렵다고 말하더군. 그래서 나는 이렇게 대꾸했네.

"지금 내가 말하고 싶은 것은 바로 우울의 문제입니다. 누구나 우울한 감정에서 벗어나고 싶어 하지요. 그러나 한번 시도해 보기 전까지는 자신의 힘이 어디까지 미치는지 아무도 모릅니다. 확실한 것은 몸이 아픈 사람은 병을 고치기 위해서 백방으로 의사들을 찾아다닌다는 거예요. 건강을 되찾기 위해서라면 하고 싶은 일들을 삼가고 쓰디쓴 약도 마다하지 않지요."

나는 목사가 우리의 이야기에 끼어들고 싶어서 귀를 쫑긋 세우고 있다는 것을 눈치챘네. 그래서 목사를 쳐다보며 좀 더 목소리를 높여 이야기했지.

"죄를 범하지 말라는 설교는 많이 들었습니다. 하지만 우울증을 이겨 낼 수 있게 힘을 주는 설교는 한 번도 들어 본 적이 없는 것 같아요."

그러자 목사가 이렇게 대답했다네.

"그것은 도시의 목사가 할 일이지. 농부들은 우울증에 시달릴 일이 별로 없으니까. 하지만 가끔은 그런 설교를 하는 것도 나쁘지는 않을 것 같군. 최소한 목사 부인이나 공무원에게는 도움이 될 테니 말일세."

그 말에 모두들 한바탕 웃음을 터뜨렸네. 목사도 함께 웃다가 기침이 나오는 바람에 잠시 동안 대화가 중단되었어. 얼마 후 슈미트 씨가 다시 말을 꺼냈네.

"당신은 우울을 악덕으로 보셨는데, 그건 너무 과장된 표현인 듯합니다."

"아니요, 나는 그렇게 생각하지 않습니다. 우울이 자기 자신은 물론이고 주변 사람들에게까지 해를 끼친다면 그건 악덕이라고 말할 만합니다. 서로를 행복하게 만들어 주지 못한다는 사실만으로도 충분히 그런 말을 들을 수 있지요. 가끔이라 해도 각자가 누릴 수 있는 즐거움마저 앗아 버리는 건 옳지 않잖아요? 우울증에 걸렸으면서도 주변 사람들의 기쁨을 망치지 않으려고 우울한 기분을 혼자서 안으로 삼키는 훌륭한 사람이 있다면 말해 주십시오.

우울증은 자신이 보잘것없는 사람이라는 사실에 대한 내적인 불쾌감이 아닐까요? 어리석은 허영심이 부추긴 질투 때문에 스스로가 못마땅하게 느껴지는 것이겠지요. 다른 이를 행복하게 해 주지도 못하면서 그들이 행복해하는 것은 못 견디는 겁니다."

로테가 열변을 토하는 나를 보며 미소를 지었네. 프리데리케의 눈에는 눈물이 고였고……. 그것을 보는 순간, 나는 더 고무되어서 말을 마구 쏟아 내었어.

"참으로 난처한 사람들은 자신이 가진 힘을 이용해 상대방의 가슴에서 우러나오는 소박한 기쁨마저도 빼앗는 자들입니다. 세상의 그 어떤 선물이나 친절도 질투심에 가득 찬 우울이 앗아가 버린 한 순간의 행복을 대신할 수 없습니다."

그 순간 나의 가슴은 터질 것만 같았네. 지난날의 여러 기억들이 마음속으로 물밀듯이 밀려들어 나도 모르게 눈물이 흘러내렸어.

"우리가 날마다 이렇게 말할 수 있다면 얼마나 좋을까요? 그대는 친구들과 더불어 기쁨을 즐기고, 그 기쁨으로 그들을 더욱 행복하게 하는 것 말고는 아무것도 할 수 없으리! 당신의 친구가 안타까운 정열 때문에 마음을 옥죄고 걷잡을 수 없는 걱정으로 뭉개어질 때, 그에게 한 방울의 위로라도 줄 수 있나요?

당신 때문에 꽃다운 시절을 망쳐 버린 한 여인이 무서운 병에 걸렸다고 칩시다. 쇠약해질 대로 쇠약해진 채 멍하니 하늘을 바라보며 누워 있는 그녀의 창백한 이마에 식은땀이 맺힐 때, 당신은 마치 저주받은 사람처럼 침대 머리에 서 있을 뿐이겠지요. 당신의 모든 것을 동원한다 해도 그녀를 위해서 할 수 있는 일이라곤 아무것도 없다는 사실을 뼛속 깊이 느끼면서 말입니다. 당신은 죽어 가는 사람에게 기운 한 방울, 용기 한 줌이라도 불어넣을 수 있다면 무엇이든 하겠다는 심정으로 마음을 졸일 뿐입니다."

그런 말을 하고 있노라니, 얼마 전 내가 겪었던 일의 기억이 강하게 나를 덮쳐 왔네. 나는 손수건으로 눈물을 찍어 내며 그 자리에서 빠져나왔어. 그러다 이제 그만 가자고 외치는 로테의 목소리를 듣고서야 비로소 정신이 들었네. 집으로 돌아오는 길에 로테는 내가 모든 것에 지나치게 열을 올린다고 핀잔을 주었지. 그러다간 몸을 망치기 십상이라며, 건강을 잘 돌보라고 하더군. 오, 천사여! 나는 그대를 위해 살아가겠소!

7월 6일

로테는 여전히 위독한 부인 곁에 있네. 그녀는 시선이 머무는 곳마다 고통을 덜어 주고 행복을 만들어 내는 여인이야. 언제나 변함없이 사랑스럽지.

어제저녁에 로테는 마리안네와 꼬마 말헨을 데리고 산책을 나갔네. 나는 그것을 미리 알고 있었기에 도중에서 만나 함께 걸었지. 한 시간 반쯤 산책을 한 후에 마을 쪽으로 돌아왔어. 그러고는 내가 무척 아끼는, 예전보다 수천 배는 더 소중해진 샘터로 갔다네. 로테는 돌담에 걸터앉아 있었고, 우리는 그녀 앞에 서 있었어. 나는 주위를 둘러보았네. 그러자 고독했던 내 안의 시간들이 눈앞에 다시 살아나더군. 나는 중얼거렸네.

"샘물아, 그 후 난 이 시원한 곳에서 제대로 쉰 적이 없었구나. 서둘러 가느라 너를 바라볼 여유조차 없었어."

아래쪽을 내려다보니, 말헨이 물을 담은 컵을 들고 부지런히 올라오는 것이 보였네. 나는 로테를 바라보았지. 순간, 그녀가 내게 얼마나 소중한 사람인가를 느꼈어. 그사이에 말헨은 컵을 들고 가까이 다가왔네. 마리안네가 컵을 받으려고 하자 말헨이 아주 귀여운 표정으로 소리쳤어.

"안 돼! 로테 언니, 언니가 먼저 마셔야 해!"

그 천진난만한 모습이 어찌나 사랑스럽던지, 나는 말헨을 번쩍 안아 올리고는 그 귀여운 볼에 뽀뽀를 해 주었네. 그러자 말헨이 소리를 지르며 울기 시작했어.

"당신이 잘못했어요."

로테가 말했네. 나는 몹시 당황했지.

"말헨, 이리 와."

로테가 말헨의 손을 잡고 계단을 내려갔네.

"저기 가서 맑은 샘물로 얼른 씻자. 어서어서! 그러면 아무렇지도 않을 거야."

나는 우두커니 서서 꼬마가 손에 물을 묻혀 열심히 볼을 문지르는 모습을 바라보았네. 아이는 기적의 샘물이 더러움을 모두 씻어 주고, 흉측한 수염이 나지 않게 해 준다고 믿는 것 같았어. 잠시 후 로테가 말했네.

"이제 그만해도 돼."

하지만 말헨은 더 깨끗이 씻어야 한다는 듯 손짓을 멈추지 않더군.

빌헬름, 난 어떤 세례식에서도 그렇게 경건한 마음이 되었던 적이 없다네. 로테가 다시 올라왔을 때, 나는 그녀가 마치 한 민족의 죄를 씻어 주는 선지자라도 되는 양 그 앞에 무릎을 꿇고 싶은 심정이었어.

그날 밤, 나는 마음이 들뜬 나머지 어떤 남자에게 그 일을 이야기하고 말았네. 꽤 지성적인 사람이었기에 그에 걸맞은 인간미가 있을 것이라고 생각했거든. 하지만 그렇지 않았어! 그는 로테가 잘못한 것이라고 말하더군. 아이들에게 그렇게 거짓된 믿음을 심어 주어서는 안 된다는 거야. 바로 그런 행동이 수많은 오류와 미신을 조장한다고 했어. 우리는 그런 일들로부터 아이들을 보호해 주어야 한다나.

나는 그가 일주일 전에 세례를 받았다는 사실을 떠올리고는 잠자코 있었네. 그저 내 마음속으로만, 우리는 하느님이 우리를 대하듯 아이들을 대해야 한다는 진실을 되새겼을 뿐이네. 하느님은 우리를 즐거운 착각 속에 빠지게 하시어 행복하게 만들어 주시지 않나?

7월 8일

사람은 어찌 그리 어린아이 같은지! 단 한 번이라도 눈길을 받고 싶어 그리 목을 매다니! 우리는 정말 어린아이와 다를 바

없다네.

우리는 발하임에 갔네. 여자들은 마차를 타고 갔지. 산책을 하는 동안 나는 로테의 검은 눈동자 속에서……. 아, 난 정말 바보야. 용서해 주게! 자네도 그녀의 눈을 보았어야 하는데. 그 눈동자를……. 자, 짧게 이야기하겠네. (졸려서 자꾸만 눈이 감기거든.)

여자들은 먼저 마차에 올라타 있었네. 젊은 W와 젤슈타트, 아우드란, 그리고 나는 마차를 둘러싸고 서 있었지. 우리는 마차에 탄 여자들과 즐겁게 잡담을 나누었어. 이 남자들은 몹시 수다스런 편이거든.

나는 로테의 시선을 갈구했다네. 아, 로테의 눈길은 이 사람 저 사람에게로 옮겨 다녔어. 나를! 나를, 나를 한 번만 바라봐 줘요! 그러나 그녀는 내게 눈길을 주지 않았어. 나는 오로지 그녀만 바라보며 서 있었는데! 나는 마음속으로 그녀에게 수천 번이나 '안녕'이라고 외쳤네. 그러나 그녀는 끝내 나를 바라보지 않았어!

드디어 마차가 출발하자, 나도 모르게 눈물이 핑 돌았네. 나는 떠나가는 그녀의 뒷모습을 하염없이 바라보았어. 순간 로테의 머리 장식이 마차 문밖으로 삐죽 나오지 뭔가? 로테가 뒤를 돌아보았네.

아, 나를 보려고 한 것일까? 친구여, 나는 그런 거라고 믿으며 들떠 있다네. 그렇게 생각하면 위안이 돼. 그녀는 나를 보려고 몸을 돌린 거겠지. 아마도! 잘 자게. 오, 나는 얼마나 어린아이 같은지!

7월 10일

사람들이 모인 자리에서 로테의 이야기가 나오면 내가 얼마나 바보같이 구는지 자네가 한번 봐야 할 텐데! 더욱이 그런 자리에서 누군가 내게 그녀가 마음에 드느냐고 묻기라도 하면…….

마음에 든다고? 난 이 말이 죽도록 싫다네. 이 세상 어느 누가 로테를 좋아하면서 모든 감각과 느낌을 온통 그녀로 채우지 않을 수 있을까! 마음에 드느냐고! 얼마 전 누군가는 나더러 오시안(3세기경 켈트족의 전설적인 시인이자 용사—옮긴이)이 마음이 드느냐고 물어보더군!

7월 11일

M 부인은 아주 위독하다네. 나는 그녀의 병이 쾌차하기를 기도하고 있어. 나 역시 로테와 함께 괴로움을 나누고 있기 때문이지. 내가 그 부인의 집에서 로테를 만나는 일은 흔치 않은데, 오늘 로테가 내게 아주 기가 막힌 이야기를 들려주었네.

그 부인의 남편인 M 노인은 욕심이 많고 인색한 구두쇠라네. 평생 동안 부인을 괴롭히고 생활비를 아주 적게 주어 힘들게 했다는군. 하지만 그 부인은 스스로 방법을 찾아 어떻게든 살림을 꾸려 갔다는 거야. 며칠 전 의사가 살 가망이 없다고 선고하자, 그녀는 남편을 불러 (로테도 그 방에 있었네.) 이렇게 말했다고 하네.

"죽기 전에 당신한테 한 가지 고백할 게 있어요. 내가 죽은 후에 헷갈리거나 불쾌한 일이 생길까 봐 미리 말해 두는 거예요. 나는 지금까지 아주 알뜰하게 살림을 살았어요. 그러니 내가 지난 삼십 년 동안 당신을 속였다 해도 너그러이 용서해 주길 바라요.

당신은 결혼 초에 생활비를 아주 적게 주었지요. 살림살이 규모가 점점 더 커지고 사업이 확장되는데도 당신은 생활비를 그에 맞게 올려 주지 않았어요. 심지어는 살림살이 규모가 가장 커졌을 때에도 일주일에 칠 굴덴(네덜란드의 화폐 단위이지만, 유로화 도입 이전에 독일 남부 지역에서도 사용하였다. 1굴덴은 약 2마르크―옮긴이)으로 꾸려 가라고 했지요.

난 그 돈을 군소리 없이 받았어요. 다만 매주 모자라는 돈은 우리의 판매 수입에서 보충했지요. 부인이 자기 집 금고에서 돈을 훔칠 거라고는 어느 누구도 생각지 못했을 거예요. 하지만 난 단 한 푼도 허투루 쓰지 않았으니, 이 이야기를 털어놓지 않는다 해도 아무런 죄책감 없이 저세상으로 떠날 수 있어요. 단지 내가 죽은 다음에 이 집의 살림을 맡아 볼 사람이 힘들어질까 봐 이런 고백을 하는 거예요. 당신은 틀림없이, 전처는 그 돈으로도 살림을 잘 꾸렸다고 고집을 피울 테니까요."

로테와 나는 사람의 분별력이 어떻게 그렇듯 흐려질 수 있는지를 두고 이야기를 나누었네. 생활비가 두 배 이상 들 것이 빤한데도 칠 굴덴으로 꾸려 나가고 있었다면, 어찌 된 일인지 의심을 해 봤어야 하는 것이 아닐까? 하지만 나는 자신의 집에 끊임없이 솟아오르는 예언자의 기름 단지가 있다고 믿는 사람들의 부류를 알고 있네.

7월 13일

아니, 착각이 아닐세! 로테의 검은 눈동자를 보면 그녀가 나와 내 운명에 관심을 가지고 있다는 것을 알 수 있어. 그래, 나는 그렇게 느끼고 있고, 그런 내 마음을 믿는다네. 오, 천국을 이런 말로 표현할 수 있을까? 나는 그녀가 나를 사랑한다는 걸 느껴.

나를 사랑한다! 그녀가 나를 사랑하게 된 후부터 나 자신이 얼마나 귀중하게 느껴지는지, (자넨 그런 게 뭔지 아는 사람이니까 이런 이야기를 해도 되겠지.) 나 자신이 얼마나 존경스러운지 모른다네.

착각일까, 아니면 정말로 그런 걸까? 로테의 가슴속에 내가 두려워할 만한 사람이 있는지 알지 못한다네. 하지만 로테가 약혼자에 대해 이야기하면서 더할 수 없이 따뜻한 애정을 보일 때면, 나는 나 자신이 모든 명예와 품위를 박탈당하고 검마저 빼앗긴 사람처럼 여겨진다네.

7월 16일

아, 내 손가락이 부지중에 로테의 손가락을 스치고, 식탁 아래에서 우연히 발이 부딪히기라도 하면 나의 온 혈관이 얼마나 찌릿찌릿한지! 나는 불에 덴 듯 손과 발을 움츠리지만, 알 수 없는 신비로운 힘에 이끌려 다시 앞으로 뻗는다네. 그럴 때마다 모든 감각은 현기증을 느끼지.

그러나 순결하고 거리낌 없는 로테의 영혼은 그런 사소한 친밀감의 표현들이 나를 얼마나 힘들게 하는지 알지 못한다네. 그녀는 이야기를 나누면서 내 손에 자기 손을 올리거나, 대화에 열중한 나머지 내 쪽으로 바짝 다가앉아 몸을 굽히기도 해. 그럴 때 그녀의 황홀한 숨결이 나의 입술에 와 닿기라도 하면 난 벼락을 맞은 듯 쓰러질 것만 같네.

빌헬름! 내가 감히 거룩한 그녀를, 그녀의 신뢰를 범한다면! 자넨 내 마음을 이해할 테지. 아니야, 난 그렇게 타락하지 않았어. 하지만 약하지! 약하기 짝이 없어! 그렇다면 이것이 바로 타락일까?

로테는 나에게 신성한 존재라네. 그녀 앞에서는 모든 욕망이 잠잠해져. 그녀와 함께 있을 때 내가 어떻게 되는 건지 나도 잘 모르겠어. 마치 내 영혼이 모든 신경에서 거꾸로 돌아가는 것 같아. 로테에게는 그녀만의 멜로디가 있네. 그녀는 피아노로 천사처럼 신비롭게, 단순하면서도 깊이 있는 연주를 하지. 그것은 로테가 좋아하는 노래라네. 그녀가 그 곡의 첫머리만 쳐도 나는 모든 고통과 혼동과 걱정에서 벗어날 수 있어.

나는 옛 음악이 지닌 마법 같은 힘에 대한 이야기를 터무니없다고 여기지 않네. 그녀의 그 소박한 노래가 나를 얼마나 사로잡는지! 가끔씩 내가 내 머리에 총을 쏘아 버리고 싶은 심정이될 때면 신기하기도 로테는 곧잘 그 곡을 연주해 준다네. 그러면 내 영혼의 혼란과 우울은 감쪽같이 사라져 버리고, 나는 다시금 자유롭게 숨을 쉬지.

7월 18일

빌헬름, 사랑이 없는 세상은 과연 어떤 것일까? 불빛이 없는 환등기라 할 수 있을까? 그 안에 불을 넣어야 비로소 화려한 모습들이 하얀색 벽에 비치게 되지! 그것이 일시적인 환영에 불과하다 할지라도, 우리가 풋내기 소년처럼 그 앞에 서서 놀라운 그림들에 매혹된다면 그것 또한 우리를 행복하게 해 주는 것 아니겠나?

오늘은 로테에게 가지 못했어. 꼭 참석해야 하는 모임이 있었거든. 그래서 어쩌겠는가? 나는 하인을 로테의 집에 보냈네. 하인을 통해서라도 그녀의 숨결을 느끼고 싶어서 말일세. 얼마나 전전긍긍하면서 그를 기다렸는지 모른다네. 그가 돌아왔을 때어쩌나 기쁘던지! 체면만 아니었다면, 그를 껴안고 키스라도 퍼부었을 걸세.

형광석이라는 걸 들어 본 적 있나? 햇빛 아래 놓아 두면 햇빛을 흡수하여 밤에도 한동안 빛을 낸다지. 내게는 그 하인이 바로 그런 형광석이었네.

로테의 눈길이 그의 얼굴과 뺨, 윗도리의 단추와 외투의 깃에 머물렀으리라는 생각만 해도 모든 것이 무척이나 거룩하고 소중하게 여겨졌다네! 그 순간에는 누가 나에게 천 탈러(독일의 옛 화폐 단위. 1탈러는 1마르크의 세 배이다.─옮긴이)를 준다고 하여도 그 하인을 내어 주지 않았을 걸세. 그를 곁에 두고 있는 게 아주 행복했어.

자네가 이런 이야기를 듣고 웃지 않기를…… 빌헬름, 우리를 행복하게 해 주는 것을 그저 환상에 불과하다고 치부해 버릴 수 있을까?

7월 19일

"나는 그녀를 만날 거야!"

아침에 눈을 뜨면 나 자신에게 이렇게 외치며 밝고 아름다운 태양을 마주한다네.

"오늘 나는 로테를 만난다!"

이렇게 외치고 나면 하루 종일 더 이상 바랄 것이 없어. 이 한 가지 바람 속에 모든 것이 다 들어 있거든.

7월 20일

공사와 함께 ○○에 가 보라는 자네의 제안은 아직 따르고 싶지 않네. 나는 다른 누군가에게 고개를 숙이고 들어가야 하는 상황을 그다지 좋아하지 않아. 게다가 그가 아주 역겨운 사람이라는 것은 모두가 다 알고 있는 사실 아닌가?

내가 활동을 하는 것이 우리 어머니의 바람이라고? 그 이야기를 읽으니 웃음이 나더군. 그럼 지금은 내가 활동하지 않는다는 말인가? 완두를 세든 편두를 세든 근본적으로는 같은 일을 하는 것 아닌가? 세상의 모든 일은 따지고 보면 결국 하찮고 시시한 일이네. 하고 싶지도 않고 할 필요성도 느끼지 못하는 일을 다른 사람을 위해서나 돈이나 명예를 위해서, 또는 그 밖의 어떤 것 때문에 죽도록 하는 사람은 바보나 다름없다고 할 수밖에.

7월 24일

내가 그림을 게을리한다고 자네는 유난하게 마음을 쓰지만, 나는 그 문제에 대해서는 그냥 슬쩍 넘어가고 싶은 마음이네. 사실 그 이후로 별로 그림을 그리지 못했거든.

그렇지만 요즘처럼 행복했던 적은 없었던 것 같아. 돌멩이 하나, 풀 한 포기에 이르기까지 자연을 대하는 나의 감수성이 이토록 풍부하고 민감했던 적은 없었네. 이런 느낌을 어떻게 그림으로 표현해야 할지 모르겠어. 나의 상상력은 아주 빈약하다네.

게다가 모든 것이 내 마음 앞에서 이리저리 흔들리고 부유해서, 난 도무지 윤곽조차 제대로 잡을 수 없을 지경이야.

하지만 점토나 밀랍이 있다면 아주 잘 빚을 수 있을 것 같다는 생각이 드네. 이런 상태가 계속된다면 점토를 들고 주물럭거리게 될지도 모르지. 그러다 과자를 만들어 버릴지도!

나는 로테의 초상화를 그려 보려고 세 번이나 시도했다가 모두 망쳐 버리고 말았네. 로테와 행복한 만남을 가진 지 얼마 되지 않았기에 더욱 짜증이 났어. 그러다 그녀의 실루엣만 겨우 그렸네. 아무래도 그걸로 만족할 수밖에 없을 것 같아.

7월 25일

그래요, 사랑하는 로테, 모든 일을 신경 써서 잘 처리할게요. 그러니 부디 내가 할 일을 더 많이, 더 자주 주세요. 그런데 한 가지만 부탁할게요. 내게 보내는 편지에는 앞으로 모래(번짐 방지용 모래―옮긴이)를 뿌리지 말아 주세요. 오늘 편지를 받자마자 성급하게 입술을 대었다가 모래를 씹고 말았답니다.

7월 26일

나는 로테를 너무 자주 만나지 않겠다고 벌써 몇 번이나 마음먹었다네. 하지만 어떻게 참을 수 있겠나! 나는 날마다 유혹에 굴복하고 다시금 엄숙하게 다짐을 하지. 내일은 꼭 참아 보겠다고……. 그러나 다음 날이 되면 난 가지 않을 수 없는 이유를 찾아내고 만다네. 그러고는 어느새 그녀 곁에 가 있지.

전날 저녁에 로테가 "내일도 오실 건가요?"라고 묻는다면, 그런 말을 듣고 가지 않을 사람이 누가 있겠나? 아니면 그녀가 한 부탁에 관해 직접 답변해 주는 것이 좋겠다고 생각하는 걸세. 또는 날씨가 정말 좋으면 그 핑계로 발하임까지 산책을 가지. 거기까지 간 마당에 불과 삼십 분밖에 안 걸리는 로테의 집에 들르지 않을 이유가 어디 있겠나! 로테를 느낄 수 있는 공기 속에 이미 들어왔는데. 그리하여 나는 눈 깜짝할 사이에 로테에게 가 있다네.

우리 할머니가 들려주신 자석 산 이야기가 생각나는군. 배가 자석 산 쪽으로 가까이 다가가면, 어느 순간 배에 있는 쇠붙이란 쇠붙이는 모두 그 산으로 이끌려 간다는……. 못도 자석 산으로 돌진을 했다지. 그 바람에 배에 타고 있던 사람들이 무너져 내리는 널빤지에 깔려서 죽었다는 이야기라네.

제 5 장
베르테르와 알베르트

7월 30일

알베르트가 돌아왔네. 나는 이제 떠나야겠지. 그가 그 누구도 인정하지 않을 수 없을 만큼 훌륭하고 고상한 사람이라 해도, 그토록 완벽한 면모를 갖춘 사람을 내 두 눈으로 바라봐야 하는 것은 참을 수 없는 일일세. 그가 로테를 차지하고 있으니!

그래, 빌헬름! 그녀의 약혼자가 온 거야! 누구나 호감을 느낄 만한, 친절하고 훌륭한 사람이지. 다행히도 나는 그를 맞이하는 자리에 없었네. 그 자리에 있었다면 마음이 갈기갈기 찢어져 버렸을지도 몰라. 그는 아주 점잖은 사람 같네. 내가 있는 자리에서는 아직 한 번도 로테에게 키스를 하지 않았거든. 하느님이 그 점에 보답해 주시기를!

내가 알베르트를 좋아해야 한다면, 그건 알베르트가 로테를 진심으로 존경하기 때문일세. 알베르트도 나를 호의적으로 생각하는 듯해. 내 생각에 그건 그가 정말로 그렇게 느껴서라기보다는 로테의 수고 덕분인 것 같네. 여자들은 그런 상황에 아주 민감하고 지혜롭거든. 자신을 숭배하는 두 남자가 사이좋게 지낸다면 자신에게도 유익할 테니까. 물론 사이좋은 경우가 매우 드물긴 하지만.

어떻든 간에 나는 알베르트를 존경하지 않을 수 없게 되었어. 그의 침착한 태도는 숨길 수 없는 내 불안한 성격과 아주 극명한 대조를 이룬다네. 그는 감수성이 풍부하고, 무엇보다도 로테의 진가를 잘 아는 사람이야. 그리고 우울한 경우도 별로 없어 보여. 자네도 알다시피 우울은 내가 다른 그 무엇보다도 싫어하는 악덕이지 않나.

알베르트는 나를 분별 있는 사람으로 여긴다네. 내가 로테를 사모하는 것과 그녀의 모든 행동에서 따뜻한 즐거움을 느끼는 것은 그의 승리감을 배가시키지. 그럴수록 그는 더욱더 로테를 사랑하네. 그가 소소한 질투 따위로 로테를 힘들게 할 때도 있는지는 잘 모르겠어. 내가 알베르트라면 분명히 질투를 느낄 테지만 말이야.

아무튼 이제 로테와 함께하는 즐거움은 사라져 버렸네. 바보

같다고 해야 할까, 눈이 멀었다고 해야 할까? 뭐라고 하든 무슨 상관이겠나? 사실 자체가 말해 주는 것을! 지금 내가 알고 있는 모든 것은 알베르트가 오기 전부터 이미 알고 있던 사실이야. 나는 로테에 대해 아무런 권한도 없다는 것 말이네. 실제로 어떤 요구도 하지 않았지. 그렇게 사랑스런 사람을 앞에 두고 아무런 욕심도 내지 않을 수 있는 한에서 말일세. 그리고 이제 이 바보는 다른 남자가 나타나 그녀를 앗아 가는데도 그저 눈만 휘둥그레질 뿐이지.

나는 이를 악물며 비참한 내 모습을 비웃는다네. 그리고 이제는 달리 어쩔 수가 없으니 깨끗이 포기하는 편이 낫겠다고 말하는 이가 있다면, 그에게는 두 배 세 배로 비웃어 주겠어. 그런 허수아비들은 내 곁에서 사라져 버려라!

나는 숲 속을 이리저리 헤매고 다니다가 로테에게로 향한다네. 그러고는 그녀가 알베르트와 함께 정원의 정자에 있는 걸 발견하곤 하지. 그럴 때면 나는 어찌할 바를 몰라 푼수처럼 실없는 소리를 늘어놓고 멍청한 짓거리를 한다네. 오늘 로테는 이렇게 말하더군.

"제발 부탁이니, 어제저녁 같은 모습은 보이지 말아요! 그렇게 우스꽝스런 모습을 보면 더럭 겁이 난단 말이에요."

우리끼리 하는 말이지만, 나는 알베르트가 바쁜 시간을 노리고 있네. 그럴 때 로테가 혼자 있는 모습을 보면 아주 기분이 좋아지거든.

8월 8일

빌헬름, 물론 내가 어쩔 수 없는 운명에는 순응하는 편이 낫다고 말하는 사람들은 정말 참아 줄 수 없다고 비난하긴 했지만, 그것이 자네를 두고 한 소리는 아니었네. 자네 역시 그런 생각을 할 수도 있다는 생각은 전혀 못 했어.

따지고 보면 원칙적으로는 자네 말이 옳다네. 그렇지만 한 가지만 분명하게 말하고 싶어. 이 세상에서 '이것 아니면 저것' 중에 단 하나만 선택하여 처리할 수 있는 일은 아주 드물다는 것이네.

매부리코와 납작코 사이에 수많은 모양의 다양한 코가 있는 것처럼, 인간의 감정과 행동 양식에도 아주 다양한 모습이 있게 마련이지. 그러니 내가 자네의 말에 수긍하면서도, 이것과 저것 사이의 빈틈으로 슬쩍 빠져나가려 한다고 해서 너무 나쁘게 생각지는 말아 주게.

자네는 로테와 잘될 가능성이 있거나, 그렇지 않거나 둘 중 하나라고 말하지. 가능성이 있으면 어떻게든 계속 밀고 나가 소망을 이루도록 노력하고, 그렇지 않다면 스스로를 다그쳐서 모든 힘을 소진시키는 비참한 감정에서 벗어나도록 하라고 말일세. 그래, 맞는 말이야. 하지만 말하기는 쉬워도 실행에 옮기기는 너무 어렵다네.

큰 병에 걸려 서서히 죽어 가는 불행한 사람이 있다고 하세. 자네는 그에게 가망이 없으니 비수를 찔러 단번에 그 고통을 끝내 버리는 편이 낫다고 충고할 수 있겠나? 그의 정력을 소진시키는 질병은 그것에서 벗어나려는 용기마저 앗아 버리는 것이 아닌가?

자넨 그와 비슷한 비유를 들어 응수하겠지. 망설이고 주저하다가 생명까지 위태로워지느니 차라리 한쪽 팔을 잘라 내는 것이 더 낫다고 말일세.

나도 잘 모르겠네. 비유를 가지고 서로 옥신각신하는 것은 이제 그만두세나. 빌헬름, 때로는 나에게도 벌떡 일어나서 훌훌 털어 버릴 수 있을 것 같은 용기가 생기는 순간이 있네. 그럴 때 어디로 가야 할지만 안다면 기꺼이 그곳으로 갈 텐데…….

8월 8일 저녁

얼마 동안 팽개쳐 두었던 일기장을 오늘 다시 손에 들었네. 일기장을 읽어 보면서, 내가 그토록 뻔히 다 알면서도 한 걸음 한 걸음 깊이 빠져 들어갔다는 사실을 깨닫고 몹시 놀랐네. 상황을 확실히 잘 알면서도 얼마나 어린아이처럼 행동했는지 똑똑히 보이더군. 하지만 나아질 기미는 전혀 보이지 않네.

8월 10일

내가 바보만 아니라면 더할 수 없이 멋지고 행복한 생활을 할수 있을 텐데……. 사람의 마음을 즐겁게 하는 데 지금 나를 둘러싼 환경만큼 아름다운 조건들을 갖추기도 쉽지 않을 거야. 아, 행복이 마음에 달려 있다는 것만큼은 분명한 사실이네. 행복하고 사랑스런 가족의 일원이 되어 어른에게는 아들처럼, 아이들에게는 아버지처럼, 그리고 로테에게서까지도 사랑을 받고 있으니!

또한 알베르트는 점잖은 사람이라서 무례한 행동 따위로 내행복을 망치려 들지 않는다네. 그는 나를 진심 어린 우정으로 감싸 줄 뿐만 아니라 이 세상에서 로테 다음으로 나를 아껴 준다네! 빌헬름, 알베르트와 함께 산책을 하면서 로테에 관해 이런저런 이야기를 나눌 때면 얼마나 즐거운지 몰라. 세상에서 우리처럼 우스꽝스러운 관계도 없을 걸세. 나는 종종 그런 상황을 생각하면서 눈물을 흘리곤 해.

알베르트가 로테의 훌륭한 어머니에 관한 이야기를 해 주었어. 로테의 어머니는 임종 자리에서 로테에게 집안 살림과 아이들을 맡기고, 알베르트에게는 로테를 보살펴 달라고 간곡히 부탁했다지. 그 후 로테는 아주 다른 사람이 되어서 진짜 엄마의 마음으로 집안일을 돌보고 아이들을 보살폈다고 하네. 단 한 순간도 헛되이 보내지 않고 열심히 일했다는군. 그러면서도 쾌활함과 명랑함을 잃은 적이 없다는 거야.

나는 알베르트와 나란히 걸으면서 길가에 핀 꽃들을 꺾어 조심스레 꽃다발을 엮었네. 그러고는 그것을 흐르는 냇물에 던져 놓고, 물결에 실려 조용히 떠내려가는 모습을 바라보았지. 내가 지난번 편지에 썼던가? 알베르트는 앞으로 계속 이곳에 머물 거야. 궁정에서 상당한 급료를 받는 관직을 얻었거든. 그는 궁정에서 아주 평판이 좋다고 하네. 나도 그처럼 성실하고 부지런한 사람을 본 적이 없는 듯해.

8월 12일

알베르트는 정말로 이 세상에서 가장 훌륭한 사람이야. 그 사실만큼은 분명하지.

어제 나는 그와 엄청난 말다툼을 벌였다네. 나는 작별 인사를 하려고 그를 찾아간 참이었어. 갑자기 말을 타고 산속으로 들어가고 싶어졌거든. 지금 이 편지도 산에서 쓰는 걸세. 그의 방에서 이리저리 서성거리는데 벽에 걸린 권총들이 눈에 들어오더군. 그래서 말했지.

"권총 좀 빌릴 수 있을까요? 여행하는 데 가져갔으면 해서요."

"그러십시오. 대신 총알을 장전하는 수고는 직접 해야 합니다. 이것들은 전부 장식용으로 걸어 놓은 것이거든요."

나는 권총 한 자루를 집어 내렸네. 그때 알베르트가 말하더군.

"조심한다는 게 오히려 화가 되었던 사건 다음부터 총에는 손도 대고 싶지 않아요."

나는 무슨 일이 있었는지 무척 궁금해했네. 그러자 그가 이야기를 시작했어.

"예전에 시골에 사는 친구 집에서 석 달가량 머무른 적이 있었습니다. 그때 소형 권총 몇 자루를 지니고 있었는데, 장전을 해 놓지는 않았어도 그게 있다는 것만으로 밤에는 마음 놓고 잠을 잘 수 있었지요. 그런데 비가 내리던 어느 한가한 오후에 문득 이런 생각이 드는 겁니다. 혹시 강도의 습격을 받을지도 모를 일이다, 그러면 권총이 필요할 텐데……. 뭐, 이런 생각들이요. 무슨 이야기인지 알겠죠?

나는 하인에게 권총을 주며 손질을 한 뒤 총알을 장전해 두라고 일렀습니다. 그런데 그날따라 그놈이 장난기가 발동했던 모양이에요. 권총으로 하녀들을 놀래 주려 했는데, 어찌 된 일인지 꽂을대가 꽂혀 있는 상태에서 권총이 발사되고 만 겁니다. 꽂을대는 한 하녀의 오른손 엄지손가락을 완전히 으깨어 버렸어요. 참으로 비통한 노릇이었죠.

엄청난 소동이 있은 후에 내가 치료비까지 물어 주어야 했습니다. 그때부터 어떤 총이든 총알은 장전해 놓지 않고 있어요. 그러니 조심한다는 게 대체 뭐란 말입니까? 조심한다고 해서 위험이 사라지는 건 아닙니다! 물론……."

그래, 자네도 알다시피 나는 알베르트를 아주 좋아하지만, 그 '물론'이 나오기 전까지만이네. 모든 일반적인 명제에는 예외가 있게 마련이라는 것은 당연한 일 아닌가? 변호를 할 필요가 뭐가 있어! 그는 자신이 뭔가 성급한 발언을 했거나 일반적이고 확실치 않은 말을 했다는 생각이 들면 그 말을 계속해서 제한하고 수정하고 가감한다네. 그래서 마지막엔 이도 저도 아닌 것으로 만들어 버리지.

이번에도 그는 너무 깊게 들어가더군. 나는 더 이상 그의 말에 귀를 기울이지 않고 있다가 망상에 빠져 버렸네. 그러다가 돌발적으로 내 오른쪽 눈 위 이마에다 총구를 갖다 댔어. 그러자 알베르트가 내 손에서 거칠게 권총을 낚아채며 소리쳤네.

"뭐 하는 짓입니까?"

"총알이 없잖아요."

"그래도 그렇지, 이게 무슨 행동이오? 나는 인간이 자기 머리에 총을 쏴서 목숨을 끊을 정도로 어리석다고는 상상할 수 없습니다. 그런 생각을 하기만 해도 몸서리가 나는군요."

나는 큰 소리로 말했네.

"당신 같은 사람들은 어떤 일을 말할 때 '이건 좋다, 저건 나쁘다!'라고 단정적으로 말해야 한다고 생각하는 모양입니다만, 그게 다 무슨 소용이란 말입니까? 어떤 행동에 특별한 속사정이 있는지 없는지 알아보기나 했나요? 왜 그런 일이 일어났는지,

어째서 그런 일이 일어나야만 했는지 명확하게 말할 수 있습니까? 만약 그럴 수 있다면 그렇게 성급하게 판단을 내리지는 않을 겁니다."

그러자 알베르트가 대꾸하더군.

"어떤 특정한 행동은 그 동기가 어떠하든지 간에 변함없이 죄악이라는 사실은 당신도 인정할 겁니다."

나는 어깨를 으쓱하며 그 말에 수긍했네. 그러고는 말했지.

"그러나 그런 경우에도 예외는 있습니다. 도둑질이 죄악이라는 것은 분명한 사실이에요. 하지만 당장 굶어 죽을 형편에 처한 가족을 위해 도둑질을 한 사람은 과연 벌을 받아야 하나요, 아니면 동정을 받아야 하나요?

한 남자가 부정을 저지른 아내와 비열하게 아내를 유혹한 정부에 대한 분노를 참지 못하고 그들을 죽였을 경우, 과연 누가 그에게 먼저 돌을 던질 수 있을까요? 환희로 가득한 순간, 멈출 수 없는 사랑의 기쁨에 도취한 나머지 자신을 던져 버린 아가씨에게 누가 돌을 던질 수 있겠습니까? 우리의 법률조차, 냉혈한 현학자들조차도 감동한 나머지 처벌을 보류할 겁니다."

그러자 알베르트가 대답했네.

"그건 전혀 다른 문제입니다. 격정에 사로잡힌 사람은 제대로 된 판단을 할 수 없으니, 술에 취한 사람이나 미친 사람으로 봐야 하지요."

나는 웃으면서 소리치듯 말했네.

"허 참, 당신네 이성적인 사람들이란! 격정! 만취! 미치광이라니! 당신네 도덕적인 사람들은 그렇게 말하면서 아주 태연하게, 미동도 없이 앉아 있지요. 술에 취한 사람을 비난하고 미치광이를 혐오하며, 마치 제사장처럼 그들 곁을 지나갈 뿐입니다. 또 바리새 인처럼 하느님이 당신들을 그런 사람들 중 하나로 만들지 않으심에 감사를 드리겠지요.

나는 수도 없이 술에 취해 봤습니다. 그리고 나의 격정은 광기와 그리 멀지 않지요. 그렇지만 나는 그 두 가지 모두를 후회하지 않아요. 왜냐하면 예로부터 위대하거나 불가능해 보이는 일을 한 비범한 사람들은 모두 술주정뱅이나 미치광이로 여겨졌다는 사실을 내 나름대로 이해했기 때문입니다.

그러나 일상생활에서도 누군가가 자유롭고 고상하고 예기치 않는 행동을 한다면 '저 사람은 술주정뱅이야, 저 작자는 정신이 나갔어!'라고 비난하기 일쑤니, 정말 참을 수 없는 일입니다. 올바르고 지혜로운 당신들이여, 정말 부끄러운 줄 아십시오!"

알베르트가 말했네.

"그 또한 당신의 망상에서 나온 것입니다. 당신은 모든 걸 과장하는군요. 여기서 우리가 대화 주제로 삼고 있는 자살을 위대한 행위에 비유하는 것은 옳지 않아요. 자살이라는 것은 그저 나약함 때문이라고밖에 볼 수 없습니다. 고통스런 삶을 꿋꿋이 참고 견뎌 내는 것보다 죽는 편이 훨씬 더 쉬우니까요."

나는 어서 이야기를 끝내고 싶었네. 진심을 담아 이야기하는 사람 앞에서 시답지 않은 격언 따위를 끌어다 떠들어 대는 이를 상대하는 것처럼 짜증스러운 일도 없기 때문이었어. 그러나 이런 이야기는 이미 여러 번 들어 왔고, 또 몇 차례 화를 내기도 했었네. 그래서 이번에는 마음을 다잡고 약간 강한 어조로 말했어.

"나약함 때문이라고요? 제발 보이는 것에 현혹되지 마십시오. 폭군의 혹독한 압제하에서 신음하던 민중이 마침내 궐기하여 그 폭압의 사슬을 끊어 버리는 경우에도 그걸 나약이라고 말할 겁니까? 자기 집에 화재가 나자 놀란 나머지 맨 정신으로는 움직이지도 못할 짐들을 온 힘을 다해 드는 사람, 치욕을 당한 데 분노하여 여섯 명과 맞붙어 이기는 사람도 당신은 나약하다고 말할 건가요? 노력하고 애쓰는 것이 장점이라면서, 왜 정도를 벗어난 힘은 나약하다고 말하는 거죠?"

알베르트는 나를 쳐다보며 말했네.

"기분 나쁘게 생각지는 말아요. 그렇지만 지금 당신이 든 예들은 우리가 토론하고 있는 내용에는 전혀 어울리지 않는 것들입니다."

"그럴지도 모르지요. 내가 이야기를 할 때 쓰는 은유나 추측들이 터무니없다는 비난은 벌써 여러 번 들었어요. 그렇다면 다르게 생각할 수 있는지 한번 봅시다. 본래 유쾌해야 하는 인생이라는 짐을 벗어 버리겠다고 결심한 사람의 기분이 어떤지 말입니다. 왜냐하면 공감해 보지 않고서는 그 문제에 대해 말할 자격이 없는 법이니까요."

나는 이야기를 계속했네.

"인간은 한계를 가진 존재입니다. 기쁨과 슬픔, 고통을 어느 정도까지는 참을 수 있지만, 그 한계를 넘어서면 무너져 버리지요. 그렇기 때문에 문제는 어떤 사람이 약한가 강한가가 아니라, 정신적인 것이든 육체적인 것이든 그가 그 정도의 고통을 견딜 수 있는가 없는가 하는 것이에요. 나는 자살한 사람을 겁쟁이 취급하는 것을 이해할 수 없습니다. 심한 열병에 걸려 죽어가는 사람을 겁쟁이라고 부른다면 정말 무례한 일 아니겠습니까?"

"말도 안 돼요! 정말 말도 안 되는 소립니다."

알베르트가 소리를 치더군. 그래서 나는 대꾸했네.

"당신이 생각하는 것처럼 그렇게 말이 안 되는 건 아닙니다. 심신이 쇠약해져서 아무것도 할 수 없을 때, 다시 일어설 힘조차 없고 또 어떤 신통한 치료로도 몸이 회복되지 않아 정상적인 생활을 하기 힘든 정도가 될 때 우리는 그걸 죽을병이라고 부르지요.

이것을 정신에 적용해 봅시다. 사람의 마음이 점점 작아지는 경우를 생각해 보세요. 그는 여러 가지 인상들에 압도당하고, 마음속에는 관념들이 고착되어 가지요. 그러다가 점점 커져 가던 정열이 마침내 침착한 분별력을 잃고 파멸하고 맙니다.

평온하고 이성적인 사람이 이처럼 불행한 사람의 상태를 객관적으로 바라본들 무슨 도움이 되겠습니까? 그를 설득하기 위해 어떤 조언을 해 줘도 소용이 없어요. 그건 건강한 사람이 환자 옆에 아무리 오랫동안 붙어 있다 해도, 정작 환자에게는 자신의 힘을 조금도 불어넣어 줄 수 없는 것과 마찬가지입니다."

그런 이야기는 알베르트에게 아주 일반적인 것이었네. 그래서 나는 얼마 전에 한 아가씨가 물에 빠져 죽은 사건을 상기시키고, 그 이야기를 다시 한 번 들려주었지.

"착하고 여린 아가씨였어요. 우물 안 개구리처럼 집안일과 하루하루 정해진 일밖에 몰랐지요. 즐거움이라고 해 봤자 틈틈이 장만해 둔 나들이옷을 입고 일요일에 친구들과 함께 산책을 나가거나, 축제가 열릴 때 춤을 추러 가는 일, 또는 사소한 싸움거리나 나쁜 소문 따위가 생기면 이웃에 사는 친구와 그것에 대해 열심히 수다를 떠는 것이 고작이었습니다.

그러나 그녀의 정열적인 본성은 점점 은밀한 욕망을 느끼기 시작했지요. 주변의 남자들이 자꾸 부추기는 바람에 그 욕망은 더욱 커졌어요. 예전에는 즐거웠던 일들이 차츰 시시하게 느껴질 무렵, 한 남자를 알게 되었습니다. 그녀는 예전에는 미처 몰랐던 감정에 사로잡혀 그 남자에게 푹 빠지더니, 이내 그에게 모든 희망을 걸었어요. 자연스레 주변 세계를 깡그리 잊어버렸습니다. 그 남자 외에는 아무것도 들리지도 보이지도 않았고, 그 어떤 것도 느낄 수가 없었습니다.

그녀는 오로지 그 남자만을 동경했어요. 변덕스런 허영심에 빠져 있지 않았기에, 그녀의 소망은 오로지 그의 아내가 되는 것이었습니다. 그와 영원히 인연을 맺는 것으로 이제까지 누리지 못했던 모든 행복을 맛보고, 동경해 왔던 모든 기쁨을 만끽하고자 했어요. 남자가 맹세를 반복할수록 희망이 실현될 것이라 굳게 믿었고, 대담한 애무로 욕망은 점차 커졌습니다. 그녀의 영혼은 완전히 그에게 사로잡히고 말았어요. 몽롱한 의식 속에서도 이제 맛보게 될 기쁨을 예감하며 설레었습니다.

그녀는 마음을 졸이며 그 모든 소망을 움켜쥐기 위해 두 팔을 뻗었어요. 그런데 바로 그때 남자가 그녀를 떠나 버린 겁니다. 그녀는 넋을 잃은 채 멍하니 절벽 앞에 섰지요. 주위는 칠흑 같은 어둠뿐, 아무런 소망도 위로도 기대도 없었어요. 존재의 의미였던 연인이 그녀를 버렸으니까요. 그녀에게는 자기 앞에 놓인 넓은 세상도, 상실감을 채워 줄 수많은 다른 사람들도 보이지 않았어요. 오로지 세상으로부터 버림을 받았다는, 혼자라는 느낌뿐이었지요.

그렇게 그녀는 눈이 멀어 앞을 보지 못하고, 가슴속의 무거운 고통에 짓눌린 채 절벽 아래로 뛰어내린 겁니다. 자신을 둘러싸고 있는 죽음의 기운 속에서 모든 고통을 끊어 버리기 위해서요.

자, 보세요, 알베르트. 이것이 바로 많은 사람들의 이야기입니다! 병도 이와 마찬가지가 아닐까요? 인간의 천성이 얽히고설킨 온갖 모순적인 힘들의 미로에서 빠져나갈 길을 찾지 못하면, 그는 죽는 수밖에 다른 도리가 없어요.

그런 모습을 보고 있다가 '어리석은 아가씨, 좀 더 기다렸더라면! 세월이 약인 것을……. 그러다 보면 분명 절망에서 헤어나고, 위로해 줄 다른 이도 나타났을 텐데.'라고 태연하게 말하는 사람에게 화 있으리! 그것은 이렇게 말하는 것과 다름없습니다. '열병에 걸려 죽다니, 정말 바보 같군! 체력이 회복되고 혈액이 정상을 되찾을 때까지 기다렸어야지. 그러면 모든 게 좋아져서 지금까지 잘 살고 있을 텐데 말이야!'"

그러나 알베트르는 나의 이런 비유조차 여전히 와 닿지 않는 모양인지 몇 가지 더 이의를 제기하더군. 무엇보다도 내가 이야기한 것은 세상을 모르는, 아주 단순한 아가씨의 경우일 뿐이라고 지적했어. 편협하지 않고, 상황을 좀 더 포괄적으로 볼 수 있는 이성적인 사람도 과연 그렇게 너그럽게 봐주어야 하는지 잘 모르겠다고 말이야. 나는 소리쳤네.

"오, 친구여! 인간은 인간일 뿐이에요. 분별력을 조금 가졌다고 해도 일단 정열이 끓어오르고 인간성의 한계에 부딪히는 상황이 되면 이성 따위는 그다지 도움이 되지 않아요. 오히려……

아니, 그에 대해서는 다음에 이야기합시다."

　나는 그렇게 말하고는 모자를 집어 들었네. 가슴이 터질 것만 같았거든. 우리는 서로를 이해하지 못한 채 헤어졌다네. 이 세상에서 다른 사람의 마음을 이해한다는 것은 얼마나 어려운 일인지!

제 6 장
혼자만의 사랑

8월 15일

이 세상에서 사랑만큼 인간에게 없어서는 안 될 것이 또 있을
까 싶어. 나는 로테의 모습에서 그녀가 나를 잃고 싶어 하지 않
는다는 것을 느끼네. 아이들도 내가 매일 아침 와 주기를 기대
하지.

오늘은 로테의 피아노를 조율해 주기 위해 그녀의 집에 갔어.
하지만 그 일은 할 수 없었네. 아이들이 나를 따라다니며 동화
를 들려 달라고 졸라 댔거든. 로테도 아이들이 원하는 것을 해
주라고 했지. 나는 아이들에게 저녁 빵을 잘라 나누어 주었어.
아이들은 이제 로테가 주는 것만큼이나 내가 주는 빵도 좋아해.

그러고 나서 아이들에게 여러 손들의 시중을 받는 어느 공주 이야기를 들려주었네. 이야기를 하면서 나는 나대로 배우는 게 무척 많아. 아이들이 이야기에 얼마나 강한 인상을 받는지 깜짝 놀랄 정도라네. 나는 이야기를 하면서 세세한 부분들은 지어내기 때문에, 다음에 들려줄 때에는 이야기의 사소한 부분들은 달라지기 일쑤지. 그러면 아이들은 금방 지난번 것과 다르다는 것을 알아챈다네.

그래서 나는 요즘 이야기가 달라지지 않게 하려고 운율에 맞춰 이야기하는 연습을 하고 있다네. 이런 경험을 통해서 깨달은 사실이 하나 있어. 어떤 작가가 자신의 작품을 개정해서 내는 경우에, 문학적으로는 훨씬 더 나아졌다 할지라도 어쩔 수 없이 작품에 해를 끼치게 된다는 사실이네. 첫인상은 우리에게 아주 쉽고 강하게 각인되게 마련이고, 가장 재미있는 것으로 느껴지니까. 그런 인상은 기억에 금세 단단하게 달라붙어 버리니, 그것을 다시 지우거나 긁어 없애려고 하는 것은 안 될 말일세.

8월 18일

인간을 행복하게 하는 것이 다시금 불행의 원천이 되는 것은 어쩔 수 없는 일일까?

살아 있는 자연을 향한 나의 충만하고 따뜻한 감수성은 지난 날 내 가슴에 그토록 풍부한 환희를 선사했고, 주변 세계를 온통 낙원으로 만들어 주었지. 그러나 이제는 참을 수 없는 괴로움이자 고통의 원천이 되어 어딜 가나 나를 따라다닌다네.

지난날, 나는 바위에서 강을 넘어 저편 언덕에 이르는 비옥한 골짜기를 따라 눈길을 주면서 나를 둘러싼 모든 것이 싹트고 영그는 것을 보았네. 먼 산들은 봉우리에서 발치까지 크고 빽빽한 나무들로 옷을 입었고, 골짜기들은 갖가지 모양으로 구불거렸으며, 사랑스런 숲은 시원한 그늘을 드리웠지. 강물은 부드럽게 흐르고, 하늘의 구름들은 솔솔 부는 저녁 바람에 밀려 두둥실 떠갔네.

새들은 흥겹게 지저귀며 온 숲에 생기를 불어넣었어. 저물어 가는 붉은 햇살 속에서 수백만 마리의 모기떼가 미친 듯이 춤을 추었고, 딱정벌레들은 타오르는 마지막 햇살을 받으며 풀숲에서 윙윙대며 날아다녔지.

나는 붕붕거리는 소리, 바스락거리는 소리를 들으며 땅바닥을 유심히 살펴보았네. 그러면 단단한 바위에 의지하여 영양분을 섭취하는 이끼와 메마른 모래 언덕 아래에서 자라는 관목들에서 자연의 내부에서 타오르는 신성한 생명력을 감지할 수 있네. 나는 뜨거운 가슴으로 이 모든 것을 받아들였어. 충만감이 넘쳐흘러, 마치 신이라도 된 것 같은 기분이 들곤 했지.

무한한 세계의 장엄한 모습은 내 영혼 속에서 생기 있게 약동하였네. 거대한 산들이 나를 에워싸고, 눈앞에는 절벽이 놓여 있으며, 계곡의 물이 아래로 쏟아져 내렸어. 내 발치로는 강물이 흐르고, 그 물소리가 온 숲과 산에서 메아리로 울려 퍼졌지. 나는 알 수 없는 그 모든 힘들이 땅속 깊은 곳에서 서로에게 작용하고, 서로 어울려 활동하는 것을 보았네.

땅 위, 그리고 하늘 아래에는 이처럼 다양한 피조물들이 우글거리며 모두가 서로 다른 모습으로 살고 있지. 그런데 인간들은 조그마한 집을 짓고 그 안에서 안전을 도모하며 사는 주제에 자신들이 넓은 세계를 지배하고 있는 줄 안다네. 불쌍한 바보들! 스스로 작은 탓에 만물이 모두 그렇게 보잘것없다고 생각하는 것이지.

그러나 이 세계를 창조한 분의 정신은 험한 산에서부터 그 누구도 가 보지 못한 황야를 거쳐 미지의 대양 끝까지 미친다네. 그리하여 그 정신은 자신을 느끼고 살아가는 모든 만물, 하물며 티끌 하나를 봐도 기뻐하는 것이지.

아, 그때 나는 머리 위를 날아가는 학의 날개를 빌려 타고 망망대해의 연안으로 날아가기를 얼마나 바랐던가! 무한한 자의 거품이 이는 잔에서 끓어오르는 삶의 기쁨을 얼마나 마시고 싶어 했던가! 그리하여 보잘것없는 내 가슴으로 만물을 자신 안에서, 자신을 통해 만들어 내는 그 존재의 축복을 한 방울만이라도 맛볼 수 있기를 얼마나 바랐던가.

그때를 회상하기만 해도 기분이 좋아진다네. 그 형언할 수 없는 느낌들을 다시 상기하고, 이렇게 다시 한 번 이야기하는 것만으로도 내 영혼이 높아지는 듯해. 그러고 나면 지금 나를 둘러싸고 있는 불안감이 한층 절실하게 느껴지지.

내 영혼 앞에 드리워져 있던 장막이 걷힌 것 같아. 그리고 무한한 생명의 무대는 내 앞에서 영원히 입을 벌리고 있는 무덤의 심연으로 변하고 말았네. 모든 것이 다 스쳐 지나가는데 감히 '이것이 존재한다!'라고 말할 수 있을까? 만물은 빠르게 변화하며, 그 존재의 완전한 힘이 지속되는 일은 극히 드물다네. 아아, 모두가 물결에 휩쓸려 가라앉고, 바위에 부딪혀 깨져 버리지 않는가?

자네와 자네 주변 사람들을 좀먹어 들어가지 않는 순간이란 없다네. 또 자네가 파괴자가 아닌 순간, 파괴자가 될 필요가 없는 순간은 단 한 순간도 없지. 무심코 하는 산책에서조차 불쌍한 벌레의 생명을 수없이 앗아 가지 않나? 한 번 떼어 놓은 발걸음이 개미들이 힘들여 지은 집을 짓밟는 결과를 낳고, 그 작은 세계는 금세 무덤으로 변하는 것이라네.

아! 세상에서 가끔씩 일어나는 천재지변, 마을을 쓸어 버리는 홍수나 도시를 삼켜 버리는 지진 따위가 내 마음을 아프게 하는 것이 아니라네. 내 마음을 무너뜨리는 것은 대자연 속에 숨어 있는 침식의 힘, 바로 그것일세. 그 힘이 만들어 낸 모든 것은 이웃과 자신을 파괴시키고 말지. 그래서 나는 하늘과 땅, 그리고 내 주위에서 작용하는 힘들에 둘러싸여 이렇게 초조하게 비틀 거리는 것이라네. 내 눈에 보이는 것은 영원히 집어삼키고, 영원 히 되새김질하는 괴물뿐이야.

8월 21일

아침이 되어 깊은 꿈에서 깨어날 때면 헛되이 로테를 향해 팔 을 뻗는다네. 나는 풀밭에 앉아서 로테의 손을 잡고 천 번 만 번 키스를 퍼붓는 행복하고 순진무구한 꿈에 속고, 그런 밤이면 침 대에서 헛되이 그녀를 찾곤 해. 잠이 덜 깬 채 로테를 찾아 더듬 다가 정신이 들면, 답답한 가슴에서는 눈물만 솟아오르지. 그러 면 나는 어두운 미래를 마주하며 울음을 그치지 못하는 걸세.

8월 22일

빌헬름, 정말 불행한 일이야. 나의 활동력이 이제 불안한 게으 름으로 변하고 말았거든. 멍청하게 게으름을 피울 수도 없지만, 그렇다고 어떤 일을 하지도 못하는 상태라니! 나의 상상력은 고 갈되었고, 자연에 대한 감수성은 모두 바닥나 찾아볼 수도 없지. 책들은 보기만 해도 지긋지긋하네.

우리가 우리 자신을 잃게 되면 모든 것을 잃게 되는 법이지. 솔직히 나는 때때로 차라리 날품팔이가 낫겠다는 생각을 하곤 하네. 그러면 최소한 아침에 깨어날 때마다 그날 하루의 의욕과 희망을 가질 수 있지 않겠나?

종종 알베르트가 서류에 푹 파묻혀 있는 모습을 보면 부러운 마음이 들어. 내가 알베르트라면 얼마나 좋을까 상상해 보곤 한다네. 벌써 여러 번 그런 생각이 들어서, 나는 자네와 장관에게 편지를 써서 공사관에 일자리를 구해 볼까 하는 궁리도 했네. 자네 말마따나 그 자리라면 거절당하지 않을 것 같다는 생각이 들어서 말이야. 장관은 오래전부터 나를 아껴 주었고, 또 내가 일을 갖는 것이 좋겠다는 말도 했거든.

나는 가끔 그런 생각을 하며 마음이 들뜬다네. 그러다가 다시 생각해 보면서, 자유가 싫증이 나서 스스로 안장과 짐을 얹게 해 달라고 했다가 죽도록 혹사당했다는 말의 우화를 떠올리곤 하지. 어찌해야 될지 도무지 모르겠어. 환경의 변화를 동경하는 나의 욕망은 내 마음속의 불쾌한 조급함에 불과한 게 아닐까? 그것은 어딜 가든 나를 따라다니며 괴롭히지 않을까?

8월 28일

나의 병이 치유될 수 있다면, 그렇게 해 줄 수 있는 사람은 바로 이들일 거야. 오늘은 내 생일인데, 아침 일찍 알베르트에게서 소포를 하나 받았네. 상자를 열어 보니 분홍색 리본이 들어 있더군. 그 리본은 로테를 처음 만났던 날 그녀가 달고 있던 거야. 그 리본을 달라고 내가 여러 번 졸라 대곤 했지.

소포에는 리본과 함께 사륙 판형의 작은 책이 두 권 들어 있었네. 베트슈타인(암스테르담의 출판사 ―옮긴이)에서 펴낸 호메로스였어. 전부터 내가 몹시 탐냈던 책이라네. 지금껏 들고 다녔던 에르네스티 판은 너무 무거워서 산책할 때 불편했거든.

알베르트와 로테는 내가 바라는 것들을 미리부터 파악하고 있다가 이런 사소한 일에도 우정 어린 배려를 보여 준다네. 이 작은 선물은 주는 사람의 허영심 때문에 받고도 울적해지고 굴욕감을 느끼게 하는 값비싼 선물과 비교할 수 없는 가치가 있지. 나는 그 리본에 수없이 키스를 퍼부었네. 숨을 들이쉴 때마다 이제는 다시 오지 못할 그 며칠 동안의 행복하고 아름다운 기억이 새록새록 떠오르더군.

빌헬름, 나는 이런 모습으로 지내고 있지만 불평하고 싶지는 않네. 인생의 꽃은 한낱 환상에 불과한걸! 얼마나 많은 꽃이 흔적조차 남기지 못하고 져 버리는가! 그중 열매를 맺는 꽃은 얼마나 적고, 또 그 열매 중 무르익는 것은 얼마나 적단 말인가! 그런데도 우리는 익은 열매들을 귀하게 여기지 않은 채 먹지도 않고 썩혀 버리지 않나?

잘 있게나! 아주 멋진 여름이야. 나는 종종 로테의 과수원에 있는 나무 위로 올라가 긴 장대로 높은 곳에 있는 배를 딴다네. 로테는 나무 밑에 서서, 내가 따서 내려 보내 주는 배를 받지.

8월 30일

불행한 자여! 그대는 정말 바보가 아닌가? 스스로를 속이고 있지는 않은가? 이렇게 끝없이 미쳐 날뛰는 정열은 대체 뭐란 말인가? 나는 이제 로테에게 바치는 기도 외에는 하지 않는다네. 나의 상상 속에는 그녀만이 존재하고, 나를 둘러싼 주변 세계조차도 그녀와 연관해서 바라보곤 해. 그러고 있으면 더할 수 없는 행복감을 느끼지. 그러나 나는 다시 그녀에게서 벗어나야만 한다네!

아, 빌헬름! 내 마음은 왜 이다지도 나를 옥죄는지! 나는 로테 곁에서 두 시간이고 세 시간이고 앉아 그녀의 모습과 행동, 천사 같은 말투에 푹 빠져 버린다네. 그러고 있으면 내 모든 감각이 긴장하면서 눈앞이 캄캄해지지. 아무 소리도 들리지 않아. 마치 암살자가 내 목을 조르는 듯 숨이 막혀 와. 그러면 뻣뻣해진 감각에 숨을 틔우려고 심장이 거칠게 뛰는데, 그럴수록 감각은 더 혼란스러워질 뿐이라네.

빌헬름, 나는 내가 이 세상에 살아 있는지조차 모를 지경이네! 때때로 슬픔이 몰려올 때면 로테의 손에 얼굴을 파묻고 울음을 쏟아 내는 것으로 나의 답답함을 풀어 버리고 싶어. 그러나 그런 나의 바람을 그녀가 받아 주지 않으면 나는 밖으로 뛰쳐나가 넓디넓은 들판을 이리저리 헤매고 다닌다네. 가파른 산을 기어오른다든지, 덤불에 스쳐 가시에 찔리고 옷이 찢기면서도 길이 없는 숲을 헤치고 나아가는 것이 나에게 기쁨을 주지. 그러면 기분이 조금 좋아지거든. 아주 조금이지만 말이야.

그럴 때 가끔은 갈증과 피곤에 지쳐 땅바닥에 쓰러지듯 누워 버리기도 한다네. 때로는 보름달이 높이 뜬 맑고 깊은 밤, 고독한 숲에서 구부러진 나뭇가지에 걸터앉아 상처투성이가 된 발바닥을 조금이나마 쉬다가 어스름히 새벽빛이 스며들면 지친 몸으로 꾸벅꾸벅 졸기도 해. 오, 빌헬름! 수도자의 고독한 독방과 거칠디거친 참회복, 가시 돋친 허리띠가 내 영혼이 동경하는 청량제라네. 잘 있게! 이런 비참함은 무덤에서나 끝이 나겠지.

9월 3일

난 떠나야 해! 빌헬름, 고맙네. 흔들리는 내 결심에 방향을 잡아 주어서 말일세. 나는 벌써 이 주 전부터 로테를 떠나야겠다는 생각을 하고 있었어. 그래, 떠날 걸세. 그녀는 또 시내의 친구 집에서 머무르고 있어. 그리고 알베르트는……. 아무튼 나는 떠나야 하네!

9월 10일

정말 대단한 밤이었어! 빌헬름, 나는 모든 것을 견뎌 냈다네. 다시는 로테를 보지 않을 거야. 오, 자네에게 달려가 마음껏 눈물을 흘리며 가슴 가득히 밀려드는 이 감정을 풀어 놓을 수 있다면 얼마나 좋을까! 나는 여기에 앉아 숨을 고르고 마음을 가다듬으면서 아침이 오기를 기다리고 있네. 해가 뜨는 대로 마차를 보내라고 했거든.

아아, 로테는 지금 고요히 잠들어 있겠지. 나를 두 번 다시 보지 못하리라는 걸 꿈에도 모른 채 말이야. 어젯밤 나는 두 시간이나 대화를 하면서도 내 계획을 말하지 않았네. 오, 하느님! 우리가 어떤 대화를 나누었습니까!

알베르트는 나에게 저녁 식사를 마치는 대로 로테와 함께 정원으로 나오겠다고 약속했네. 나는 키 큰 너도밤나무 아래에 있는 테라스에 서서 사랑스런 계곡과 고요한 강 너머로 해가 지는 풍경을 바라보았지. 이곳에서 로테와 함께 노을을 바라본 적이 얼마나 많았던가. 이것도 이제는 마지막이구나.

나는 그리도 좋아하던 가로수 길을 이리저리 거닐어 보았네. 그녀를 알기 전부터 나는 알 수 없는 호감에 이끌려 그 길을 자주 찾곤 했지. 그러다 우리가 서로를 알게 된 초기에 둘 다 그곳을 좋아한다는 사실을 알고서 얼마나 기뻐했는지! 그 길은 정말이지 가장 낭만적인 예술 작품이라 할 만한 길이야.

우선 그곳은 너도밤나무들 사이로 탁 트인 전망을 즐길 수 있지. 아, 기억나는군. 언젠가 자네에게 이런 경관에 대해 자세히 적어 보낸 적이 있었지. 커다란 너도밤나무들이 벽처럼 사방을 둘러싸고, 그것과 이어지는 덤불숲 때문에 길이 점점 어두워지

다가 마침내는 사방이 막힌 작은 마당으로 끝이 나지. 숨 막힐 듯한 정적이 감도는 마당! 어느 정오에 처음으로 그곳에 발을 들여놓았을 때 얼마나 아늑한 기분이 들었는지……. 그때 나는 그곳이 나의 행복과 고통의 무대가 되리라는 것을 어렴풋이 예감했던 같아.

나는 한 삼십 분쯤 이별과 재회라는 감상적이고 달콤한 생각에 빠져 있었네. 그때 로테와 알베르트가 테라스를 올라오는 소리가 들렸어. 나는 당장 그들을 마중하러 달려 나갔네. 떨리는 손으로 로테의 손을 잡고 그 손에 키스를 했지. 테라스 맨 꼭대기로 올라가자, 때마침 덤불이 무성한 언덕 너머로 달이 떠올랐어.

이런저런 이야기를 나누며 걷다 보니, 어느새 그 작은 마당에 있는 정자 앞이더군. 로테는 정자로 들어가 자리에 앉았네. 알베르트와 나도 그녀 옆에 앉았어. 하지만 난 불안한 나머지 진득하게 앉아 있지 못하고, 로테 앞에서 왔다 갔다 하다가 다시 자리에 앉았네. 초조해서 견딜 수가 없었어.

로테가 달빛이 아름답다고 말했네. 달은 너도밤나무 끝에 걸려서 눈앞에 있는 테라스를 비추고 있었네. 정말 멋진 광경이었어. 짙은 어둠이 우리 주위를 감싸고 있었기에 그 모습이 한층 더 매력적으로 다가왔지. 우리는 한동안 아무런 말 없이 있었어. 마침내 로테가 말을 꺼냈네.

"달빛 아래서 산책을 하고 있으면 언제나 돌아가신 분들이 떠올라요. 더불어 죽음이나 내세에 관한 여러 가지 생각들도 밀려오곤 해요. 우리도 언젠가는 저세상으로 떠나게 되겠지요!"

로테는 엄숙한 목소리로 말을 이었네.

"하지만 베르테르, 우리가 저세상에 가서도 다시 서로를 찾을 수 있을까요? 서로 다시 알아볼 수 있을까요? 당신은 어떻게 생각하세요?"

"로테!"

나는 로테의 손을 꽉 잡았네. 그 순간 내 눈에 눈물이 가득 고였어.

"로테, 우리는 다시 만날 거예요! 이생에서 그런 것처럼 저생에서도 다시 만날 겁니다!"

나는 더 이상 말을 이을 수 없었어. 하필이면 내가 이별을 생각하고 있는 순간에 그런 질문을 하다니!

로테가 다시 말을 꺼냈네.

"돌아가신 분들은 알고 계실까요? 우리가 잘 지내고 있다는 걸요. 따뜻한 사랑으로 그분들을 추억한다는 걸 느끼고 계실까요? 아아, 오래전에 우리가 어머니를 둘러싸고 옹기종기 모여 있던 저녁처럼 동생들이 나를 둘러싸고 앉은 고요한 저녁이면 언제나 어머니의 모습이 아른거려요.

그러면 나는 어머니가 그리워 눈물을 흘리고, 하늘을 바라보면서 기원한답니다. 어머니가 돌아가실 때 내가 한 약속을 얼마나 잘 지키고 있는지, 단 한 번만이라도 내려다보시기를요. 나는 동생들의 어머니가 되어 주겠다고 약속했거든요. 그러다가 감정이 벅차올라 속으로 이렇게 부르짖어요.

'어머니, 내가 만약 동생들에게 어머니 노릇을 제대로 못 하고 있다면 용서해 주세요. 아, 그래도 나는 할 수 있는 데까지 힘껏 하고 있어요. 정성을 다해 아이들에게 옷을 입히고, 음식을 만들어 주지요. 그 무엇보다도 소중하게 보살펴 주고, 사랑해 주어요. 우리가 화목하게 지내는 모습을 한번 보신다면 어머니는 하느님께 뜨거운 감사의 기도를 올릴 거예요. 어머니는 마지막 순간에도 쓰디쓴 눈물을 흘리며 하느님께 우리들의 안녕을 비셨으니까요.'"

오! 빌헬름, 그녀의 말을 누가 똑같이 되풀이할 수 있을까! 차갑게 죽어 있는 문자를 가지고 이처럼 황홀한 정신의 꽃봉오리를 피워 낼 수 있다니! 그런데 알베르트가 슬그머니 로테의 이야기에 끼어들었네.

"로테, 너무 신경을 쓰면 몸에 해로워요. 당신의 영혼이 그런 생각에 집착하고 있다는 걸 나도 잘 알아요. 하지만 부디……."

그러자 로테가 말했어.

"오, 알베르트! 아버지가 여행을 떠나 집에 안 계시는 동안 함께했던 그 저녁들을 설마 잊지는 않았겠죠? 동생들이 잠자리에 든 다음 우리는 어머니와 함께 작고 둥근 탁자에 앉아 이야기를 나누며 시간을 보냈지요. 당신은 늘 좋은 책을 들고 있었지만, 그것을 읽는 경우는 드물었어요. 어머니와 함께 대화를 나누는 시간이 다른 무엇보다 훨씬 더 좋다고 생각했던 것 아닌가요?

어머니는 아름답고 상냥하고 명랑한 분이었죠. 늘 활동적으로 뭔가를 하셨어요. 하느님은 나의 눈물을 아실 거예요. 난 잠자리에 들기 전이면 언제나 하느님을 향해 무릎을 꿇고 어머니와 같은 여인이 되게 해 달라고 눈물을 흘리며 간절히 기도한답니다."

"로테!"

나는 이렇게 외치며 로테 앞에 무릎을 꿇고 그녀의 손을 붙잡았네. 내 눈에서 눈물이 쏟아져 그녀의 손을 적셨어.

"로테, 하느님의 축복이 당신에게 깃들기를! 어머니의 영혼도 당신과 함께할 거예요!"

그러자 로테는 내 손을 꼭 잡으며 말했네.

"당신이 우리 어머니를 알았더라면 얼마나 좋을까요? 당신은 분명 우리 어머니를 좋아했을 거예요. 훌륭한 분이셨거든요!"

나는 정신이 혼미해지는 듯했네. 나에 대해 이보다 더 자랑스러운 말은 들어 보지 못했어.

"어머니는 한창 나이에 세상을 떠나셨어요. 막내가 육 개월도 채 안 되었을 때였지요. 병을 오래 앓지는 않으셨어요. 어머니는 차분히 운명을 받아들이셨지만, 아이들 생각에 몹시 마음 아파

하셨죠. 특히 막내 때문에요. 마지막 순간이 점점 다가오자 어머니는 내게 아이들을 모두 데려오라고 말씀하셨어요. 나는 아이들을 방 안으로 데리고 들어갔지요. 어린 동생들은 아무것도 모르는 철부지들이었고, 좀 더 큰 아이들도 멍한 표정이었어요.

동생들이 침대 주위에 둘러서자, 어머니는 두 손을 모아 기도를 했어요. 기도가 끝난 후 아이들 하나하나에게 입맞춤을 해 주고는 밖으로 내보냈지요. 그러고는 내게 부탁하셨어요.

"네가 저 아이들의 엄마가 되어 주렴!"

나는 어머니의 손을 꼭 잡아 드렸어요.

"애야, 넌 아주 어려운 약속을 한 것이란다. 어머니의 마음과 어머니의 눈을 가져다오. 그것이 무엇을 의미하는지 넌 이미 잘 알고 있을 거야. 네가 종종 감사의 눈물을 흘리는 것을 보면서 미루어 짐작했단다. 바로 그 마음으로 동생들을 보살피고, 아버지에게는 아내처럼 성실과 순종으로 섬기렴. 아버지를 잘 위로해 드려야 한다."

어머니는 아버지가 어디 계시느냐고 물었어요. 아버지는 견딜 수 없는 슬픔을 감추고자 집 밖으로 나가고 안 계셨지요. 아버지는 마음이 갈기갈기 찢긴 상태였어요.

알베르트, 그때 당신도 방 안에 있었지요. 어머니는 발소리를 듣고는 누구냐고 묻더니, 당신이라는 것을 알고 가까이 오게 하셨어요. 그러고는 당신과 나를 얼마나 뚫어져라 바라보시던지……. 그때 어머니의 눈길은 우리가 함께 행복하게 잘 살 거라는 것을 알고 안심이 된다는 듯 평온했지요.”

알베르트는 로테의 목을 끌어안고 입을 맞추며 소리쳤네.

“그래요, 우리는 행복해요! 앞으로도 그럴 거예요!”

조용한 알베르트마저 완전히 이성을 잃었지. 나 역시 정신을 차릴 수 없었네. 로테가 다시 입을 열었어.

“베르테르, 어머니는 그렇게 가셨어요! 오, 하느님! 우리 인생에서 가장 사랑하는 사람을 잃는다는 것이 어떤 심정일지, 아이들만큼 그것을 사무치게 느끼는 사람도 없는 것 같아요. 오랫동안 아이들은 검은 옷을 입은 남자들이 어머니를 데려갔다며 슬퍼했지요!”

로테는 자리에서 일어났네. 제정신으로 돌아온 나는 앉은 채 그녀의 손을 잡았어. 그녀가 말했네.

“자, 이제 그만 가요. 갈 시간이에요.”

로테는 손을 빼려고 했지만 나는 더욱 세게 움켜쥐며 말했어.

“우리는 다시 만나게 될 겁니다. 우리는 분명 서로를 알아볼 거예요. 어떤 모습을 하고 있든지 말입니다. 나는 갈게요. 나는 기꺼이 떠나요. 하지만 이것이 영원한 작별이라면 견딜 수 없을 거예요. 잘 있어요, 로테! 잘 있어요, 알베르트. 우리 다시 만납시다.”

“내일이요. 내일 만나요.”

로테가 농담조로 대꾸했지. 그 내일이 과연 무엇인지, 나는 절실히 느꼈네! 아, 로테는 내 손에서 자기 손을 빼냈을 때에도 아무것도 모르고 있었어.

　그들은 가로수 길을 걸어갔어. 나는 달빛 아래 우두커니 서서 점점 작아지는 그들의 뒷모습을 바라보았네. 그러고는 땅바닥에 주저앉아 실컷 울었어. 한바탕 울고 난 뒤 벌떡 일어나 테라스로 달려갔네. 저 아래 키 큰 보리수 그늘에서 로테의 하얀 옷이 정원 문 쪽으로 움직이는 것이 어슴푸레 보이더군. 나는 팔을 쭉 뻗었지만, 그녀의 모습은 금세 사라져 버렸어.

제 7 장
새로운 생활

10월 20일

나는 어제 이곳에 도착했네. 공사는 몸이 좋지 않아 며칠간 집에서 쉴 거라는군. 그가 그렇게 까다롭게 굴지만 않아도 모든일이 다 잘될 텐데. 아무래도 운명이 나를 가혹한 시험에 들게하려는 모양이야. 하지만 용기를 내야지! 낙천적인 마음가짐이면 어떤 것도 견뎌 낼 수 있겠지.

낙천적인 마음가짐이라! 이런 말을 쓰면서도 웃음이 나온다네. 아, 내가 조금이라도 낙천적인 기질을 타고났더라면 세상에서 가장 행복한 사람이 되었을 텐데. 어떤 사람들은 보잘것없는 힘과 재능을 가지고도 유쾌한 자기만족에 빠져 활개를 치고 돌아다니는데, 어째서 나는 내가 가진 힘과 재능에 절망하는 걸까? 신이시여, 당신은 내게 모든 것을 아낌없이 허락하시면서, 어찌하여 자신감과 만족감은 허락하지 않으셨습니까?

참자! 참는 거다! 그러면 더 나아질 거야. 그래, 빌헬름, 자네 말이 맞네. 날마다 세상 사람들 사이에서 이리저리 부대끼면서, 그들이 무엇을 하며 어떻게 사는지를 보고 난 후부터는 훨씬 만족스럽게 지내고 있어. 확실히 우리는 모든 것을 우리 자신과 비교하도록 만들어진 모양일세. 행복이나 불행은 우리가 비교하는 대상에 달려 있는 것이지. 그러니 혼자 있는 것보다 더 위험한 것은 없다네.

우리의 상상력은 본래 더 높은 것을 추구하려는 성향을 가지고 있는 데다가, 문학의 환상적인 이미지에 영향을 받아 피조물들을 순서대로 죽 늘어세우는 경향이 있네. 거기서 우리는 우리 자신을 가장 아래에 두고, 우리 외의 것은 모두 우리보다 더 근사해 보이고 완벽하다고 여기지. 어찌 보면 그것은 아주 자연스러운 일이야.

우리는 곧잘 우리에게는 많은 것이 부족하다고 느끼네. 그리고 하필 우리가 갖지 못한 그것을 다른 사람은 가지고 있다고 생각하지. 또한 그에게 우리가 가진 것까지 모조리 다 주어 버리고, 그에 더하여 우리에게 없는 이상적인 특징까지 부여한다네. 그렇게 가장 완벽하게 행복한 사람을 완성시키는 걸세. 사실 그것은 바로 우리 자신이 만들어 낸 창조물에 지나지 않아.

반면 우리가 아무리 약하고 힘이 든다 해도 최선을 다해 전진해 나간다면, 비록 꾸물거리고 난관을 만난다 해도 돛을 달고 노를 저어 가는 다른 이들보다 어느새 앞서 있다는 것을 발견하게 될 때가 있다네. 그리하여 다른 사람과 나란히 가거나, 다른 사람을 앞지를 때 비로소 진정한 자신을 느끼게 되는 법이지.

11월 26일

나는 이곳에서 그럭저럭 잘 지낼 수 있을 것 같네. 가장 좋은 것은 이곳에는 할 일이 얼마든지 있다는 사실이야. 그리고 다양한 사람들이 있지. 각양각색의 사람들이 내 영혼 앞에서 아주 다채롭고 화려한 연극을 보여 준다네.

나는 C 백작이라는 분을 알게 되었어. 시간이 지날수록 더욱 더 존경하게 되는 분일세. 박식하고 식견이 높을뿐더러 넉넉한 마음씨에 인정도 많지. 만나면 만날수록 그가 우정과 사랑에 대해 풍부한 감수성을 갖고 있다는 것을 알 수 있었어.

처음에는 일 때문에 그를 만난 것이었는데, 그는 몇 마디 나누자마자 내게 관심을 보였네. 그는 우리가 서로 잘 통할 뿐만 아니라 다른 어떤 사람보다도 나와 이야기를 나눌 때 더 속 깊은 대화를 나눌 수 있다고 여긴 듯했어. 그렇게 허물없이 솔직하게 나를 대하는 모습은 어떤 좋은 말로 표현해도 부족할 걸세. 다른 사람에게 자신의 마음을 활짝 열어 보이는 위대한 영혼과 마주하고 있는 것만큼 따뜻하고 진정한 기쁨은 이 세상에 다시 없을 거야.

12월 24일

이미 예상은 하고 있었지만, 공사는 정말 짜증나는 인간일세. 그런 고지식한 멍청이가 세상에 또 있을까? 사사건건 까다롭게 잔소리를 해 대는 모습은 딱 시어머니일세. 그는 자기 자신에 대해서도 도무지 만족할 줄 모르는 사람이야. 그러니 어느 누가 비위를 맞출 수 있겠나?

나는 일을 좀 쉽게 해치워 버리는 성격인 데다가 일단 끝난 일은 다시 되돌아보지 않는 편이지. 그런데 그는 내가 쓴 문서를 도로 주면서 이렇게 말하곤 한다네.

"괜찮긴 한데, 다시 한 번 꼼꼼히 살펴보게. 보다 보면 고칠 말이 나오게 마련이거든. 좀 더 좋은 표현이라든지 더 적절한 접속사라든지 말일세."

그럴 때마다 나는 화가 머리끝까지 치밀어 오른다네. '그리고' 같은 접속사를 하나라도 빠뜨렸다가는 큰일이 나고, 무심코 도치법이라도 사용하면 아주 질색을 하지. 복잡한 문장 구조를 의례적인 어법으로 조율해 주지 않으면 문장 자체를 이해하지 못해. 그런 사람과 함께 일하는 것만큼 괴로운 일도 없을 거야.

C 백작의 신뢰마저 없다면 정말이지 견디기 힘들 것 같네 . 지난번에 그는 공사가 일을 처리하는 방식이 지나치게 느린 데다가 까다롭기까지 하다며 아주 솔직하게 불만을 털어놓더군.

"그런 사람들은 자기 자신은 물론이고 다른 사람들까지 힘들게 하지. 그러나 이런 일은 산을 넘어가야 하는 나그네처럼 참고 체념하는 수밖에 없네. 물론 산이 없으면 길은 더 편하고 빠르겠지만, 어차피 산이 가로막고 있다면 넘어가는 수밖에!"

백작이 내게 특별한 호감을 가지고 있다는 것을 공사도 느낀 모양이야. 그것이 영 못마땅한지 기회만 있으면 내 앞에서 백작에 대한 험담을 늘어놓는다네. 물론 나는 그 말에 반박을 하지. 그러고 나면 상황은 더 악화될 뿐이야.

어제도 공사 때문에 몹시 화가 났네. 백작의 이야기를 하면서 은근슬쩍 나까지 싸잡아 비난하더군.

"백작이 그런 세속적인 일을 아주 잘 처리한다는 것은 나도 알고 있네. 그는 모든 일을 슬쩍 잘 얼버무리고 글 솜씨도 제법 대단하지. 하지만 모든 통속적인 작가들이 그런 것처럼 근본적인 학식은 부족한 편이야."

그렇게 말하며 공사는 '어때, 한 방 먹었지?' 하는 표정으로 나를 바라보더군. 그러나 그것은 내게 별로 영향을 주지 않았네. 나는 그런 식으로 생각하고, 그런 식으로 행동하는 사람을 경멸하거든. 그래서 그의 말에 이의를 제기하며 격한 어조로 대꾸했다네.

"그분은 인품으로 보나 학식으로 보나 사람들이 존경하지 않을 수 없는 분입니다. 그분은 자신의 정신 세계를 확장시켜 주변 사람들에게까지 엄청난 영향을 미치지요. 일상생활에서도 많은 이들에게 모범을 보이고 있고요. 나는 지금껏 그분 같은 사람을 본 적이 없어요."

하지만 그런 말은 공사에게는 거의 소귀에 경 읽기더군. 나는 그와 계속 옥신각신하다가는 공연히 기분만 더 망칠 것 같아서 그 자리에서 물러났네.

이게 다 자네들 때문이야. 자네들이 나를 구슬려 멍에를 씌우고, 사람은 모름지기 바쁘게 활동해야 한다고 부추기지 않았나? 활동이라고? 감자를 심고, 말을 타고 시장에 나가 곡식을 파는 사람이 나보다 더 나은 활동을 하는 것이네. 만약 그게 아니라면, 나는 내가 매여 있는 이 노예선에서 십 년은 더 뼈가 빠지게 일을 하겠어.

이곳에서 곁눈질하며 서로를 살피는 추잡한 사람들은 얼마나 뻔뻔스럽고 지겨운지 몰라! 그들은 지위를 탐하느라 제정신이 아니고, 남보다 한 발자국이라도 더 앞서 가려고 혈안이 되어 있지. 너무나 비참하고, 가련하고, 노골적인 집념이야.

한 여인을 예로 들어 볼게. 그녀는 사람을 만날 때마다 자신의 집안과 출신지에 대한 자랑을 늘어놓는다네. 잘 모르는 사람들은 그 여자를 보며 '보잘것없는 귀족 혈통이나 집안을 뭐 그리 대단한 것처럼 저렇게 자랑할까? 푼수가 따로 없군.'이라고 생각하지. 그러나 무엇보다도 불쾌한 것은 바로 이 여자가 고작 이 근방에 사는 서기의 딸에 지나지 않는다는 걸세. 어쩌면 그렇게 생각이 없을까? 나는 스스로 수치스런 일을 만들며 돌아다니는 사람들을 정말로 이해할 수가 없어.

자기 기준으로 다른 사람을 판단한다는 것은 정말이지 어리석기 짝이 없는 짓임을 날마다 절감하네. 나는 나의 일만으로도 골치가 아픈 데다가 내 가슴에도 풍파가 심하기 때문에, 다른 사람들이 어떻게 하든 제 갈 길을 가게 내버려 두고 싶어. 다른 사람들 역시 내가 나의 길을 가도록 내버려 둔다면 좋으련만…….

무엇보다도 내 마음을 불편하게 하는 것은 어쩔 수 없는 사람들간의 관계라네. 물론 나는 신분의 차이가 필요하고, 그것이 내게도 이익을 가져다준다는 것을 잘 알고 있어. 다만 그것이 내가 이 세상에서 작은 즐거움이나 한 줄기 행복을 누리려는 순간에 방해가 되지 않았으면 해.

나는 얼마 전 산책길에서 B 양을 알게 되었네. 이렇게 경직된 생의 한가운데에서도 솔직하고 자연스러운 천성을 간직하고 있는 아주 사랑스러운 아가씨라네. 우리는 대화를 나누면서 서로에게 호감을 갖게 되었어. 헤어지면서 조만간 집으로 찾아가도 되느냐고 물었는데, 그녀는 흔쾌히 허락해 주었네. 예의상 적당한 시기를 기다렸다가 찾아가야 했지만, 나는 그녀를 얼른 만나고 싶어 안달이 날 지경이었지.

그녀는 원래 이 마을 출신이 아니고, 친척 아주머니 댁에서 살고 있네. 그 부인은 그다지 좋은 인상은 아니었어. 그렇지만 나는 부인에게 애써 관심을 보이고 최대한 예의 바르게 행동하면서 대화의 방향이 그녀에게 향하도록 노력했네. 반 시간도 못 되어 그녀의 인품이나 환경 등을 대충 파악할 수 있었지.

나중에 B 양이 말해 준 바에 따르면, 그 부인은 나이에 비해 모든 것이 부족한 형편이라네. 이렇다 할 재산이나 교양도 없어서, 조상의 족보에 의지해 지체 있는 가문이라는 신분이나 내세우며 산다지. 유일한 즐거움이라고는 이층의 창문으로 거리를 지나다니는 사람들을 내려다보는 것이라고 하더군.

젊은 시절에는 대단한 미인이었다고 해. 그 미모 덕분에 그럭저럭 잘나가서, 타고난 변덕으로 수많은 청년들을 괴롭혔다지. 그러나 나이가 좀 들어서는 어느 늙은 장교에게 순종하며 살았다고 하네.

그 장교는 대가로 꽤 많은 생활비를 제공하며 여생을 그녀와 함께 보내다가 세상을 떠났다는군. 이제 오십 줄에 들어선 그 부인은 의지할 곳 하나 없이 혼자 살고 있다네. 그렇게 사랑스러운 조카가 아니었다면 누구에게도 대접받지 못했을 거야.

1772년 1월 8일

형식적인 격식에만 신경을 쓰는 사람들이 있다네. 그들의 관심사는 오로지 어떻게 하면 식탁에서 한 자리라도 더 상석에 앉을까, 하는 것이지. 도대체 그런 인간들은 뭐란 말인가! 할 일이 없는 사람들도 아닌데 말이야. 아니, 오히려 일거리들은 산더미처럼 쌓이고 있지. 쓸데없는 일 때문에 중요한 일들을 미루고 있으니까. 지난주에는 썰매를 타러 갔다가 뜻하지 않게 실랑이가 벌어지는 바람에 모처럼 즐거운 자리를 완전히 망쳐 버렸네.

바보들 같으니라고! 원래 지위 같은 것은 중요한 게 아니라는 사실을, 가장 높은 자리를 차지한 사람이 가장 중요한 역할을 하는 경우는 아주 드물다는 사실을 왜 알지 못할까? 얼마나 많은 왕들이 장관들에게, 얼마나 많은 장관들이 비서들에게 좌지우지되는가! 그렇다면 과연 누가 가장 높은 자리를 차지한 사람일까? 내가 보기에는 다른 사람들을 통찰하여 그들의 힘과 정열을 자신의 계획을 수행하는 데 마음대로 동원할 수 있는 사람이라네.

1월 20일

사랑하는 로테, 나는 지금 당신에게 편지를 쓰지 않을 수 없습니다. 나는 거세게 몰아치는 눈보라를 피해 초라한 농가로 들어왔습니다. 그 우울한 D시에서 낯선 사람들 사이를 돌아다닐 때는 당신에게 편지를 쓸 여유가 조금도 없었어요.

눈보라가 작은 창을 두드려 대는 이 고독한 오두막에 쓸쓸히 앉아 있노라니, 당신의 얼굴이 가장 먼저 떠올랐습니다. 이곳에 들어오자마자 당신에 대한 기억이 내 머릿속으로 밀려오더군요. 오, 로테! 그렇게 거룩하고 따뜻했던 순간이, 그렇게 행복했던 처음의 기억들이 다시금 나를 덮쳤습니다.

로테, 당신이 혼란의 소용돌이 속에서 허우적거리는 나를 본다면! 내 마음은 메말를 대로 메말라 버려서 가슴이 벅차오르는 순간도, 행복에 겨운 시간도 없습니다! 아무것도, 정말 아무것도 없습니다!

나는 마치 자그마한 사람들과 자그마한 말들이 뱅글뱅글 돌아다니는 요지경 속을 들여다보고 있는 기분입니다. 그래서 이따금 착시가 아닐까, 하고 스스로에게 묻기도 하지요. 나도 그 속에 끼어들어 함께 연극을 하려고 해 보지만 도리어 꼭두각시처럼 놀림을 받는 것 같습니다. 때로는 옆에서 연기하는 이웃 사람의 목석 같은 손을 잡았다가 깜짝 놀라서 움찔 물러나곤 합니다.

밤마다 내일 아침에는 꼭 해가 떠오르는 광경을 보겠다고 마음먹지만, 막상 아침이 되면 침대에서 일어나지 않습니다. 낮에는 이따 밤이 오면 달빛을 즐기겠다 벼르지만, 밤이 되면 방 안에 그냥 머물러 있지요. 내가 왜 일어나야 하는지, 왜 잠자리에 들어야 하는지 도무지 알 수가 없습니다. 내 삶을 움직이는 효모가 사라져 버린 겁니다. 깊은 밤에는 나를 깨어 있게 하고, 이른 아침이면 잠에서 나를 깨웠던 자극이 사라졌어요.

이곳에서 나는 괜찮은 아가씨를 한 명 만났습니다. B라는 아가씨인데……. 사랑하는 로테, B 양은 당신과 닮았어요. 감히 당신과 비교할 수 있다면 말입니다. 당신은 이렇게 말하겠지요.

"어머나, 그런 과분한 칭찬을!"

아주 틀린 말은 아닙니다. 얼마 전부터 나는 그런 식의 예의상 필요한 말들을 잘 하게 되었거든요. 그렇게 하지 않을 수 없으니까요. 재치 있는 농담도 많이 늘었습니다. 이제는 여자들이 말한답니다. 나만큼 멋지게 칭찬할 줄 아는 사람은 없을 거라고요. (이렇게 말하면 당신은 나만큼 멋지게 거짓말을 하는 사람도 드물 거라고 덧붙이겠지요? 알다시피 거짓말을 섞지 않고서는 잘 되는 일이 없으니까요.)

아, B 양에 대한 이야기를 하려고 했죠. 그녀는 감수성이 아주 풍부합니다. 그녀의 푸른 눈동자를 보면 잘 알 수 있지요. 그녀는 자신의 신분이 가슴속에 담겨 있는 어떤 소망도 채워 줄 수 없기 때문에 오히려 자신에게는 짐일 뿐이라고 생각합니다.

그녀는 시끄럽고 복잡한 환경에서 벗어나고 싶어 하지요. 그래서 우리는 곧잘 전원에서 순수한 행복을 누리며 살아가는 상상을 하면서 몇 시간이고 함께 시간을 보내곤 합니다. 아, 우리는 당신 이야기도 해요. 그녀가 당신을 얼마나 칭송하는지…….
내가 원해서 그런 건 아닙니다. 그녀는 당신에 관한 이야기를
진심으로 즐겁게 듣고, 또 당신을 사랑하고 있습니다.

아, 아늑한 작은 방에서 당신의 발치에 앉아 있을 수 있다면
얼마나 좋을까 생각해 봅니다. 아이들이 내 주위를 맴돌며 서로
장난을 치면, 당신은 시끄럽다며 아이들을 나무라겠지요. 그러
면 나는 아이들을 내 주위에 둥그렇게 모아 놓고 무서운 이야기
를 들려주어 얌전히 앉아 있게 할 텐데요.

하얀 눈이 반짝이는 산과 들 너머로 태양이 장엄하게 지고 있
습니다. 눈보라는 이제 지나갔어요. 그리고 나는 다시 돌아가
새장 안에 갇히는 신세가 되어야 합니다. 잘 있어요! 알베르트
와 함께 있나요? 어떻게 지내는지요? 이런 질문을 해서 미안합
니다.

2월 8일

일주일 전부터 궂은 날씨가 계속되고 있네. 나는 차라리 이런
날씨가 좋아. 그도 그럴 것이, 여기에 온 다음부터 날씨가 좋은
날이면 이상하게도 누군가 꼭 그날을 망쳐 놓고 말았거든. 이제
는 비가 내리거나 눈보라가 쳐서, 혹은 너무 춥거나 눈이 녹아
질퍽해져서 외출하기가 불편해지면 '집에 있는 것도 괜찮아. 나
가든 안 나가든 별다를 거 없잖아.'라고 생각한다네. 반면에 해

가 반짝이는 화창한 날 아침이면 이런 소리가 절로 나오지.

"하늘에서 선물이 내려왔으니 그 선물을 서로 빼앗으려고 으르렁대겠군."

서로 빼앗으려고 하지 않는 것이 어디 있어야지. 건강, 명성, 기쁨, 휴식, 모조리 다! 다들 어리석고 무식하며 속이 좁기 때문에 그런 것이라네. '좋은 의도'라는 미명하에 말이지. 나는 가끔 그들 앞에 무릎을 꿇고서라도 부탁하고 싶어져. 제발 그렇듯 성급하게 자신의 오장육부를 들쑤시고 다니며 스스로에게 상처를 주지 말라고.

2월 17일

공사와 나는 더 이상 함께 일할 수 없을 것 같아. 그는 정말로 참을 수 없는 사람이라네. 그가 일을 처리하고 진행시키는 방식은 정말 꼴불견 그 자체일세. 그러니 나는 자꾸만 반박을 하게 되고, 가끔은 내 방식대로 일을 처리해 버리곤 하지. 공사는 그런 행동을 절대로 용납지 않으니, 그것이 그의 성미를 거스르는 것은 두말할 것 없네.

최근에 그는 나에 대한 불평을 궁정에까지 늘어놓았어. 그래서 나는 장관에게 질책을 받았지. 부드러운 어조로 말하기는 했어도 그건 분명 질책이었어. 나는 사직서를 내려고 결심했는데, 마침 그때 장관에게서 개인적인 편지를 받았네. 그 편지를 읽고는 나도 모르게 그 자리에서 무릎을 꿇었어. 그분의 고상하고 현명한 마음에 경의를 표하지 않을 수 없었지.

장관은 나의 감수성이 지나치게 예민하다는 점을 지적하였네. 그러나 내가 업무 처리를 철저하게 한다는 점과 외부 활동에서 영향력이 상당하다는 것은 인정해 주었지. 젊은이의 높은 기개라고 긍정적으로 평가해 주었어. 그런 태도를 바꾸라는 것이 아니라 조금 완화시켜서, 그것이 진정한 빛을 발하고 강력한 효과를 나타낼 수 있도록 노력하라고 하더군.

덕분에 나는 다시 기력을 회복하고 마음을 가라앉힐 수 있었네. 마음의 평화는 무척 귀중한 것이야. 스스로에 대한 큰 기쁨이지. 다만 이처럼 아름답고 소중한 것이 그만큼 깨지기 쉬우니 안타까울 뿐이네.

2월 20일

하느님이 그대들을 축복하시고, 내게 베풀어 주시지 않았던 좋은 날들을 그대들에게는 꼭 허락하시기를!

알베르트, 나를 감쪽같이 속이다니…… 정말 고맙습니다. 나는 그대들의 결혼식 날이 언제가 될지 늘 궁금해하고 있었어요. 그날에 맞춰 내가 그린 로테의 실루엣 그림을 벽에서 떼어 버릴 작정이었거든요. 그런데 내가 모르는 사이에 그대들은 이미 부부가 되었고, 로테의 그림은 아직 이 벽에 걸려 있군요! 이제 그냥 걸어 두기로 하겠습니다. 안 될 이유가 뭐가 있겠어요?

나 역시 그대들 곁에 있는 것입니다. 당신에게 폐를 끼치지 않으면서 나는 로테의 가슴속에 있습니다. 그래요, 나는 로테의 가슴속에서 두 번째 자리를 차지하고 있고, 그 자리를 계속 차지하고 싶고, 또 그래야만 합니다. 오, 만약 로테가 날 잊는다면 나는 미쳐 버릴지도 모릅니다. 알베르트, 이런 생각 속에 바로 지옥이 도사리고 있어요. 알베르트, 잘 있어요! 잘 있어요, 하늘의 천사! 로테, 안녕히!

3월 15일

나는 너무나 불쾌한 일을 당해서 이곳을 곧 떠나야 할 것 같네. 어찌나 분한지 바드득바드득 이가 갈릴 정도야! 제기랄! 어떻게 해도 분노가 가라앉지를 않아. 이게 모두 자네들 때문이네! 자네들이 내가 내키지도 않아 하는 자리에 취직하라고 억지로 권하면서 괴롭히지 않았나! 나는 이제 됐네. 자네들도 그만해. 자네는 분명 나의 극단적이고 과장된 생각들이 모든 걸 망쳤다고 말하겠지. 그럴까 봐 여기에 역사가가 서술하듯이 가능한 담담하고 상세하게 자초지종을 이야기해 보겠네.

C 백작이 나를 특별하게 생각하고 두둔해 준다는 것은 이미 여러 번 이야기했으니 알고 있을 테지. 나는 어제 그의 저택에서 열리는 만찬에 초대를 받아 갔었네. 그런데 하필이면 그날이

마침 상류 계급 사람들이 모이는 날이었더군. 난 그런 모임이 있는 줄은 꿈에도 모르고 있었고, 또 나 같은 하급 공무원은 감히 어울릴 수 없는 자리라는 것도 전혀 눈치채지 못했네. 그래서 별다른 생각 없이 백작과 함께 저녁 식사를 하였고, 식사를 마친 후에는 홀 안을 이리저리 거닐며 대화를 나누었지. 마침 그곳에 와 있던 B 대령과도 이야기를 나누었네.

그렇게 파티 시간은 다가오고 있었어. 그렇지만 나는 정말 아무것도 눈치채지 못하고 있었어. 그때 마침 지나치게 우아한 S 부인이 남편과, 납작한 가슴을 값비싼 코르셋으로 꽉 조인, 마치 잘 부화된 새끼 거위 같은 딸을 데리고 나타났다네. 그들은 조상 대대로 대물림했음 직한 귀족 특유의 거만한 눈매로 콧구멍을 하늘로 바짝 치켜든 채 지나가더군. 나는 그런 사람들을 끔찍스레 싫어하는 터라 그 자리에서 당장 빠져나올 생각이었네. 백작에게 작별 인사나 하고 나올 요량으로 그의 진부한 수다가 끝나기만을 기다렸지.

때마침 B 양이 왔어. 그녀를 보자 마음이 조금 누그러져서 더 있어 볼까 하는 생각을 잠깐 했다네. 잠시 후 그녀가 앉은 의자 뒤로 가서 섰는데, 뭔가 이상한 분위기가 느껴졌어. B 양이 평소와 달리 몹시 어색하고 당황스러운 태도로 나를 대하더군. 그녀도 다른 사람들과 다를 바가 없다는 생각이 들어서 화가 치밀어 올랐어. 그 자리를 박차고 나오려다가 조금 더 참고 있어 보기로 했지. 그녀가 그럴 사람이 아니라고 생각했기 때문에 혹시라도 오해가 있다면 풀고 싶었거든. 한편으로는 그녀가 친절하고 다정스럽게 말을 걸어 주기를 바라는 마음도 있었고.

그러는 동안 사람들이 점점 많이 모여들었네. 프란츠 1세의 대관식 때부터 내려오는 의상으로 완전무장한 F 남작, 직책상 귀족과 동등한 칭호로 불리는 추밀 고문관 R과 귀가 먼 그의 부인 등등. 고대 프랑크풍 의상의 해진 부분을 요즘 유행하는 천으로 군데군데 기워 입은 조잡한 옷차림의 J는 절대 잊을 수 없을 거야. 아무튼 어느새 그곳은 사람들로 가득 찼네. 나는 평소에 안면이 있던 몇 사람과 이야기를 나누려고 했는데, 이상하게도 다들 말을 아끼더군.

나는 좀 의아하게 여기면서도 B 양에게 신경을 쓰느라 어떤 상황인지 제대로 눈치채지 못했어. 홀 한쪽 구석에서 여자들 몇 명이 뭐라고 귓속말을 하더니 그 말이 남자들에게로 퍼졌다네. 마침내 S 부인이 백작에게 무언가 이야기를 했어. (이런 상황들은 나중에 B 양에게서 들은 내용이네.) 결국 백작이 나에게 오더니, 창가로 데려가 이런 말을 꺼내더군.

"알고 있겠지만, 우리 모임의 관습이란 것이 참으로 이상스러워서……. 자네가 이 자리에 있는 것이 모두들 불만스러운 것 같네. 그렇지만 나는 절대……."

"각하."

나는 그의 말을 가로막았네.

"정말 죄송합니다. 진작 눈치를 챘어야 했는데……. 뭐라고 말씀을 드려야 할지 모르겠어요. 각하께서는 이런 불찰을 용서해 주시리라 믿습니다. 벌써부터 가려고 했는데, 귀신이 씌었던 모양인지 가지 못하고 이러고 있었네요."

나는 미소를 지으며 그렇게 말하고는 허리 굽혀 인사를 했네. 백작은 나의 두 손을 덥석 잡아 진심 어린 악수를 했는데, 그 손에 많은 말이 담겨 있다는 것을 느낄 수 있었어. 나는 그 높으신 분들 모임에서 조용히 빠져나와, 마차를 타고 M으로 갔다네. 그리고 언덕 위에서 해가 지는 광경을 바라보며 나의 호메로스를 읽었지. 마침 읽고 있던 부분이 오디세우스가 고상한 돼지 목동들의 대접을 받는 아주 근사한 장면이었어. 모든 것이 좋았네.

저녁때 식사를 하러 식당으로 돌아왔어. 아직 몇 사람이 남아 있더군. 그들은 식당 한구석에서 식탁보를 뒤집어 놓고 주사위 놀이를 하고 있었네. 그때 사람 좋은 아델린이 들어왔어. 그는 모자를 벗으며 잠시 나를 쳐다보다가, 가까이 다가와 아주 작은 목소리로 이렇게 물었네.

"불쾌한 일이 있었다면서요?"

"내가요?"

"백작이 당신을 파티에서 내쫓았다고 하던데요."

"그런 자리는 지긋지긋해요! 탁 트인 밖으로 나와 신선한 바람을 쐬니 얼마나 기분이 좋던지요."

"당신이 아무렇지 않게 넘기니 다행이군요. 정말 다행이에요. 벌써 어딜 가나 그 소문이 자자하게 퍼져서 불쾌하기 짝이 없었는데."

그 말을 듣자 비로소 울화가 치밀기 시작하였네. 내가 여기에 들어왔을 때, 모두가 나를 유심히 쳐다보았던 것이 그것 때문이었구나, 생각하니 피가 거꾸로 솟는 듯했어.

오늘은 어딜 가든지 사람들이 나를 불쌍하게 생각하는 것 같았네. 게다가 나를 질투하던 이들은 더욱 신이 나서 '머리가 조금 좋다고 그렇게 안하무인이더니! 교만하면 어떻게 되는지 알았겠지. 정말 꼴좋다!'라고 말하는 등 온갖 험한 소리를 지껄이더군. 이런 소리를 듣고 있으니 차라리 칼로 내 가슴을 찔러 버리고 싶은 기분이었네.

남이 뭐라고 하든 신경 쓰지 않는 것이 속 편한 일이라고 하지만, 실제로 이런 악당들이 약점을 잡아 떠들어 대는 소리를 묵묵히 참고 견딜 수 있는 사람이 있다면 진심으로 만나 보고 싶군. 그들의 이야기가 근거 없이 허무맹랑한 거라면 가볍게 흘려 버릴 수 있을지 몰라도……

3월 16일

모든 일이 편안하지 않고 초조하기만 하네. 오늘 가로수 길에서 우연히 B 양을 만났어. 나는 참을 수가 없어서 그녀에게 말을 걸었네. 다른 사람들과 멀어져 단둘만 남게 되었을 때, 며칠 전 그녀가 보여 준 태도에 대한 불만을 털어놓았지. 그러자 B 양이 자못 친근한 목소리로 말했네.

"아아, 베르테르! 내 마음을 잘 알고 있으면서, 그때 내가 당황했던 걸 그렇게 해석하다니요. 홀 안으로 들어선 순간부터 나는 당신 때문에 얼마나 괴로워했는데요! 나는 모든 것을 예상하고 있었어요. 그래서 당신한테 그 이야기를 꺼내야 하나 말아야 하나 수없이 망설였다고요. 난 S 부인과 T 부인이 당신과 함께 앉아 있으니 차라리 남편들을 데리고 나가 버릴 것이라는 사실을 잘 알고 있었어요. 백작이 그들과의 관계를 소홀히 할 수 없다는 것도요. 그러다 결국 그런 소란까지 일어난 거지요!"

"뭐라고요?"

나는 놀라움을 숨기려 노력했네. 아델린이 했던 말들이 찌릿하게 혈관을 타고 지나갔어.

"나도 얼마나 괴로웠는지 몰라요."

그 사랑스러운 여인은 눈에 눈물이 글썽한 채 그렇게 말했어. 나는 정신을 차릴 수 없었네. 마음을 가누기 힘들어 차라리 그녀의 발치에 엎드리고 싶은 심정이었지.

"자초지종을 이야기해 봐요!"

나는 그렇게 외쳤네. 그녀의 뺨을 타고 눈물이 흘러내렸어.

그녀는 눈물을 굳이 감추려 하지 않고 손으로 닦으면서 이야기를 시작했네.

"우리 아주머니를 아시죠? 아주머니도 그날 그 자리에 계셨답니다. 아주머니가 그 장면을 어떤 마음으로 보셨겠어요? 베르테르! 아주머니는 어젯밤부터 오늘 아침까지 내내 나를 나무라셨어요. 당신과 교제한다는 이유로요. 난 당신을 깎아내리고 모욕하는 말을 들으면서도 그저 참고 있어야 했지요. 마음속에 있는 말은 한마디도 꺼낼 수 없었고, 단 한 번도 제대로 변호해 드릴 수 없었다고요."

그녀의 말 한마디 한마디가 비수처럼 나의 가슴으로 파고들었네. 그녀는 차라리 그 모든 이야기를 하지 않는 것이 내게 얼마나 자비로운 일인지 깨닫지 못하는 것 같았어. 그녀는 계속하여 말했네.

"앞으로 어떤 소문이 더 퍼질지 몰라요. 어떤 사람들은 그런 이야기들을 듣고 신이 나서 더 떠들어 대겠지요. 그동안 당신이 거만하다고 비난했던 사람들은 드디어 벌을 받은 거라며 조소를 퍼붓고 고소해할 테고요."

빌헬름, 그녀가 동정 어린 목소리로 들려준 그 모든 이야기 앞에서 나는 완전히 무너져 버렸네. 내 마음은 지금도 들끓고 있어. 차라리 누가 내 면전에 대고 비난을 했으면 좋겠네. 당장 그 몸뚱아리에 칼을 꽂아 주게 말이야. 피라도 보면 마음이 좀 후

련해질 것 같은데……

아, 이런 울분을 삭이기 위해 수없이 칼을 들어다 놓았다 했어. 이 답답한 가슴에 구멍을 내 버리겠다고 몇 번이나 마음을 모질게 먹었던지! 귀한 혈통의 말은 끔찍하게 혹사를 시키면 본능적으로 자신의 혈관을 물어뜯어 숨을 끊는다지. 나도 스스로 혈관을 끊어서 영원한 자유를 얻고 싶다네.

3월 24일

나는 궁정에 사직서를 제출했고, 수리되기를 기다리고 있네. 자네들에게 미리 허락을 구하지 않은 점은 용서해 주면 좋겠어. 나는 이곳을 떠날 수밖에 없네. 나를 붙잡아 두기 위해 자네들이 무슨 이야기를 할지 다 알고 있어. 그 진심들을 모르는 것은 아니야.

그리고 자네가 우리 어머니에게 완곡하게 말씀드려 주게. 나는 지금 내 일조차 해결하기 버거운 상태이니, 어머니를 보살펴 드리지 못한다 하더라도 이해해 주실 거야. 물론 무척 가슴 아파하시겠지. 당신의 아들이 궁정 고문관이나 공사로 이어지는 빛나는 길에 막 발걸음을 내디뎠다가, 갑자기 말을 몰고 마굿간으로 되돌아온 격이 되어 버렸으니!

아무튼 좋을 대로 생각하게. 나를 붙잡아 둘 방법들을 이리저리 궁리해서 마음껏 이야기해도 좋네. 어찌 됐든 간에 난 떠날 거니까. 내가 어디로 갈지 자네들이 궁금해할까 봐 미리 말해 두지. 이곳에 ○○ 공작이라는 분이 있는데, 나와 가까이 지내고 싶어 해. 내가 나의 상황을 이야기하자, 그분이 자신의 영지로 가서 아름다운 봄을 즐기자고 제안했어. 그분은 내가 하고 싶은 대로 하면서 지내도록 내버려 두겠다고 약속했네. 나하고 잘 통하는 사람인 듯해. 그 행운의 마차에 몸을 싣고 그와 함께 가 볼까 하네.

4월 19일

자네가 보낸 편지 두 통은 잘 받았어. 답장을 보내지 않은 것은 내 사직서가 수리될 때까지 이 편지를 부치지 않고 그냥 두었기 때문이네. 어머니가 장관에게 청탁을 해서 내 계획을 방해할까 봐 염려되었거든. 그러나 이제 모든 일이 내 뜻대로 처리되었네.

궁정에서 나의 사직서를 선뜻 수리해 주지 않은 일이나 장관이 내게 보낸 편지에 어떤 내용이 담겨 있었는지에 대해서는 자네들에게 자세히 말하지 않겠네. 그 이야기를 들으면 자네들은 또 아쉬워하며 넋두리를 늘어놓을 게 뻔하니까. 황태자께서 석별금 명목으로 이십오 두카텐(옛 독일의 금화—옮긴이)과 눈물이 핑 돌 정도로 감격적인 이별의 말씀을 보내 주셨네. 따라서 얼마 전 내가 어머니에게 부탁했던 돈은 필요가 없어졌어.

5월 5일

나는 내일 이곳을 떠나네. 내 고향이 고작 십 킬로미터밖에 떨어져 있지 않으니 간만에 그곳에 들러 볼 생각이야. 그곳에서 행복한 꿈을 꾸던 유년 시절을 회상해 보려고 해. 나는 고향의 성문으로 들어갈 생각이네. 아버지가 돌아가신 후, 어머니가 나를 데리고 고향 마을을 떠나올 때 통과했던 그 성문 말이야. 어머니는 아늑하고 정든 고향을 떠나 견디기 힘든 도시에 눌러앉았지. 잘 있게, 빌헬름. 다시 소식을 전하겠네.

제 8 장

다시 로테 곁으로

5월 9일

나는 마치 순례자 같은 경건한 마음으로 고향 방문을 마쳤네. 예상치 못했던 뜻밖의 감정들이 나를 사로잡았어. 시내에서 출발하여 S 마을 쪽으로 십오 분쯤 달리다가, 커다란 보리수나무 앞에서 마차를 세웠네. 마차는 먼저 돌려보냈어. 거기에서부터는 천천히 걸어 가면서 어린 시절의 추억을 생생하게 되살려 보고 싶었거든.

나는 보리수나무 그늘에 섰네. 어렸을 때 내 산책의 목적지이자 한계선이었던 곳이지. 얼마나 많이 변했는지 모른다네. 철없던 소년 시절, 나는 그저 행복한 설렘으로 미지의 세계를 동경했어. 그 세계로 들어가기만 하면 내가 갈구하는 것들을 만족시켜 줄 자양분과 기쁨을 발견할 수 있을 것이라 믿었지. 이제 나는 소년 시절 꿈꾸었던 그 넓은 세계에서 돌아왔네. 아, 얼마나 많은 희망들이 좌절되고, 또 얼마나 많은 계획들이 깨져 버렸는지!

나는 눈앞의 산을 바라보았네. 지난날 그토록 많은 희망을 담아 수없이 바라보곤 했던 산이지. 그 시절 나는 오래도록 이곳에 앉아서 저 아득한 산들을 동경하며, 아늑하게 비치는 숲과 계곡을 생각 속에서나마 누볐네. 그러다 집으로 돌아가야 할 시각이 되면, 이 정든 장소를 떠나기가 얼마나 힘들었는지 몰라.

고향 마을이 가까워질수록 기억 속에 남아 있는 낡은 집들이 나를 반기는 듯한 기분이 들었네. 그렇지만 새로 지은 집들과 그 밖의 변화들은 어쩐지 내 눈에 거슬리더군. 성문을 지나 마을로 들어서자, 나는 완전히 옛날로 되돌아간 나 자신을 발견했어. 친구여, 나는 자네에게 아주 세세하게는 이야기하지 않으려고 하네. 그 모든 감정이 나에겐 아주 매력적으로 다가왔지만, 막상 이야기로 옮긴다면 얼마나 단조롭고 지루하겠는가.

나는 시장통에 있는, 옛날에 내가 살던 집 바로 옆에 숙소를 마련하기로 했네. 그곳으로 가다가 오래전 고지식하고 엄격했던 노부인이 아이들을 가두어 놓고 공부시켰던 교실이 잡화점으로 바뀐 것을 발견했어. 순간 그 교실에서 견뎌 냈던 불안한 마음과 눈물, 공포 등이 다시금 되살아나더군.

한 걸음 한 걸음 옮길 때마다 기분이 남달랐네. 세상 곳곳의 성지를 찾아다니는 순례자라 할지라도 종교적 감회가 얽힌 장소를 이토록 많이 만나지는 못할 거야. 또 이렇게 거룩한 감동으로 영혼이 충만해지는 경험도 흔치 않겠지. 이야기를 하자면 끝이 없겠지만 그 수많은 것들 중 한 가지만 이야기해 보겠네.

나는 강을 따라 어떤 농가가 있는 곳까지 내려갔어. 그 길 역시 어렸을 때 많이 다니던 길이었네. 그 강에서 어린 우리들은 납작한 돌멩이를 던지며 물수제비 뜨기 연습을 하곤 했지. 나는 가끔 가만히 서서 흘러가는 강물을 바라보며 이상한 예감에 사로잡히곤 했는데, 그때 그 기억과 감정이 아직도 생생하다네.

내가 방금 본 강물은 흘러 흘러 어디로 갈까? 물길이 닿는 그 수많은 곳들은 얼마나 신비한 세계일까? 이런 생각들을 하면 가슴이 마구 뛰었네. 나의 상상력은 곧 한계에 부딪혔지만, 생각만은 자꾸만 앞으로 달려나가 보이지도 않는 먼 곳을 헤매다가 넋을 잃곤 했지.

친구여, 우리의 빛나는 조상들은 평생토록 아주 제한된 지식을 가지고, 작은 마을에서 벗어나지 않고 살았음에도 얼마나 행복했던가! 그들의 감정과 문학은 얼마나 천진난만했던가? 오디세우스가 측량할 수 없는 바다와 무한한 대지에 대해 이야기했을 때, 그 말은 얼마나 진실하고 인간적이며 신비로웠던가?

지금 내가 어린 학생들과 어울리면서 지구는 둥글다고 아이들을 흉내 내어 말해 봤자 그게 다 무슨 소용이란 말인가? 인간은 이 땅에서 살기 위해 흙덩이 조금이면 충분하고, 땅 아래에서 쉬기 위해서는 더욱 적은 흙으로도 족한 것을.

지금 나는 이곳, 공작의 수렵 별장에 머무르고 있다네. 공작과는 잘 지낼 수 있을 것 같아. 그는 참으로 진실하고 소박한 사람이거든. 그러나 그의 주변은 이상한 사람들로 가득하다네. 나로서는 도무지 이해가 가지 않는 이들이야. 딱히 나쁜 사람들 같지는 않은데, 그렇다고 정직한 사람으로도 보이지 않는다네. 가끔은 괜찮게 보일 때도 있지만, 아무튼 나는 그들을 신뢰할 수가 없어.

내가 조금 유감스럽게 생각하는 점은 공작이 다른 사람에게서 들은 말이나 어디서 읽은 것들만을 화제로 삼아 이야기한다는 것이네. 그것도 다른 사람의 관점 그대로를 가지고 말이야. 뿐만 아니라 공작은 내 마음보다는 내 이성과 재능을 더 높이 평가해. 내게는 내 마음이 유일한 자랑거리이고, 마음이야말로 모든 힘과 행복과 불행의 원천인데……. 아, 내가 아는 지식은 누구나 알 수 있는 것이지만, 내 마음은 나 혼자만의 것이라오.

5월 25일
나에게는 다른 꿍꿍이속이 있었네. 그 일을 실행에 옮기기 전까지는 자네들에게 말하지 않으려 했어. 하지만 그것이 수포로 돌아가 버렸으니 이제는 아무래도 상관이 없게 되었군. 난 전쟁터에 나가려 했네. 오랫동안 그런 계획을 세워 왔지. 공작을 따라 여기까지 온 것도 바로 그 때문이었네. 공작은 ○○에 근무하는 장군이거든.

공작과 함께 산책을 하면서 나의 계획을 털어놓았어. 그런데 뜻밖에도 그가 만류하더군. 내 마음속에서 움튼 그 생각은 정열이 아니라 변덕에 불과했던 모양이네. 정열이었다면 공작이 내세우는 이유들을 귀담아듣지 않았을 테니까.

6월 11일

자네가 뭐라고 말하든 간에, 나는 더 이상 이곳에 머무를 수가 없네. 도대체 여기서 뭘 하겠나? 지루하기 짝이 없네. 공작은 최선을 다해 나를 대접해 주고 있지. 하지만 난 정말이지 견딜 수가 없어. 공작과 나 사이에는 아무런 공통점이 없다는 게 가장 큰 문제라네.

그는 이성적인 사람이지. 그것도 아주 평범하디평범한 이성적 인간. 그와 교제하는 것은 잘 쓴 책을 읽는 것 이상의 의미가 없다네. 그래서 일주일만 더 있다가 다시 길을 떠날 생각이야.

이곳에서 한 일 중 가장 의미 있는 일은 그림을 그리는 것이었네. 공작은 예술에 대한 감각이 뛰어난 편이지. 그가 불쾌한 학문과 진부한 용어로 자기 자신을 얽매지만 않는다면 더욱 훌륭한 예술 감각을 가질 수 있을 텐데.

때때로 나는 부드러운 상상력을 발휘하여 그를 자연과 예술의 세계로 인도하려 한다네. 그런데 그가 갑자기 틀에 박힌 예술 용어를 들이대며 스스로를 대견해하면 화가 치밀어 올라서 어쩔 줄을 모르겠어.

6월 16일

그래, 맞아. 난 그저 나그네에 지나지 않네. 이 지상을 떠돌아다니는 일개 순례자일 뿐이지. 자네들은 뭐, 그 이상의 존재라도 된다고 생각하나?

6월 18일

어디로 갈 거냐고? 자네에게만은 미리 고백하겠네. 앞으로 이 주일간 이곳에 더 머무른 후에 ○○ 광산을 찾아가 보려고 마음먹고 있어. 그러나 그건 평계에 불과하다네. 사실은 로테 곁으로 조금이라도 더 가까이 가고 싶어. 그게 전부라네. 나는 내 마음을 비웃으면서도 그 마음이 원하는 대로 따르고 있지.

6월 29일

아니, 아니야. 이제 괜찮네. 모든 것이 정말 괜찮아! 내가 로테의 남편이라면! 아아, 하느님, 당신이 내게 그런 행복을 예비해 주셨더라면, 나는 평생 동안 쉬지 않고 기도를 올릴 텐데요. 원망하는 것은 아닙니다. 다만 나의 이 눈물, 이 헛된 소망을 용서해 주십시오!

그녀가 나의 아내라면! 하늘 아래 가장 사랑스러운 피조물인 그녀를 내 품에 안을 수 있다면……. 빌헬름, 나는 알베르트가 그녀의 날씬한 몸을 안고 있다는 생각을 하면 온몸에 소름이 끼친다네.

내가 이런 말을 해도 될까? 안 될 이유가 뭐가 있겠나? 빌헬름, 그녀는 알베르트보다는 나와 결혼하는 편이 훨씬 더 행복할 거야! 그는 로테의 가슴속에 담겨 있는 동경들을 모두 채워 줄 만한 사람이 아니라네. 감수성이 좀 부족한 편이지. 그래, 마음대로 생각하게. 아무튼 그는 공감이라는 걸 모르는 사람이야.

예를 들어 감동적인 책 같은 걸 읽을 때 말이야. 내 마음과 로테의 마음은 어느 한 대목에서 만나게 된다네. 하지만 알베르트의 가슴은 그것에 공감하지 못하지. 로테와 내가 누군가의 행동을 보고 감동한 나머지 환호를 지르게 되는 경우에도 마찬가지야. 빌헬름, 그래도 알베르트는 온 마음을 바쳐 로테를 사랑한다네. 그 무엇으로도 보답할 수 없는 그런 사랑이지.

참기 힘든 인간이 찾아와 편지 쓰는 걸 방해했네. 내 눈물은 말라 버렸고, 몹시 심란하기만 해. 친구여, 잘 있게나!

8월 4일

나만 이런 일을 당하는 건 아니지. 사람은 누구나 희망에 속고, 모든 일은 기대에 어긋나게 마련이니까. 나는 보리수나무 아래에서 만났던 그 착한 부인을 찾아갔네. 첫째 녀석이 나를 보더니 환호성을 지르며 달려 나왔어. 그 소리를 듣고서 그 부인도 따라 나왔지. 그런데 그녀는 몹시 침울해 보이더군.

"아, 선생님, 우리 한스가 저세상으로 갔어요!"

이것이 그녀의 첫마디였네. 한스는 그녀의 막내둥이였지. 나는 너무 놀라서 아무 말도 못 하고 가만히 서 있었어. 그녀가 말을 이었네.

"남편은 스위스에서 돌아오긴 했지만, 아무런 소득도 없었어요. 인심 좋은 사람들이 도와주지 않았다면 끼니를 구걸할 뻔했대요. 도중에 열병만 얻어 왔지요."

나는 정말 아무런 말도 할 수가 없었어. 그냥 꼬마에게 돈을 조금 쥐어 주었을 뿐이네. 그러자 부인이 자꾸만 사과라도 몇 개 가지고 가라고 권하더군. 나는 그 사과를 받아 들고 슬픈 추억의 장소를 떠났네.

8월 21일

내 마음은 어찌 그리 손바닥을 뒤집듯 달라지기 일쑤인지. 때로는 다시금 인생의 서광이 밝아 오는 듯 느껴지기도 해. 아, 그러나 한순간일 뿐이네! 그렇게 꿈속을 헤맬 때면, 얼떨결에 나는 '알베르트가 죽는다면 어떻게 될까?'라는 생각을 해. '그러면 넌……, 그러면 로테는……' 그런 엉뚱한 생각을 골똘히 하다가 갑자기 심연 앞에 이르러 전율하며 물러나곤 하지.

내가 처음 무도회 때문에 로테를 데리러 갔던 길을 가 보았네. 아, 모든 것이 얼마나 달라졌는지! 모두 지나가 버렸어! 그때의 흔적은 찾을 길 없고, 당시 내가 느꼈던 감정도 함께 사라져 버렸지.

나는 다 불타 버리고 폐허가 된 성에 돌아온 망령이 된 심정이라네. 화려한 영주 시절에 지어 호화롭게 치장했다가, 임종하면서 사랑하는 아들에게 희망을 걸고 물려주었던 성에…….

9월 3일

나는 가끔 이해할 수가 없다네. 어떻게 다른 사람이 로테를 사랑할 수 있는지, 사랑해도 되는 건지. 내가 이렇게 진심을 다해, 이다지도 충만하게 사랑하고 있는데. 나는 로테 외에는 아무것도 알지 못하고, 로테 말고는 아무것도 가진 것이 없는데!

9월 4일

그래, 그런 것이지. 계절이 가을로 접어들자, 나의 마음과 내 주변에도 가을이 오고 있어. 나의 나뭇잎들은 누렇게 변하고, 이웃 나무의 나뭇잎들은 벌써 떨어졌다네.

예전에 어느 농가의 젊은 머슴 이야기를 한 적이 있는데, 기억하나? 이번에 발하임으로 돌아오자마자 나는 그 머슴의 소식을 알아보았네. 그는 일하던 집에서 쫓겨났는데, 그 후로 어떻게 지내는지 아무도 모른다고 하더군.

그런데 어제 다른 마을로 가는 길에 우연히 그를 만났네. 내가 말을 걸자 그는 그동안 있었던 이야기를 들려주었어. 그 이야기는 정말로 감동적이었지.

자네에게 그 이야기를 들려주면 자네도 내 마음을 이해할 거야. 하지만 이 모든 이야기를 하는 것이 무슨 소용이 있겠나? 어찌하여 나는 걱정스럽고 아픈 이야기들을 나 혼자서만 간직하지 못하고 자네까지 우울하게 만드는 것일까? 나는 왜 자네에게 안타까움을 살 일을 하거나, 꼬투리 잡힐 일을 자초하는 것일까? 이런 것도 나의 운명이라 여겨야 하겠지!

처음에 그는 약간 겁을 먹은 것처럼 슬프고 나직한 목소리로 이야기를 했네. 하지만 이내 자신과 나의 관계를 깨우친 듯, 자신의 실수를 솔직하게 털어놓고 불행한 처지를 한탄했어. 자네에게 그의 말 한마디 한마디를 그대로 재현해 보일 수 있다면! 그는 과거의 추억을 더듬듯이 행복하고 만족스런 표정으로 이야기를 했네.

여주인에 대한 그의 정열은 날이 갈수록 커져서, 결국 자신이 무엇을 하고 있는지조차 모를 정도가 되었더라지. 자기가 무슨 말을 하고 있는지도 모르고, 고개를 어디로 돌려야 할지도 알 수가 없었다고 해. 심지어는 먹을 수도, 마실 수도, 잠을 잘 수도 없었다는 거야. 목이 꽉 막혀 버린 듯했다네. 하지 말아야 할 일을 하고 시킨 일은 잊어버렸다는군.

마치 귀신에 홀린 듯한 기분이었다나. 결국 어느 날, 여주인이 위층 방에 혼자 있는 것을 알고 찾아갔다네. 아니, 어떤 힘에 이끌려 갔다는 편이 맞겠군. 그런데 여주인이 자신의 청을 들어주지 않자, 억지로라도 그녀를 자기 것으로 만들려고 했다지 뭔가?

그는 자신이 어떻게 그런 행동을 할 수 있었는지 모르겠다고 하더군. 언제나 진지하고 정직한 마음으로 그녀를 대했으며, 오로지 그녀와 결혼하여 함께 여생을 보내고 싶다는 바람 외에는 아무런 욕심도 없었다는데……. 그 점에 관해서는 하느님을 증인으로 내세울 수도 있다고 자신했어.

그는 이야기를 계속하다가, 갑자기 아직 더 할 말이 남아 있는데 차마 못 하는 사람처럼 더듬거리기 시작했네. 그러더니 마침내 무척 수줍어하며, 여주인이 그의 애정 표현을 조금은 받아 주었다고 고백했네. 또 그녀 곁에 어느 정도 다가가는 것까지도 허락해 주었다고 하더군.

그렇게 말하는 도중에도 몇 번이나 이야기를 중단하고는, 혹시 내가 오해하지는 않을까 염려하는 모습을 보였네. 자신이 이 이야기를 하는 것은 결코 그녀를 나쁜 사람으로 만들기 위해서가 아니라고 강조했어. 그는 예전처럼 변함없이 여주인을 사랑하고 존경한다고 했네. 그리고 이런 이야기는 지금껏 어느 누구 앞에서도 입 밖에 낸 적이 없다고 하더군. 다만 지금 내게 그것을 털어놓는 이유는, 자신이 정신 나간 사람이 아니라는 것을 확인시켜 주기 위해서라고 하였네.

친구여, 이 대목에서 내가 누누이 하던 말버릇을 또 반복해야 하네. 정말이지 그때 내 앞에 있던 그의 모습을 자네에게 그대로 보여 줄 수 있다면 얼마나 좋을까! 그러면 내가 그의 운명을 얼마나 동정하는지, 왜 동정할 수밖에 없는지를 자네에게 제대로 전할 수 있을 텐데! 하지만 고민할 필요는 없지. 자넨 나의 운명을 알고 있고, 또 나란 인간을 잘 알고 있으니까. 자네는 내가 불행한 사람들에게, 특히 이 불쌍한 남자에게 끌리는 이유를 충분히 알고 있을 테지.

이 편지를 쓰고 난 후 다시 읽어 보니, 이야기의 결말을 알려 주지 않았더군. 누구나 충분히 짐작할 수 있는 결말이라네. 그녀는 자신을 허락하지 않았네.

그런데 마침 그녀의 오빠가 찾아왔다는 거야. 그 오빠라는 사람은 오래전부터 그 머슴을 미워하던 터라, 어떻게든 내쫓을 구실을 찾고 있던 참이었지. 여동생이 재혼을 하면 자신의 아이들에게 돌아올 유산이 날아가 버리지는 않을까 염려했거든. 여동생에게 아이가 없으니, 자기 아이들이 그 유산을 물려받을 거라고 기대하고 있었던 걸세.

그리하여 그녀의 오빠는 당장 그 머슴을 쫓아내고, 그 사건을 아주 크게 떠벌렸다네. 설사 여주인이 머슴을 원한다 해도 절대로 받아들일 수 없도록 만들어 버린 거지.

그 후 그녀는 다른 머슴을 구했는데, 그 일로도 오빠와 다투어서 사이가 벌어졌다고 해. 들리는 소문으로는 그녀가 곧 새로 온 머슴과 결혼하게 될 것이라고들 하네. 그러나 그녀의 오빠는 결코 그런 일은 일어나지 않게 할 것이라고 굳게 마음먹고 있다는군.

내가 지금 자네에게 한 이야기는 조금도 과장한 것이 아니라네. 조금도 미화하지 않았어. 오히려 조심하느라 사실보다 약하게 표현했다고 말할 수 있겠군. 오래전부터 전해 내려온 도덕적인 용어를 사용해 이야기하다 보니 좀 거칠고 딱딱해졌어.

이런 사랑, 이런 충성, 이런 정열은 문학적으로 창작해 낼 수 있는 것이 아니야. 그것은 살아 있는 그 자체이지. 우리가 무식하고 야만적이라고 치부하는 사람들 사이에서 가장 순수하게 나타난다네. 소위 배웠다는 사람들이 오히려 더 잘못된 교육으로 비뚤어져 버린 게 아닐까?

부디 이 이야기를 경건하게 읽어 주게. 나는 아주 차분하게 이 편지를 썼으니까. 오늘은 내가 평소처럼 글씨를 마구 갈겨 쓰지 않았다는 것만 봐도 내 마음 상태를 알 수 있겠지?

이 편지를 읽고 이것이 또한 자네 친구의 이야기라고 생각해 주게. 그래, 바로 나의 이야기라네. 다만 나는 이 불행한 남자처럼 그렇게 용감하지도 못하고, 결단력도 없지. 어찌 감히 그와 나를 비교하겠나?

제 9 장
로테 없이는

9월 5일

로테는 일 때문에 시골에 머물고 있는 알베르트에게 편지를 썼네. 그 편지는 이렇게 시작하지.

"진심으로 좋아하고 사랑하는 당신, 최대한 빨리 돌아와 주세요. 당신이 돌아오는 순간을 더없이 설레는 마음으로 기다리고 있어요."

그런데 한 친구가 찾아와서, 알베르트에게 갑자기 급한 사정이 생겨서 조금 늦게 돌아올 거라는 소식을 전해 주었네. 로테의 편지는 부치지 못한 채 그냥 놓여 있다가, 저녁때 내 손으로 들어왔어. 나는 그 편지를 읽으면서 미소를 지었네. 로테가 왜

웃느냐고 물었어.

"상상력은 신이 주신 선물이 분명해요. 나는 한순간 이 편지를 내게 쓴 것이라고 상상했거든요."

내 대답을 듣고 로테는 갑자기 입을 꾹 다물어 버렸네. 그 말이 마음에 거슬리는 모양이었어. 나도 입을 다물고 가만히 있었네.

9월 6일

로테와 처음 만나서 춤을 추었을 때 입었던 단순한 디자인의 파란색 연미복을 벗어 버리기로 참으로 힘들게 결심했네. 그 옷은 이제 도무지 봐줄 수 없을 지경이거든. 그래서 깃과 소맷부리까지 그것과 똑같은 모양으로 해서 한 벌 더 맞추었네. 노란색 조끼와 바지도 함께 주문했어.

하지만 아무래도 같은 옷이라고 느껴지지는 않네. 왜 그런지는 모르지만……. 아마도 시간이 지나면 나아지겠지.

9월 12일

로테는 알베르트를 마중하러 며칠간 여행을 떠났었네. 오늘 로테의 집에 갔더니, 그녀가 나를 맞아 주더군. 나는 진심으로 기뻐하며 그녀의 손에 키스를 했지.

카나리아 한 마리가 거울 쪽에서 날아와 그녀의 어깨 위에 앉았어.

"새로운 친구예요."

로테는 그렇게 말하면서 카나리아를 자기 손 위에 내려앉도록 했네.

"아이들 선물로 데려왔어요. 얼마나 사랑스러운지 몰라요. 이것 좀 봐요! 빵을 주면 날개를 퍼덕이면서 아주 얌전하게 쪼아 먹는답니다. 나와 입맞춤도 한다니까요. 자, 보세요!"

로테가 카나리아에게 입술을 내밀자, 그 새는 행복을 만끽하듯이 사랑스럽게 그녀의 달콤한 입술에 부리를 갖다 대었어.

"당신에게도 입을 맞추게 할게요."

그녀는 그렇게 말하며 새를 내게 넘겨주었네. 그 조그마한 부리가 그녀의 입술에서 내 입술로 옮겨 왔어. 내 입술을 쪼는 조그만 부리의 감촉은 마치 사랑이 넘치는 향락의 숨결인 듯, 그런 예감인 듯 느껴졌지. 그러나 나는 이렇게 말했네.

"새는 본능적으로 입을 맞추는 거예요. 먹이를 찾는 거지요. 그냥 입맞춤하는 것만으로는 만족하지 않아요."

"내 입에서 먹이도 잘 받아먹어요."

로테는 그렇게 말하면서 빵 부스러기를 입에 물고 새에게 먹여 주었네. 그 입술에서는 천진난만한 사랑의 기쁨이 넘쳐흐르고 있었지.

그 순간, 나는 얼굴을 돌렸네. 그녀는 그런 행동을 하면 안 되는 거였어. 그처럼 지고한 순결과 행복으로 가득 찬 장면으로 나의 상상력을 자극하여, 인생에 대한 무관심으로 잠재웠던 나의 가슴을 깨우는 일은 하지 말았어야 했지! 하지만 안 될 까닭이 무엇인가? 그녀는 나를 그렇게도 믿어 주는데! 그리고 내가 그녀를 얼마나 사랑하는지 알고 있는데!

9월 15일

빌헬름, 이 지상에서 정말 가치 있다고 인정할 만한 것은 그리 많지 않다네! 그런데 그런 흔치 않은 것들에 대해 아무런 생각이나 느낌이 없는 사람들이 있다니 정말 미칠 노릇이야. 자네도 기억하고 있겠지? 내가 성 ○○의 목사관을 방문했을 때, 로테와 함께 호두나무 그늘에 앉아 있었던 일을 말이야.

그 호두나무들을 볼 때마다 내 마음은 기쁨으로 차올랐지. 그 나무 덕분에 목사관은 얼마나 아늑해 보이고, 또 얼마나 시원했던가! 가지들은 얼마나 멋지게 늘어졌던지! 더불어 오래전에 그 나무들을 심었던 존경스런 성직자들에 대한 추억까지 불러일으키곤 했지.

학교 선생님은 자기 할아버지에게 들었다면서, 우리에게 그 목사님들 가운데 한 분의 이야기를 자주 했어. 아주 훌륭한 분이었다지. 호두나무 아래에서 그분을 추억하는 시간이 얼마나 거룩하게 느껴졌는지 모른다네.

어제 호두나무들이 잘렸다는 이야기를 전할 때, 그 선생님의 눈에는 눈물이 그렁그렁했네. 그 나무가 잘렸다니! 난 화가 나서 미칠 것만 같아. 그 나무에 맨 처음 도끼질을 한 몹쓸 인간을 죽여 버리고 싶은 심정이었다네. 그런 나무 몇 그루가 내 뜰에 서 있다가 늙어 죽는다 해도 슬픔을 가누지 못할 텐데, 이런 상황을 그대로 보고만 있어야 하다니…….

친구여, 인심이란 무엇인지! 그 일에 대해 마을 사람들 모두가 불만스러워한다네. 그 나무를 베어 버린 후 목사관에 가져다주는 버터와 계란 같은 선사품이 부쩍 줄었으니, 그런 상황을 보고 목사 부인이 이 마을에 얼마나 큰 상처를 주었는지를 깨달았으면 좋겠어. 그도 그럴 것이 새로 부임한 목사(예전 그 목사는 돌아가셨어.) 부인이 그 일을 벌인 장본인이기 때문이라네.

새 목사 부인은 몸이 비쩍 마른 데다가 병약한 여자로, 아무도 자신에게 호감을 보이지 않으니 그 자신도 세상에 대한 관심을 끊어 버린 불행한 사람이라네. 그리하여 어리석게도 학자가 되겠다는 일념으로 성서 연구에 몰두하고, 요즘 유행하는 도덕적 비판적인 기독교 개혁에 열을 올리고 있지. 한편으로는 라파터(취리히 태생의 신학자—옮긴이)의 광신적 태도에 어깨를 으쓱하며 멸시한다네.

건강이 좋지 않다 보니 신이 창조하신 이 땅에서는 아무런 즐거움을 느끼지 못하는 모양이야. 그러니 그 소중한 호두나무를 베어 버릴 생각을 하지 않았겠나?

정말 생각만 해도 어처구니가 없네. 그녀가 주장하는 바는 대충 이런 내용들이야. 우선 낙엽들이 마당을 지저분하게 하고 음침하게 만든다는 걸세. 또 나무들 때문에 햇빛이 잘 들지 않고, 호두가 익으면 아이들이 호두를 따려고 돌을 던져 대서 신경에 거슬린다나. 그래서 케니코트(영국의 신학자―옮긴이)나 젬러(경건파 신학자―옮긴이), 미하엘리스(신학자이자 동양학자―옮긴이)를 서로 비교해 연구하려고 해도 깊이 생각하는 데 방해가 된다는 거야. 나는 마을 사람들, 특히 나이 든 어르신들이 아주 불만스러워하는 것을 보고 물었네.

"왜 그냥 두고만 보셨어요?"

"여기선 면장이 하고 싶어 하면 우리야 별도리가 없으니까요."

그런데 재미있는 일이 하나 일어났네. 새 목사는 그렇지 않아도 허구한 날 변덕을 부리는 마누라를 못마땅해 하던 차에, 이번에 그 변덕을 이용해 한몫 챙기려고 한 모양이야. 면장과 짜고 호두나무를 판 돈을 나눠 먹기로 했다지 뭔가? 그러자 관리국에서 그 낌새를 눈치채고는 나무 판 돈을 보내라고 했다는군. 왜냐하면 목사관의 호두나무가 서 있는 땅은 오래전부터 관리국이 관할권을 갖고 있었기 때문이지. 관리국은 높은 가격을 부른 사람에게 호두나무를 팔았네.

아무튼 호두나무는 쓰러져 있어! 아, 만약 내가 이곳의 영주였다면! 면장이든 목사 부인이든 관리국이든 신경 쓸 것 없이 모조리……! 영주라! 하긴 내가 영주였다면 내 땅에 있는 나무들에게 신경이나 썼을까!

10월 10일

로테의 검은 눈동자를 보기만 해도 나는 기분이 좋아진다네. 그런데 좀 언짢은 것은 알베르트가—만약에 내가 그라면 아주 행복해할 만한데— 그리 행복해 보이지 않는다는 거야. 사실 나는 글 속에 이런 줄표를 집어넣는 걸 좋아하지 않지만, 여기서는 달리 표현할 방법이 없군. 그리고 이것으로도 충분히 명료하다고 생각하네.

10월 12일

오시안이 마침내 내 마음속에서 호메로스를 쫓아내 버렸네. 오시안은 나를 어떤 세계로 인도하는가? 그는 어스름한 달빛 속에서 자욱한 안개에 싸인 채 폭풍우가 휘몰아치는 황야를 방랑한다네. 산 쪽에서 계곡물이 쏟아져 내리는 소리가 들려오는 가운데, 동굴에서는 망령들의 희미한 신음 소리가 들리지. 고귀하게 죽어 간 사랑하는 사람을 기리는 네 개의 망주석(望柱石)은 이끼와 수풀로 덮여 있고, 그 앞에서는 아가씨가 슬픔에 겨워 어깨를 들썩이며 통곡한다네.

이윽고 백발이 성성한 방랑 시인이 내 눈에 들어오네. 그는 드

넓은 황야에서 선조들의 발자취를 찾아 헤매다가 마침내 그들의 망주석을 발견하지. 그러고는 파도치는 바다 속으로 몸을 숨기는 사랑스런 저녁별을 바라보는 거야.

그럴 때 이 영웅의 가슴속에는 다정한 별빛이 용사들의 모험을 밝혀 주던 지난날이, 화환으로 한껏 장식을 하고 개선해 돌아오는 그들의 배를 달빛이 환하게 비추어 주던 그 옛날이 되살아난다네.

이제 이 마지막 영웅의 이마에는 깊은 고뇌가 아로새겨지고, 그 역시 지칠 대로 지친 나머지 비틀거리며 무덤으로 향하네. 그러나 고인들의 무기력한 넋들 앞에서, 새삼스레 고통의 기쁨이 솟아오르네. 그는 이 기쁨을 깊이 들이마시고, 차가운 땅과 바람에 흔들리는 우거진 수풀을 바라보며 이렇게 외친다네.

"나그네가 오리라. 나의 아름다웠던 시절을 본 나그네가 찾아와서 물으리라. '노래하는 자, 핑갈(오시안의 아버지―옮긴이)의 뛰어난 아들은 어디에 있는가?' 나그네의 발걸음은 내 무덤 위를 지나갈 것이고, 이 땅에서 나를 찾는 것은 모두 헛된 일이 되리라."

아아, 친구여! 나도 고귀한 용사처럼 검을 빼어 들고, 서서히 죽어 가는 나의 영주 오시안을 그 고통에서 단번에 해방시켜 주고 싶네. 그리고 해방된 반신(半神)의 뒤를 쫓아, 나의 영혼도 그곳으로 보내고 싶어.

10월 19일

아, 이 허전함! 여기 이 가슴에서 느껴지는 놀랄 정도로 무서운 허전함! 나는 가끔 그런 생각이 든다네. 로테를 한 번만, 단 한 번만 내 품에 안아 볼 수 있다면, 이 허전함은 완전히 채워질 텐데, 하는 생각.

10월 26일

점점 더 사람이란 존재가 참으로 별것 아니라는 생각이 들어. 정말 보잘것없지. 로테의 친구가 찾아왔네. 나는 자리를 비켜 주려고 책을 들고 옆방으로 건너갔어. 하지만 내용이 전혀 눈에 들어오지 않아, 아무것이든 써 보려고 펜을 들었지. 로테가 친구와 이야기를 나누는 소리가 나지막하게 들려왔네. 두 사람은 마을의 소소한 소식들을 나누었어. 누가 결혼했다더라, 누가 아프다더라 하는 이야기들 말이야.

"그 부인은 마른기침을 얼마나 심하게 하는지 몰라. 게다가 얼굴은 완전히 피골이 상접해서 못 봐 줄 지경이야. 가끔은 졸도까지 한다더라고. 아무래도 오래 살긴 힘들겠어."

친구가 말했네. 로테도 거들었지.

"N. N.도 건강이 몹시 안 좋대. 벌써 몸이 많이 부었다지."

두 사람이 주고받는 이야기를 가만히 듣고 있으니, 나는 마치 그 불쌍한 사람들의 침대 옆에서 그들을 지켜보고 있는 듯한 기분이 들었네. 그들이 얼마나 이 생에 미련을 가지고 있는지를 절절히 느낄 수 있었어. 빌헬름! 그런데 로테와 그 친구는 전혀 모르는 사람에 관한 이야기인 양 대수롭지 않게 말하더군.

나는 방 안을 둘러보았어. 로테의 옷가지와 알베르트의 서류들, 이제는 아주 익숙하고 정이 들어 버린 가구들과 잉크병……. 나는 그것들을 바라보며 깊은 생각에 잠겼네.

'넌 이 집에서 어떤 존재인가? 이곳의 친구들은 너를 존중해 주고, 너 역시 가끔은 이 친구들을 기쁘게 해 주지. 네 마음은 이들이 없으면 살아갈 수 없을 거라고 말한다. 그러나 막상 네가 떠나 버리면? 이들과 이별을 한다면? 이들은 네가 없어져 버린 자리 때문에 허전함을 느낄까? 과연 얼마 동안이나 허전해할까? 과연 얼마나?'

인생은 참으로 무상한 것이네. 자신의 존재감을 그렇게 확실히 느끼고 존재를 진정으로 깊이 각인시킬 수 있는 곳에서조차, 사랑하는 사람들의 기억과 영혼 속에서조차 속절없이 잊히고 사라져 버리고 마니까. 그것도 아주 순식간에!

10월 27일

인간들은 왜 그렇게 서로에게 야박하게 대하는지! 그런 생각을 하면 가슴을 갈기갈기 찢고, 머리를 박고 싶을 때가 한두 번이 아니야. 사랑이든 즐거움이든 따뜻함이든 기쁨이든, 내가 베풀지 않으면 남도 내게 주지 않는 법이지. 내 가슴이 아무리 행복으로 충만하다 해도, 냉랭하고 무기력한 사람들 앞에서는 어찌해 볼 도리가 없다네.

10월 27일 저녁

나는 많은 것을 가지고 있어. 그러나 로테를 향한 감정이 모든 것을 삼켜 버리지. 나는 이렇게도 많은 것을 가지고 있네. 그러나 로테 없이는 그 모든 것이 아무것도 아닌 것이 되어 버리네.

10월 30일

나는 벌써 여러 번 로테의 목에 매달릴 뻔했네! 그렇게 사랑스러운 사람이 눈앞에서 지나다니는데 손을 뻗어 잡을 수 없다는 것이 어떤 심정인지는 신만이 아실 거야. 손을 내밀어 붙잡는 것은 인간의 가장 자연스런 충동 아닌가! 아이들은 보는 것마다 손을 뻗어 잡으려 들지 않는가? 하지만 난 왜?

11월 3일

하느님은 아실 걸세. 내가 때때로 다시 깨어나지 않기를 바라며 잠자리에 든다는 것을. 그러다가 아침에 눈을 떠 다시 태양을 보면 한없이 침울해진다네. 오, 내 마음이 쉽게 변한다면 좋겠어. 내 마음이 괴팍해져서 이런 기분을 날씨 탓을 한다든지 다른 사람의 탓으로 돌린다든지 다른 사람 때문이라고 원망하거나 계획이 실패했기 때문이라고 탓할 수 있다면……. 그러면 견디기 힘든 불만과 불쾌라는 무거운 짐이 반으로 줄어들 텐데 말이야.

그러나 안타깝게도, 나는 모든 죄가 내게 있다는 것을 뼈저리게 느끼네. 아니, 죄라고 할 수는 없지! 아무튼 예전에 모든 행복의 근원이 내 안에 있었던 것처럼, 이제는 모든 불행의 근원이 내 마음속에 있다고 느껴. 예전 같으면 감정이 벅차오르는 가운데, 발걸음을 떼어 놓을 때마다 낙원을 느끼고 온 세계를 사랑의 마음으로 품었지. 그때의 나와 지금의 나는 같은 사람이 아닌가? 그러나 지금 내 가슴은 죽어 있다네. 어떤 환희도 느낄 수 없고, 눈물마저 바싹 말라 버렸어. 나의 마음은 눈물로도 정화되지 못한 탓에 불안스레 내 이마를 찡그리게 만들 뿐이네.

나는 너무 괴로워. 내 삶에서 유일한 기쁨이었던 것을 잃었기 때문이지. 내 주변 세계를 만들어 나갔던 약동하는 신성한 힘은 이제 사라져 버렸네! 창문 너머로 멀리 있는 언덕을 바라보면 아침 해가 안개를 헤치고 떠오르면서 고요한 들판 구석구석을 비춰 주고, 시냇물은 잎이 떨어진 버드나무를 감싸 돌며 부드럽게 흐르지. 아, 그러나 그렇게 아름다운 자연도 내게는 한낱 자그마한 그림에 불과하다네.

그 어떤 기쁨도 내 가슴속에서 단 한 방울의 행복도 길어 올리지 못해. 나의 이 몸뚱이는 말라 버린 샘물처럼, 물 없는 양동이처럼 신 앞에 서 있을 뿐이지. 나는 때때로 바닥에 엎드리고는 하느님께 눈물을 달라고 애원한다네. 마치 황동빛 하늘 아래 대지가 온통 목마름으로 타 들어갈 때, 농부가 비를 구하는 것처럼 말이야.

아, 그러나 우리가 아무리 열렬히 기도해도 하느님은 비도, 햇빛도 내려 주시지 않는다는 것을 느끼네. 생각해 보면 너무나도 괴로웠던 시간이었는데, 어찌하여 그리도 성스러웠던가? 그것은 내가 참을성 있게 성령을 기다리면서, 신이 내게 부어 주시는 기쁨을 온 마음으로 감사하며 받아들였기 때문일 테지.

11월 8일

로테는 내가 도통 절제라는 걸 모른다고 나무랐어! 그렇게 사랑스러운 태도로 말일세! 그녀는 포도주가 한 잔 들어가면 기어코 한 병을 다 마셔 버려야 직성이 풀리는 나의 버릇을 지적한 것이네.

"그러지 말아요! 로테를 생각해서라도요."

그녀가 말했어.

"당신을 생각하라고요? 그런 당부는 할 필요가 없어요. 내가 일부러 생각하려 하지 않아도 당신은 내 머릿속에서 한시도 떠나지 않으니까요. 오늘도 난 당신이 전에 마차에서 내렸던 그곳에 한참이나 앉아 있었어요."

　로테는 내가 그런 이야기를 계속하지 못하도록 화제를 다른 곳으로 돌렸네. 친구여, 나는 그런 지경이 되어 버렸어! 그녀는 나를 마음대로 할 수 있다네.

제 10 장
고통의 시간

11월 15일

빌헬름, 나를 생각하는 자네의 진심 어린 관심과 충고 정말로
고맙네. 하지만 너무 걱정하지 말게나. 나를 그냥 내버려 두었으
면 좋겠어. 나는 몹시 지쳐 있기는 하지만, 아직은 이 모든 고통
을 이겨 낼 힘이 있다네.

자네도 알고 있다시피 나는 종교를 존중하네. 종교가 지친 이
들에게는 지팡이가 되고, 고통받는 자들에게 위로가 된다는 것
을 잘 알고 있지. 그러나 종교가 모든 사람에게 그렇게 할 수 있
다고는 생각지 않아. 이 넓은 세상을 두루두루 살펴보면, 설교를
들었건 안 들었건 간에 종교에서 위로를 받지 못하는 사람들이

무수히 많다는 것을 알게 될 걸세.

그런데도 내가 종교에서 꼭 위안을 찾아야 할까? 하느님의 아들조차 하느님이 그에게 보내 주신 이들만이 자신의 곁에 있게 될 거라고 말하지 않았는가? 만약 내가 그에게 보내진 사람이 아니라면? 나는 요즘 자꾸만 그런 생각이 드네. 하느님께서 나를 곁에 두시려는 건 아닐까 하는…….

이 말을 이상하게 해석하지는 말게. 이런 순진무구한 말을 조롱하는 것이라고 여기지 말아 줘. 그저 자네에게 나의 솔직한 마음을 털어놓은 것이니. 자네가 이상하게 여길 거라고 생각했다면 그냥 잠자코 있었을 거야. 다른 사람들이 그러는 것처럼 나 역시 잘 알지 못하는 일에 이러쿵저러쿵하고 싶지 않아.

인간의 운명이란 결국 자신의 분수를 지키고, 자신의 잔에 담긴 술을 끝까지 다 마시는 것 아니겠나? 그리고 그 술잔은 하늘에서 성육신한 예수의 입에도 쓰다고 했거늘, 무엇 때문에 내가 허세를 부려 가며 내 입에는 단 것처럼 마셔야 하겠나? 나의 존재가 삶과 죽음 사이에서 전율하고, 과거는 미래의 어두운 심연 속에서 번갯불처럼 번득이는 이 순간, 나를 둘러싼 모든 것이 곤두박질치며 침몰하려는 이 끔찍한 순간에 나를 굳이 부끄럽다 여겨야 하는가?

"하느님, 나의 하느님! 왜 나를 버리셨습니까?"

이렇게 부르짖는 소리는 극한 상황 속에서 내면의 힘이 고갈

된 나머지, 자기 자신을 잃고 추락하는 피조물이 신음하는 소리가 아닐까? 내가 그런 신음을 부끄러워하고 겁먹을 필요가 뭐가 있겠나? 하늘을 한 폭의 피륙처럼 둘둘 말 수 있는 하느님 아들도 면하지 못했던 순간이 아닌가?

11월 21일

로테는 나와 그녀 자신을 파괴하는 독약을 스스로 준비하고 있다는 사실을 알지도, 느끼지도 못한다네. 그녀가 나의 파멸을 위해 건네는 잔을 나는 아주 감지덕지하며 마시지. 자주, 아니 자주라고 할 수는 없어. 그래도 가끔 내게 던지는 그녀의 다정한 눈빛, 내가 나도 모르게 감정을 드러내고 말았을 때 그것을 달갑게 받아들이는 그녀의 친절, 그리고 그녀의 얼굴에서 엿볼 수 있는 내 인내심에 대한 동정……. 이것들은 과연 무엇을 의미하는 것인지?

어제 헤어질 때, 로테는 내게 손을 내밀어 악수를 청하며 이렇게 인사했네.

"잘 가요, 사랑하는 베르테르!"

사랑하는 베르테르! 로테가 내게 '사랑한다'라는 수식어를 붙인 것은 이번이 처음이었어. 그 말은 나의 골수에 사무쳤고, 나는 그 말을 수백 번이나 되뇌었네. 어젯밤 잠자리에 들 때 혼자서 뭐라고 중얼거리다가 갑자기 "잘 자요, 사랑하는 베르테르!"

라는 말이 튀어나와 버렸네. 그러고는 혼자서 히죽 웃어 버렸지.

11월 22일

"로테를 내게서 멀어지게 해 주세요!"

나는 이런 기도를 할 수가 없네. 가끔은 로테가 나의 것처럼 여겨지니까 말이야. 그렇다고 "로테를 내게 주세요!"라고 기도할 수도 없다네. 로테는 다른 사람의 아내니까. 나는 한없이 고통스러운 마음으로 이런 궤변들을 중얼댄다네. 그냥 내버려 둔다면 장황한 명제와 반명제가 끝없이 되풀이될 거야.

11월 24일

로테는 내가 얼마나 많이 참고 있는지 짐작할 거야. 오늘 그녀의 눈길이 내 가슴속을 깊이 꿰뚫었네. 내가 로테를 찾아갔을 때, 그녀는 혼자 있었어. 나는 아무 말도 하지 않았고, 로테 역시 말없이 나를 바라보았네.

그 순간에는 그녀의 사랑스런 아름다움도, 빛나는 정신세계도 보이지 않았어. 그런 것은 모두 내 눈앞에서 사라져 버리고, 훨씬 더 강렬하고 찬란한 시선이 내 가슴에 사무쳐 왔네. 달콤한 동정과 깊고 절실한 공감으로 가득한 눈길이었지. 아, 어찌하여 나는 그녀의 발치에 몸을 던지지 못했을까? 왜 그녀를 끌어안고 수천 번의 키스를 퍼붓지 못했을까?

로테는 피아노가 있는 곳으로 슬그머니 몸을 피하더니, 피아노를 치면서 달콤하고 낮은 목소리로 노래를 불렀어. 그녀의 입술이 그렇듯 매혹적으로 보인 것은 처음이었네. 입술은 마치 피아노에서 울려오는 그 달콤한 소리를 들이마시려는 듯 벌어져 있었고, 은밀한 메아리만이 그 순결한 입에서 새어 나오는 것 같았지. 그 모습을 어떻게 말로 표현할 수 있을까!

나는 더 이상 참을 수가 없어서 고개를 숙이고 맹세했네. 거룩한 하늘의 정신이 감도는 그 입술에 나는 결코 키스할 생각을 하지 못하겠노라고……. 그러나 맹세를 했음에도 불구하고 나는 그녀의 입술에 키스를 하고 싶네. 하! 그 마음이 내 영혼 앞에서 장벽처럼 버티고 서 있어. 그 행복을 누리고서, 내 몸을 파멸시켜 속죄할까? 이것을 죄라고 할 수 있을까?

11월 26일

가끔 나는 나 자신에게 이렇게 말을 하지.

'네 운명은 왜 이런 것이냐? 다른 사람들은 모두 행복한데. 누구도 너와 같은 고통을 겪어 보지 못했으리라.'

그리고 나는 옛 시인의 시 한 구절을 읽는다네. 그러면 마치 내 마음속을 들여다보는 것 같아. 나는 많은 것을 참아 내야 하네! 아, 일찍이 나보다 가련하고 비참한 사람이 또 있었을까?

11월 30일

나는 아무래도 정신을 차리지 못할 것 같아. 어디를 가도 나를 당황시키는 일에 부딪힌다네. 오늘도! 오, 운명이여! 오, 인간이여!

점심때 물가를 따라 걸었네. 식욕이 전혀 없었어. 어디를 보아도 쓸쓸해 보이더군. 축축하고 차가운 바람이 산 쪽에서 불어오고, 회색 비구름이 골짜기로 몰려왔네. 멀리 떨어진 곳에서 낡은 초록빛 외투를 입은 한 남자가 보였어. 바위 사이를 돌아다니며 약초를 찾고 있는 것이라 생각했지.

내가 가까이 다가가자 그는 인기척을 듣고 뒤를 돌아다보았네. 그런데 그의 표정이 무척 흥미로웠어. 그의 얼굴에는 고요한 슬픔이 깃들어 있었지만, 그 슬픈 표정 속에 착한 마음씨가 엿보였네. 검은 머리카락은 두 다발로 말아 핀으로 고정시켰고, 나머지는 길게 땋아 등으로 늘어뜨리고 있었어. 옷차림으로 보아 신분이 낮은 사람 같았지. 그리 큰 실례가 될 것 같지 않아서 무엇을 찾고 있느냐고 물었네. 그는 한숨을 쉬며 대답하더군.

"꽃을 찾고 있어요. 그런데 한 송이도 찾을 수가 없네요."

내가 미소를 지으며 말했어.

"꽃이 피는 계절이 아니잖아요."

그러자 그는 내가 있는 곳으로 내려오면서 말하더군.

"꽃은 많아요. 우리 집 정원에는 장미와 인동 꽃들이 있답니다. 그중 하나는 아버지가 심으셨죠. 그런데 지금은 잡초처럼 무성해졌어요. 벌써 이틀째 꽃을 찾아다니고 있는데 보이지가 않네요. 이 근처에는 언제나 꽃들이 지천으로 피어 있었는데 말이에요. 노란 꽃, 파란 꽃, 빨간 꽃 들이 늘 피어 있었지요. 용담초를 본 적 있으세요? 어여쁘게 생긴 작은 꽃이 핀답니다. 그런데 오늘은 한 송이도 눈에 띄지 않는군요."

나는 이상한 기분이 들어서 그에게 조심스레 물어보았네.

"꽃으로 무얼 하게요?"

순간, 그의 얼굴에 야릇한 미소가 번졌어. 그는 자신의 입에 손가락을 갖다 대며 말했네.

"비밀은 지켜 주셔야 해요. 사랑하는 이에게 꽃다발을 만들어 주겠다고 약속했답니다."

"그것참, 멋지네요."

"그 사람은 다른 것들은 아주 많이 가지고 있어요. 엄청난 부자거든요."

"그래도 당신의 꽃다발은 좋아할 거예요."

"아, 그녀는 보석과 왕관도 가지고 있어요."

"애인이 대체 누군데요?"

그가 갑자기 딴전을 부리더군.

"네덜란드 정부에서 내게 급료를 지불해 주었더라면, 그랬다면 지금쯤 나는 다른 사람이 되어 있을 거예요! 그래요, 한때 정말 좋았던 시절이 있었지요! 지금은 모두 다 지나가 버렸지만요. 난 지금…….”

하늘을 바라보는 그의 젖은 눈길이 모든 걸 말해 주는 듯했어. 그런 그의 모습을 바라보며 내가 물었지.

“그래, 그때는 행복했나요?”

“아, 다시 그렇게 되었으면 좋겠어요. 그때는 물 만난 고기처럼 행복하고 즐겁고 경쾌했지요!”

그때 한 노파가 우리 쪽으로 다가오면서 “하인리히!” 하고 소리쳤네.

“하인리히, 어디 있었니? 얼마나 찾아다녔는데. 자, 어서 가자. 식사 시간이잖니?”

“아드님입니까?”

내가 노파에게 다가서며 물었어.

“그래요, 불쌍한 내 아들이지요! 하느님이 내게 무거운 십자가를 지게 하셨답니다.”

“이렇게 된 지는 얼마나 되었습니까?”

“이렇게 조용해진 건 반년쯤 되었네요. 계속 이렇게만 있어 준다면 감지덕지하겠어요. 전에는 일 년 내내 미쳐 날뛰는 바람에 정신 병원에 가두고 사슬로 묶어 놓았지요. 이제는 아무에게도 행패를 부리지 않아요. 다만 왕이니 황제니, 이런 것만 찾을 따름이지요. 아주 착하고 조용한 아들이었어요. 생활비도 보태 주고, 글씨도 얼마나 잘 썼는데요. 그런데 어느 날 갑자기 우울증 증세를 보이더니 열이 펄펄 나더라고요. 그때부터 정신이 이상해졌어요. 지금은 방금 본 대로랍니다. 말씀을 드리자면……."

나는 노파의 말을 가로막고 물어보았네.

"그럼 아드님이 그토록 행복하고 즐거웠다는 시절은 언제였습니까?"

"아이고, 어리석은 놈!"

노파는 애처롭다는 듯한 미소를 지으며 소리쳤네.

"완전히 미쳐 버렸을 때를 말하는 거예요. 늘 그때를 자랑하지요. 자기가 어떤 상태인지도 모른 채 정신 병원에 갇혀 있었던 때인데 말이지요."

나는 번개라도 맞은 듯 정신이 멍해져서, 노파의 손에 돈을 조금 쥐어 주고는 얼른 그 자리를 떠났어.

"그때 너는 행복했구나!"

나는 그렇게 외치며 시내 쪽으로 걸음을 재촉했네. 그래, 그때 너는 물을 만난 고기처럼 행복했구나! 하느님! 당신은 인간이 이성을 얻기 전과 이성을 잃었을 때에만 행복하도록 만드셨군요!

불쌍한 사람! 그러나 나는 그대의 그 우울이, 그대가 앓는 정신의 혼돈이 얼마나 부러운지 모른다! 그대는 희망으로 가득 차서, 여왕을 위해 겨울에도 꽃을 찾으러 헤매고 다니지 않는가.

그리고 꽃을 한 송이도 찾을 수 없다고 슬퍼하면서도 어찌하여 꽃을 찾을 수 없는지 깨닫지 못한다. 그러나 나는 소망도 목적도 없이 나갔다가, 나갔던 그대로 되돌아왔다.

그대는 네덜란드 정부가 급료를 지불해 주었더라면 삶이 달라졌을 거라고 말한다. 자신의 불행한 처지를 다른 이의 탓으로 돌릴 수 있는 행복한 사람이여! 그대는 이런 비참한 불행이 그대의 망가진 마음과 머리 때문이라는 것을, 그리하여 이 땅의 어떤 제왕도 그대를 구원할 수 없다는 것을 알지 못한다.

병을 고치기 위해 머나먼 온천으로 여행을 떠났다가 오히려 더 악화되어 고통스럽게 삶을 마감하는 병자들을 비웃는 사람들이여! 양심의 가책에서 벗어나고 영혼의 고통을 덜고자 거룩한 예수의 무덤을 찾아 떠나는 순례자들을 무시하는 사람들이여! 그대들은 위안조차 받을 수 없는 비참한 최후를 맞으리라.

길 없는 길에 흔적을 남기는 한 발자국 한 발자국이 불안한 영혼에게는 마음을 달래 주는 진정제 한 방울 한 방울인 것이다. 그렇게 하루하루의 여행을 견뎌 낼 때마다 괴로운 마음이 차츰 안정을 찾게 되는 것이다. 편안한 소파에 기대 앉아 말로만 떠들어 대는 그대들이여, 이것을 감히 망상이라고 할 터인가!

아, 하느님! 내 눈물이 보이시나요? 당신은 그렇지 않아도 인간을 이렇게 불쌍하게 창조하시고서, 가난한 마음뿐만 아니라 당신에게 품은 그 보잘것없는 믿음마저 앗아가 버리는 형제들까지 허락하셔야만 했나요? 우리가 병을 고치는 나무뿌리나 포도즙의 효능을 믿는 것은, 당신이 우리를 둘러싼 모든 것에 우리가 매시간 그렇게도 필요로 하는 치유와 진정의 힘을 감추어 두었다고 믿는 마음이 아니고 무엇이겠습니까?

알 수 없는 아버지시여! 전에는 나의 영혼을 충만하게 채워 주셨는데 이제는 나를 외면하고 계시는군요. 제발 나를 당신 곁으로 불러 주십시오! 더 이상 침묵하지 말아 주십시오! 이 목마른 영혼은 당신의 침묵을 견딜 수 없습니다.

뜻밖에 되돌아온 아들이 아버지의 목에 매달려 이렇게 말을 합니다.

"아버지, 돌아왔어요. 아버지의 뜻에 따른다면 좀 더 참고 견뎌야 했겠지만, 마음대로 여행을 중단했다고 화를 내지는 마세요. 세상은 어디나 다 같다고 생각해요. 고생하고 일하면 보상과 기쁨이 따르지요. 하지만 그게 대체 무슨 소용이 있겠어요? 난 그냥 아버지가 계신 곳이 좋습니다. 아버지 앞에서 괴로움이든 즐거움이든 모두 맛보고 싶어요."

이런 말을 듣고 어느 인간이, 어느 아버지가 화를 낼 수 있을까요? 하늘에 계신 사랑하는 아버지, 그래도 당신은 그 아들을 물리치시겠습니까?

12월 1일

빌헬름! 내가 어제 편지에 이야기했던 그 행복한 정신 이상자 말이야. 그가 로테 아버지 밑에서 서기로 일했던 사람이라는군. 남몰래 로테를 사랑하다가 마침내 그 마음을 고백해 버렸고, 그 때문에 해고를 당했다네. 그리고 끝내 미쳐 버린 거지. 그 이야기를 듣고 내가 얼마나 기가 막혔는지 짐작할 수 있겠나? 알베르트는 아주 담담한 어조로 그 이야기를 들려주었네. 아마 자네도 그렇게 차분하게 이 편지를 읽겠지.

12월 4일

제발 부탁이니, 날 이해해 주게. 나는 이제 끝장이야. 더 이상 견딜 수가 없네! 오늘 로테 옆에 앉아 있었어. 로테는 피아노로 여러 곡을 연주했지. 연주하는 곡마다 갖가지 감정이 넘쳐흘렀네. 그녀의 어린 여동생은 내 무릎에 앉아 인형에게 옷을 입혀주고 있었지. 나는 괜스레 눈물이 났어. 고개를 숙이자 그녀의 결혼 반지가 눈에 들어오더군.

자꾸만 눈물이 흘러 소리 없이 울고 있는데, 갑자기 로테가 예전에 많이 듣던 감미로운 멜로디를 연주하기 시작했네. 아주 갑작스럽게 말이야. 그러자 마음의 위로와 함께 그 곡을 듣던 지난날의 기억들이 밀려왔어. 그리고 불쾌한 일들과 좌절된 희망의 어두운 기억들도 머릿속을 스치고 지나갔지. 나는 자리에서 일어나 방 안을 이리저리 거닐었어. 그러다가 끓어오르는 격정으로 가슴이 터질 것만 같아서 소리치듯 말했네.

"제발! 제발 그만둬요!"

로테는 연주를 중단하고 나를 뚫어져라 응시했어. 그러더니 미소를 지으며 입을 열었네. 그 미소가 얼마나 내 가슴속에 사무쳤는지…….

"베르테르, 당신은 몸이 안 좋은 것 같아요. 당신이 좋아하는 곡조차도 거슬려 하니 말이에요. 이만 돌아가는 게 좋겠어요! 집으로 돌아가서 마음을 가라앉히세요."

나는 당장 그 자리를 박차고 나왔네. 아아, 하느님! 당신은 나의 비참함을 아시니, 이제 그만 끝을 내 주십시오.

12월 6일

로테의 모습은 언제나 나를 따라다닌다네! 깨어 있을 때에도, 꿈을 꿀 때에도 그녀의 형상이 나의 온 영혼을 채우지. 눈을 감아도 여기, 마음의 눈이 바라보는 이마 한가운데에 로테의 검은 눈동자가 있네. 바로 이곳에 말이야. 이것을 대체 어떻게 표현해야 좋을까? 눈을 감으면 그 눈동자가 있어. 바다처럼, 심연처럼 그녀의 눈동자는 내 머릿속을 가득 채운다네.

반신(半神)이라고 추앙받는 이 인간이란 존재는 과연 무엇이란 말인가! 가장 힘이 필요한 순간에 하필이면 힘이 빠져 버리지 않는가? 기쁨으로 들썩이거나 슬픔에 휩싸여 깊이 가라앉을 때, 무한한 자의 충만을 동경하는 바로 그 순간에도 인간은 그 자리에 머무르지 못하고 둔하고 차가운 의식으로 되돌아가지 않는가?

제 11 장

베르테르의 마지막 나날들

편저자가 독자에게

우리의 친구 베르테르의 마지막 날들에 관해 그가 직접 쓴 글이 많이 남아 있기를 진심으로 바랐습니다. 그랬다면 이렇게 편저자가 끼어들어 부연 설명으로 편지의 흐름을 끊을 필요가 없었을 테니까요.

나는 베르테르의 이야기를 잘 아는 사람들에게서 정확한 정보를 직접 듣고자 노력하였습니다. 이야기는 매우 단순한 편이었고, 사람들의 말은 아주 작은 부분까지도 대부분 일치했습니다. 다만 관련된 이들의 심리 상태에 대한 의견만은 제각각이었습니다.

결국 우리가 할 수 있는 일이라고는 지금까지 여러모로 애써서 알게 된 이야기들을 객관적으로 서술하고, 고인이 남긴 편지를 사이사이에 끼워 넣으며, 남아 있는 작은 쪽지 하나도 무시하지 않는 것이었습니다. 비범한 사람들의 경우, 아무리 단순한 행동이라 해도, 그 행동에 이르게 한 진정한 동기를 찾아내는 것이 쉽지 않기 때문입니다.

불만과 불쾌감은 베르테르의 영혼에 점점 깊게 뿌리내렸고, 서로 강하게 엉켜서 그를 잠식해 나갔습니다. 정신의 조화는 완전히 깨져 버렸고, 내면의 흥분과 격정이 극에 달했습니다. 결국 그의 본성이 지녔던 모든 힘이 뒤죽박죽되어 그는 완전히 지쳐 버리고 말았습니다.

그는 그런 상태에서 빠져나오기 위해 지금까지 모든 불행에 대항했을 때보다도 더욱 초조하게 안간힘을 썼습니다. 그러나 극도의 초조함과 불안함은 그 안에 남아 있던 정신력을 모두 갉아먹어, 그의 생기와 명민함까지도 모두 소진시켰습니다. 그리하여 그는 점점 더 우울한 사람이 되었고 점점 불행해졌습니다. 그럴수록 판단력은 더 흐릿해졌고요. 적어도 알베르트의 친구들은 그렇게 말하더군요.

알베르트의 친구들은 알베르트가 오랫동안 꿈에 그리던 행복을 얻게 된 뒤, 그 행복을 지켜나가기 위해 최선을 다했다고 했습니다. 반면에 베르테르는 매일같이 모든 힘을 쏟아붓고는 저녁이면 괴로워하고 힘들어했다는군요. 그런 성격의 베르테르가 알베르트를 제대로 평가할 수는 없었을 거라는 주장이 많았습니다.

그들은 알베르트가 그렇게 단시간에 변했을 리가 없다고 했습니다. 베르테르가 처음에 존경하고 높이 평가했던 그대로였노라고……. 알베르트는 무엇보다 로테를 사랑했으며, 그녀를 자랑스러워했고, 그녀가 모든 사람들에게 훌륭한 사람으로 인정받기를 원했다는 것입니다.

설사 알베르트가 모든 의심의 빛을 미연에 방지하고자 했다한들, 또 아무리 정신적인 관계라 해도 자신의 귀중한 보물을 다른 사람과 공유할 마음이 없었다고 한들, 그것을 나쁘다고 할수 있을까요?

베르테르가 로테를 찾아가면 알베르트는 아내의 방에서 나와있을 때가 많았다고 합니다. 그러나 그것은 베르테르에 대한 미움이나 혐오 때문이 아니라, 자신이 함께 있으면 베르테르가 힘들어한다는 사실을 느꼈기 때문이라는 것입니다.

어느 날, 로테 아버지가 병이 나서 자리에 누워 있었기에 마차를 보내 로테를 불렀습니다. 로테는 그 마차를 타고 아버지에게 갔지요. 첫눈이 온 세상을 뒤덮은 아름다운 겨울날이었습니다.

다음 날 아침 베르테르는 로테에게로 갔습니다. 알베르트가 로테를 데리러 오지 않는다면 자신이 데려다 줄 생각이었던 것입니다. 그 아름다운 날씨도 베르테르의 우울한 기분을 밝게 만들어 주지 못했습니다. 그의 마음은 답답하게 억눌려 있었고, 슬픈 생각들이 떠나지 않았습니다. 오로지 고통스런 생각들 사이를 배회할 따름이었지요.

자신이 계속 불만족스러운 상태로 지내다 보니, 그의 눈에는 다른 사람들의 삶도 어딘가 꼬인 것처럼 보였습니다. 그는 자신이 알베르트와 로테의 아름다운 관계를 파괴했다고 생각하고 스스로를 비난했습니다. 그 비난에는 알베르트에 대한 은밀한 분노도 섞여 있었습니다.

이번에도 베르테르는 길을 가면서 계속 알베르트를 생각했습니다.

"그래, 그런 것이지."

그는 남몰래 이를 갈면서 혼잣말을 했습니다.

"그것이 친밀하고 정답고 부드러운, 그야말로 관심이 깊은 교제란 말이지. 고요하고 영속적인 성실이라고! 아니, 그건 권태와 무관심이다! 알베르트는 사랑스런 아내보다도 그 알량한 업무에 더 신경을 쓰고 있지 않은가? 그는 자신이 가진 행복을 제대로 알기나 하는 건가? 그는 로테에게 합당한 존경과 사랑을 보이고 있나?

그런데도 로테는 그의 것이다. 그래, 그는 그녀를 소유하고 있다. 그건 내가 이미 알고 있는 사실이지. 나는 그 사실에 익숙해졌다고 생각했는데, 아직도 그 생각만 하면 미칠 것만 같다. 그 생각은 나를 죽일 거야.

나를 향한 그의 우정은 진심일까? 혹시 그는 내가 로테를 좋아하는 것을 자신의 권리에 대한 침해라고 여기지는 않을까? 내가 로테의 일에 열심인 것을 자신에 대한 은밀한 비난으로 여기지는 않을까? 나는 그렇다는 걸 잘 알고 있어. 알베르트는 나를 별로 안 좋아해. 그는 내가 로테에게서 멀어지기를 바라고 있고, 그에게 나는 거추장스런 존재인 거지."

베르테르는 빠르게 걷다가 이따금씩 멈추어 서 있기도 하고, 돌아갈까 망설이는 듯도 했습니다. 하지만 다시금 발걸음을 앞으로 내디뎠고, 이런저런 생각에 잠겨 혼잣말을 중얼거렸습니다. 그러다 어느새 사냥 별장에 도착했습니다.

그는 사냥 별장 안으로 들어서면서 법무관과 로테의 안부를 물었습니다. 그런데 어쩐지 집안 분위기가 어수선하게 느껴졌습니다. 로테의 남동생이 소식을 전해 주었는데, 발하임에서 농부가 살해당하는 불행한 사건이 일어났다는 것이었습니다. 베르테르는 그 이야기를 대수롭지 않게 여겼습니다.

방에 들어가니, 로테가 아버지를 열심히 설득하고 있었습니다. 그녀의 아버지는 몸이 편찮은데도 그 사건을 조사하기 위해 발하임으로 가겠다고 채비를 하는 중이었습니다. 범인이 누군지는 아직 밝혀지지 않았고, 살해당한 자는 어느 미망인의 머슴으로 아침에 현관문 앞에서 발견되었다고 했습니다. 그 미망인에게는 죽은 머슴 이전에 다른 머슴이 있었는데, 그가 해고당한 뒤 불만을 품고 집에서 나간 것이 의심스럽다는 추측을 하고 있었습니다.

베르테르는 그 이야기를 듣고 소스라치게 놀라 벌떡 일어났습니다.

"정말인가요? 어떻게 이런 일이! 가 봐야겠어요. 한시도 지체할 수 없어요!"

그는 서둘러 발하임으로 갔습니다. 기억들이 하나하나 생생하게 되살아났습니다. 그는 자신과 여러 번 이야기를 나누었던 그 머슴이, 자신이 그토록 존중해 주었던 그 머슴이 일을 저지른 것이 틀림없다고 여겼습니다.

시신이 놓여 있는 여관으로 가기 위해서는 보리수나무 사이를 지나야 했습니다. 베르테르는 그렇게 좋아하던 장소를 보고 경악을 금할 수가 없었습니다.

이웃 아이들이 뛰어놀던 문지방은 피로 얼룩져 있었습니다. 사랑과 성실이라는 인간의 가장 아름다운 감정이 폭력과 살인으로 변질된 것이었습니다. 듬직한 보리수나무들은 잎이 다 떨어지고 서리가 앉았으며, 묘지의 나지막한 돌담 위를 덮었던 아름다운 생울타리는 줄기만 남았는데, 그 사이로 눈 덮인 비석들이 보였습니다.

베르테르가 마을 사람들이 모여 있는 여관으로 가까이 갔을 때, 갑자기 함성이 일었습니다. 멀리 무장한 남자들이 보였고, 범인이 잡혀서 끌려 오고 있다는 소리들이 들렸습니다. 그쪽을 바라본 베르테르는 혹시나 했던 마음을 거두어야 했습니다. 여주인을 일편단심으로 사랑했던 그 머슴이었습니다. 얼마 전에 베르테르가 만났던, 은밀한 분노와 절망으로 배회하던 바로 그 사람이었던 것입니다.

"이 딱한 사람아! 대체 무슨 일을 저지른 거야?"

베르테르는 그에게 다가가며 소리쳤습니다. 그는 베르테르를 바라보며 잠자코 있다가, 아주 평온한 목소리로 말했습니다.

"아무도 그녀를 차지할 수 없어요. 그녀 역시 아무도 취할 수 없고요."

그 남자는 여관 안으로 끌려 들어갔고, 베르테르는 빠른 걸음으로 그곳을 떠났습니다.

충격적이고 안타까운 마음이 베르테르의 온 정신을 발칵 뒤집어 놓았습니다. 그 때문에 그는 자신의 슬픔과 우울, 자포자기의 상태에서 순간적으로 빠져나올 수 있었습니다. 그 불행한 사내에 대한 동정심이 솟구쳤고, 그를 구해 주고 싶은 강렬한 욕구에 사로잡혔습니다. 베르테르는 그 남자를 몹시 가련하게 여겼습니다. 그의 상황에 깊이 공감한 나머지 그가 그리 큰 죄를 저지른 것은 아니며, 다른 사람들도 그렇게 설득할 수 있다고 믿었습니다.

그래서 베르테르는 그를 변호해야겠다고 마음먹었습니다. 벌써부터 열렬한 변호의 말들이 입가에 맴돌았습니다. 그는 사냥 별장으로 걸음을 재촉하면서, 법무관 앞에서 해야 할 말들을 소리 내어 연습해 보았습니다.

방으로 들어서자 알베르트가 도착해 있었습니다. 베르테르는 한순간 기분이 상했지만, 다시금 마음을 가다듬고 법무관에게 열심히 자신의 의견을 늘어놓았습니다. 법무관은 몇 번 고개를 저었습니다. 베르테르는 열성적으로 변호를 하였지만, 누구라도 예상할 수 있듯이 법무관은 그중 한마디도 수긍을 하지 않았습니다.

오히려 베르테르의 말을 끝까지 다 듣지도 않은 채 강력하게 반박을 하고 나섰습니다. 베르테르가 살인자를 두둔한다고 비난하면서, 그런 식이라면 모든 법이 무효가 되고 국가 질서가 무너져 버릴 것이라고 지적했습니다.

덧붙여 이런 일은 커다란 책임감이 없이는 할 수 없는 일이며, 모든 것은 명시된 절차에 따라 질서 있게 처리해야 한다고 말했습니다.

그래도 베르테르는 포기하지 않고서, 만약 누군가 그 사람을 도망치도록 도와주더라도 관대하게 넘어가 달라고 간청했습니다. 그러나 법무관은 그 역시 거절했습니다. 그때 알베르트가 대화에 끼어들어 법무관의 편을 들었습니다. 베르테르는 두 사람의 완강함에 밀리고 말았습니다.

법무관은 두세 번이나 강조하여 "안 돼! 그는 절대로 구제받을 수 없어."라고 말했습니다. 베르테르는 몹시 괴로워하며 그곳을 떠났습니다.

법무관의 마지막 말이 그에게 얼마나 충격적이었는지는 그의 서류 사이에 끼어 있던 쪽지 한 장에서 엿볼 수 있습니다. 이 쪽지는 바로 그날 쓴 것입니다.

불쌍한 사람, 그대는 구제받을 수 없어! 난 우리가 구원받을 수 없다는 것을 잘 알고 있다.

그날 알베르트가 법무관 앞에서 한 말은 베르테르에게 매우 거슬렸습니다. 그는 알베르트의 말 속에 자신에 대한 반감이 담겨 있다고 믿었습니다. 곰곰 생각해 보면 두 사람이 옳은 게 분명했지만, 그 사실을 인정하기 위해서는 자기 존재의 가장 중요한 부분을 부인해야 하는 느낌이었습니다.

우리는 서류 가운데서 이것과 관련된 쪽지를 발견했습니다. 아마도 이것이 알베르트에 대한 베르테르의 심정을 정확히 대변할 것입니다.

알베르트가 훌륭하고 선량한 사람이라고 되뇌고 또 되뇐들 무슨 소용이 있겠는가! 내 속은 이미 만신창이가 되어 버렸는데……. 나는 이성적인 판단을 할 수가 없다.

포근한 저녁이었습니다. 덕분에 눈이 녹기 시작해서 로테는 알베르트와 함께 걸어서 집으로 향했습니다. 도중에 로테는 마치 베르테르를 찾는 듯 몇 번이나 뒤를 돌아다보았습니다. 알베르트는 베르테르 얘기를 꺼내면서 정의라는 잣대를 들어 비난했습니다. 그러고는 베르테르의 가련한 정열을 언급하면서, 가능하면 그를 멀리하고 싶다고 말했습니다.

"우리 두 사람을 위해서도 그게 좋을 것 같아요. 앞으로 그가 당신을 그런 태도로 대하지 않도록 신경 써 줘요. 우리 집에 너무 자주 오지 않도록 말이오. 사람들이 이상하게 생각할 거요. 벌써 여기저기서 수군거리는걸요."

로테는 아무 말도 하지 않았습니다. 알베르트는 그녀의 침묵이 무엇을 의미하는지 느낀 듯, 그 후로는 두 번 다시 그녀 앞에서 베르테르 이야기를 꺼내지 않았습니다. 설사 로테가 베르테르 이야기를 꺼내도 대화를 중단하거나 화제를 다른 데로 돌려 버리곤 했습니다.

베르테르가 그 불쌍한 사내를 구하기 위해 기울였던 헛된 노력은 꺼져 가는 불길이 마지막으로 타오른 불꽃 같은 것이었습니다. 그는 점점 더 괴로움과 무기력에 빠져들었습니다. 그러다가 이제 와서 범인이 범행을 부인하는 상황에서, 자신이 그의 반대 증인으로 소환될지도 모른다는 말을 들었을 때에는 거의 정신을 잃을 지경이 되었습니다.

이제까지 사회생활을 하면서 겪었던 모든 불쾌한 일, 공사관에서 있었던 역겨운 일, 그 밖의 모든 실패와 상처가 주마등처럼 스쳐 갔습니다.

그는 그 모든 일을 겪었으니, 이제 아무 일도 할 수 없게 된 것이 도리어 당연하다고 여겼습니다. 미래에 대한 모든 희망이 사라졌고, 사회생활을 시작하려고 해도 이제는 어떤 기회도 잡을 수 없을 거라고 생각했습니다.

그렇게 그는 자신만의 특이한 감정과 사고방식, 끝없는 정열에 빠져들었습니다. 사랑스런 여인과의 슬픈 교제를 지루하게 끌고 나가면서 그녀의 평화를 깨뜨리는 동시에, 목적도 소망도 없이 모든 힘을 다 소진시키며 점점 더 슬픈 종말을 향해 나아가고 있었던 것입니다.

베르테르의 혼란과 정열, 쉼 없는 몸부림과 노력, 삶의 권태에 대해서는 남아 있는 편지 몇 통이 가장 잘 보여 주므로, 여기에 그 편지들을 끼워 넣고자 합니다.

12월 12일

사랑하는 빌헬름! 나는 지금 영락없이 마귀에 씌인 가련한 꼴이야. 자꾸만 무언가가 나를 엄습한다네. 그것은 불안도 아니고 욕정도 아니야. 내 가슴을 찢고 내 목을 조르는 것은 내면의 광란이라네. 못 견디겠어! 정말이지 견딜 수가 없네! 그래서 나는 이 혹독한 계절에, 이 차갑고 무서운 밤을 정처 없이 방황하며 보내곤 해.

어제저녁에도 밖으로 나갔다네. 갑자기 이상 고온 현상이 나타나서 눈이 녹는 바람에 강물이 넘치고 시냇물이 불어나 발하임 아래쪽에 있는 내가 좋아하는 골짜기까지 범람했다는 말을 들었거든.

나는 밤 열한 시가 넘은 시각에 밖으로 뛰쳐나갔네. 바위 위에 서서 내려다보니 물결이 광란하듯 소용돌이치고 있었지. 정말 끔찍한 장관이었네.

불어난 물은 밭과 목초지와 울타리까지 덮쳐 버렸더군. 거기에 바람이 휘몰아쳐 그 넓은 골짜기가 거세게 일렁이는 호수로 변해 있었지! 검은 구름 뒤에 숨어 있던 달이 다시 나타났을 때, 물결은 몸서리치도록 장엄하게 달빛을 반사했네.

그 순간, 오싹하게 소름이 끼쳤지. 이어 왠지 모를 그리움 같은 것이 나를 엄습했어! 아, 나는 두 팔을 활짝 벌리고 서서 아래를 내려다보며 깊은 숨을 내쉬었네. 아래로! 저 아래로! 나는 나의 고통, 나의 괴로움을 절벽 아래로 밀어 넣어 버리는 환상에 빠져 버렸네.

아아, 그러나 너는 바닥에서 발을 뗄 수 없구나. 그렇게 모든 괴로움을 단번에 끝내 버릴 수 없구나! 나는 내 삶의 시계가 아직 다 돌아가지 않았음을 느꼈네. 오, 빌헬름! 저 폭풍우로 구름을 갈기갈기 찢어 버리고 물결을 휘어잡을 수 있다면 나의 생명을 기꺼이 내어 줄 텐데! 하! 이승에 사로잡힌 이 몸도 언젠가 이런 기쁨을 맛볼 수 있지 않을까?

언젠가 무더운 여름날, 로테와 함께 산책을 하다가 잠시 쉬어 갔던 버드나무 그늘을 우울한 마음으로 내려다보았네. 그곳 역시 물에 잠겨 버드나무조차 알아볼 수가 없더군.

빌헬름, 나는 문득 로테의 목장과 사냥 별장 주변은 어떻게 되었을지 궁금해졌네. 우리의 정자는 이 세찬 물결에 휩쓸려 얼마나 망가졌을까?

그러자 감옥에 갇힌 죄수가 꿈속에서 가축과 목장, 높은 벼슬자리를 보는 것마냥 지난 일들이 햇살처럼 아스라이 내 기억 속으로 비쳐 들어왔네.

나는 그 자리에 그대로 서 있었지! 나는 나 자신을 나무라지 않겠네. 죽을 각오가 되어 있기 때문이야. 그래서 지금 나는…… 여기에 이렇게 앉아 있네. 죽지 못해 사는 삶이지만 한순간이라도 편히 지내 보려고 울타리에서 나무를 줍고 문간에서 빵을 구걸

하는 노파처럼 말이야.

12월 14일

이게 대체 뭐란 말인가? 나는 나 자신한테 놀라고 있네. 로테에 대한 나의 사랑은 거룩하고 순결한, 마치 남매와 같은 사랑이 아니던가? 지금까지 영혼 깊숙한 곳에서 죄스러운 소망을 느낀 적이 단 한 번이라도 있었던가?

그런 적이 없다고 맹세하지는 않으려네. 그렇지만 이런 꿈들은 웬일인지! 모순된 갖가지 행동들을 알 수 없는 힘의 탓으로 돌렸던 사람들의 마음을 이제야 알 것 같아.

지난밤이었네. 그것을 입에 올리는 것만으로도 몸이 떨리는군. 나는 그녀를 두 팔에 안고서 가슴에 꼭 품은 채, 사랑을 속삭이는 그녀의 입술에 끝없는 키스를 퍼부었지. 나의 눈은 그녀의 눈에 취해 아른거렸네! 하느님, 남몰래 꿈속에서 누렸던 그 기쁨을 지금 다시 상기하며 행복을 느낀다면 죄가 될까요?

로테! 로테! 난 이제 정말 끝장이야! 마음이 너무나 혼란스럽네. 벌써 일주일째 생각할 힘조차 없고, 눈은 계속 눈물로 젖어 있어. 어디를 가도 기분이 좋지 않기 때문에 어디에 있으나 아무 상관이 없지. 바라는 것도 없고 필요한 것도 없으니, 차라리 떠나 버리는 게 좋을 듯하네.

이런 상황 속에서 세상을 떠나려는 베르테르의 결심은 더욱 더 굳어졌습니다. 로테 곁으로 돌아온 이래, 죽음은 언제나 베르테르의 마지막 가능성이자 희망이었습니다. 하지만 그는 성급하게 서두르지 말자고 스스로를 다독였습니다. 정말로 그것이 최선이라는 확신이 들 때 침착하고 단호하게 그 수순을 밟고자 했던 것입니다.

그의 갈등과 고뇌를 잘 말해 주는 쪽지가 바로 이것입니다. 이 쪽지는 빌헬름에게 보내려고 썼던 편지의 첫머리라고 생각되는데, 날짜가 적히지 않은 채 서류 속에 들어 있었습니다.

그녀라는 존재, 그녀의 운명, 그녀가 내게 보여 주는 관심은 다 타 버린 내 가슴에서 마지막 눈물을 짜 낸다네.

커튼을 들추고 그 뒤로 들어가 숨어 버리자! 그러면 모든 것이 끝난다! 왜 망설이고 주저하는가? 그 뒤쪽이 어떤 모습인지 몰라서? 아니면 되돌아올 수 없기 때문에? 우리가 확실히 알지 못하는 것에는 혼란과 어둠만이 있다고 느끼는 것이지. 그것이 인지상정인 것을.

결국 베르테르는 우울한 생각에 점점 더 빠져들었고, 그만큼 그의 결심도 확고하게 굳어졌습니다. 베르테르가 친구에게 쓴 이중적인 의미의 편지가 바로 그 증거입니다.

12월 20일

빌헬름, 그 말을 그렇게 사랑하는 마음으로 받아들여 주다니, 자네의 우정에 감사하네. 그래, 자네 말이 옳아. 난 떠나는 게 좋을 거야. 하지만 자네들에게로 돌아오라는 제안은 받아들이지 않겠네. 나는 우회로를 택하고 싶어. 날이 계속 추워져 길도 좋아질 테니까 말이야.

나를 데리러 오겠다는 말도 무척 고맙네. 하지만 내게 이 주일만 여유를 주겠나? 그리고 내가 편지를 보낼 때까지 기다려 줘. 열매가 익기 전에는 따지 않는 것이 좋지. 이 주일 더 많고 적고는 대단한 차이라네.

내 어머니께 이 아들을 위해 기도해 달라고 전해 주게나. 그리고 여러 가지로 심려를 끼쳐 드려 죄송하다는 말도……. 어머니를 기쁘게 해 드려야 하는데 오히려 슬픔만 드렸군. 잘 있게, 친구! 하늘의 모든 축복이 자네에게 충만하기를! 안녕!

이 시기에 로테가 남편에 대해서, 또 가련한 베르테르에 대해서 어떤 마음을 품고 있었는지 말로 표현하기는 어렵습니다. 다만 우리는 로테의 성격을 잘 알고 있으므로 어떤 심정이었을지 추측해 볼 수 있습니다. 또 아름다운 마음씨를 지닌 여성이라면 그녀의 입장이 되어 생각해 보고 공감할 수도 있을 것입니다.

확실한 것은, 그녀가 어떻게든 베르테르를 멀리하겠다고 마음을 다졌다는 것입니다. 그러나 그것을 망설였다면, 그것은 베르테르를 진심으로 아끼는 우정 어린 마음 때문이었을 것입니다. 그녀는 베르테르에게 그 일이 얼마나 힘든지, 아니 거의 불가능에 가까운 일이라는 것을 잘 알고 있었으니까요.

하지만 이즈음 로테는 정말로 단호하게 행동해야 한다는 압박감을 느끼고 있었습니다. 남편은 이런 상황에 대해 침묵으로 일관하고 있었습니다. 그런 만큼 로테는 구체적인 행동을 통해 자신도 남편과 같은 마음이라는 것을 증명해 보여야 한다고 생각했습니다.

여기에 마지막으로 삽입된 편지는 크리스마스를 앞둔 일요일에 쓴 것입니다. 그날 저녁 베르테르는 로테를 방문했는데, 그녀는 마침 혼자서 동생들에게 크리스마스 선물로 주려고 마련한 장난감들을 정리하고 있었습니다.

베르테르는 아이들이 몹시 기뻐할 거라고 말했습니다. 그러고는 어린 시절 갑자기 문이 열리고, 양초와 과자와 사과로 장식된 크리스마스트리를 보며 천국에 있는 것처럼 황홀해했던 경험을 이야기했습니다. 그러자 로테는 당혹스러운 표정을 사랑스런 미소로 숨기면서 말했습니다.

"당신도 잘만 하면 선물을 받게 될지도 몰라요. 조그마한 것이라도……."

"'잘만 하면'이라니요? 어떻게 해야 하는 거죠? 대체 어떻게 하면 되는 건가요?"

베르테르가 물었습니다.

"목요일 밤이 크리스마스이브잖아요. 그날 저녁에 아이들이 와요. 아버지도 함께요. 그날 모두가 선물을 받을 거예요. 그때 당신도 오세요. 하지만 그 전에는 안 돼요."

베르테르는 그 말에 멈칫했습니다. 로테가 말을 이었습니다.

"부탁이에요. 제발 그렇게 해 주세요. 내 마음의 평화를 위해서 부탁하는 거예요. 이대로는 안 돼요. 이런 식으로 계속될 수는 없어요."

베르테르는 로테에게서 눈길을 돌리고 방 안을 왔다 갔다 하며 "이런 식으로 계속될 수는 없다."고 중얼거렸습니다. 로테는 그 말이 베르테르를 참을 수 없는 상태로 밀어 넣었다는 것을 알아차렸습니다. 그래서 여러 가지 질문으로 베르테르의 주의를 돌리려고 했지만 아무런 소용이 없었습니다.

"그래요, 로테! 앞으로 다시는 당신을 만나지 않겠어요!"

베르테르가 소리쳤습니다.

"왜 그런 말을 하세요? 베르테르, 당신은 우리를 다시 만나야 해요. 다만 적당히 해 달라는 거예요. 오! 당신은 어째서 한번 손을 대면 끝장을 보는 정열과 격정을 타고 났는지! 제발 부탁이에요!"

로테는 베르테르의 손을 잡으며 말을 이었습니다.

"제발 적당히 해 주세요! 당신의 정신세계와 학식, 타고난 재능으로 이 세상에서 누릴 것이 얼마나 많은데요! 나는 당신을 안타까워하는 것밖에는 아무것도 할 수 없어요. 나 같은 여자를 향한 그 슬픈 애착을 남자답게 거두어 주세요."

베르테르는 이를 악물고 침울하게 로테를 바라보았습니다. 로테는 여전히 베르테르의 손을 잡고 있었습니다.

"베르테르! 마음을 가라앉히고 잠시만 생각해 보세요. 당신 스스로 파멸로 나아가고 있는 게 느껴지지 않나요? 베르테르, 왜 하필 나예요? 왜 하필이면 다른 사람의 아내인 나인가요? 난 두려워요. 내가 다른 사람의 아내이기 때문에, 나를 가질 수 없다는 점이 당신의 욕망을 더욱 자극하는 건 아닌가 해서요."

베르테르가 로테의 손에서 자신의 손을 빼냈습니다. 그러고는 탐탁지 않은 눈길로 로테를 바라보며 말했습니다.

"아주 지혜롭군요! 참으로 현명하십니다! 아마도 알베르트가 그렇게 말한 모양이죠? 정치적이군요! 아주 정치적이에요!"

"그건 누구나 할 수 있는 말이에요. 이 넓은 세상에서 당신의 소망을 채워 줄 만한 여자가 왜 없겠어요? 찾아보세요. 분명 발견할 수 있을 거예요. 당신이 스스로를 얽매어 버린 그 족쇄 때문에 오래전부터 나는 마음이 편치 않았어요. 당신과 우리 모두가 걱정이 되어서요. 한번 찾아보세요. 여행이라도 하면 기분 전환이 될 거예요! 그곳에서 사랑할 만한 여자를 찾아봐요. 그리고 돌아와서 함께 진정한 우정의 행복을 누리도록 해요."

베르테르는 냉랭한 미소를 지으며 말했습니다.

"그 말을 인쇄해서 가정 교사들에게 나누어 주면 좋겠군요. 사랑하는 로테! 제발 나를 내버려 둬요. 그게 다예요!"

"아무튼 베르테르, 크리스마스이브 전에는 오지 마세요."

베르테르가 대답을 하려는데, 마침 알베르트가 방으로 들어왔습니다. 두 사람은 차갑게 인사를 나눈 뒤 어색해서 어쩔 줄 몰라 하며 방 안을 이리저리 서성거렸습니다. 베르테르는 시덥지 않은 이야기를 꺼냈으나, 할 말은 곧 바닥나고 말았습니다.

알베르트도 마찬가지였습니다. 그러더니 알베르트는 로테에게 부탁했던 몇 가지 일이 어떻게 되었는지 물었습니다. 로테가 그 일이 아직 처리되지 않았다고 하자 그가 뭐라고 한두 마디 말을 했는데, 그 말투가 베르테르에게는 아주 냉정하게 들렸습니다.

베르테르는 나오려고 했지만 그렇게 하지 못하고 여덟 시까지 머뭇거렸습니다. 그러자 불쾌감과 불만은 점점 더 강렬해졌습니다. 마침내 저녁 식탁이 차려졌을 때, 그는 모자와 지팡이를 집어 들었습니다. 알베르트가 조금 더 있다 가라고 했지만, 베르테르에게는 그 말이 마지못해 건네는 인사치레로 들렸으므로 차갑게 사양을 하고 나와 버렸습니다.

베르테르는 집으로 돌아왔습니다. 하인이 불을 밝혀 주려고 그의 뒤를 따랐지만, 그는 하인의 손에서 불을 받아 들고 혼자서 방으로 들어가 큰 소리로 울었습니다. 흥분한 나머지 알 수 없는 말을 지껄이다가, 화가 나서 거칠게 방 안을 왔다 갔다 하다가, 결국 옷을 입은 채 침대 위에 쓰러지고 말았습니다.

열한 시쯤 하인이 장화를 벗겨야 할지 물어보기 위해 방 안으로 들어왔을 때, 베르테르는 여전히 그 상태로 침대에 누워 있었습니다. 그는 하인에게 장화를 벗기라고 하고는, 다음 날 아침 자기가 부르기 전까지는 방에 들어오지 말라고 일렀습니다.

제 12 장

오시안의 노래

12월 21일 월요일 아침, 베르테르는 로테에게 편지를 썼습니다. 이 편지는 그가 죽은 후 봉인된 채로 책상에서 발견되어 로테에게 전해졌습니다. 여러 가지 상황으로 미루어 보았을 때, 그가 이 편지를 몇 번에 걸쳐 쓴 것으로 보이므로 여기에 나누어 싣고자 합니다.

로테, 드디어 결심했습니다. 나는 죽을 것입니다. 당신을 마지막으로 보게 될 날의 아침에, 어떤 낭만적인 과장 없이 아주 담담한 심정으로 이 편지를 쓰고 있습니다. 사랑하는 로테, 당신이 이 편지를 읽을 즈음이면 이미 차가운 무덤이 불안하고 불행했던

한 남자의 뻣뻣해진 시신을 덮고 있겠지요. 그는 삶의 마지막 순간에도 당신과 이야기하는 것보다 더 큰 즐거움을 알지 못했답니다.

간밤에는 정말이지 끔찍한 시간을 보냈습니다. 아아, 그러나 좋은 시간이기도 했지요. 죽으려는 결심을 굳힌 것이 바로 어젯밤이었으니까요. 어제 나는 머리끝까지 화가 나서 당신의 집에서 나왔습니다. 모든 일들이 내 가슴을 무섭게 압박하고, 당신 곁에서 소망도 기쁨도 없는 내 존재가 냉혹하게 나를 사로잡았습니다. 나는 간신히 방으로 돌아오자마자 정신을 잃고 나도 모르게 무릎을 꿇었습니다.

오오, 하느님! 당신은 쓰디쓴 눈물로 나에게 마지막 위로를 허락하시는군요! 수천 번 다시 생각하고 수천 번 가늠해 보며 내 영혼은 미친 듯이 소용돌이쳤습니다. 그러다 마침내 그것이 왔습니다. 확고하게 다가오는 마지막 단 한 가지 생각, '나는 죽을 거야!' 나는 그대로 자리에 누웠습니다. 고요히 깨어난 이 아침에도 그 생각은 변함없이 확고하게 나의 가슴속에 자리 잡고 있습니다.

이것은 절망이 아닙니다. 나는 견딜 만큼 견뎌 냈고, 이제 당신을 위해 나를 희생해야겠다는 확신이 듭니다. 그래요, 로테! 내가 침묵할 이유가 뭐가 있겠어요? 우리 세 사람 중 하나는 사라져야 합니다. 내가 그 사람이 되고 싶습니다! 아아, 나의 사랑이여!

갈가리 찢긴 나의 가슴속에서 이런 생각이 스멀거리기도 했습니다. 당신의 남편을 죽여 버릴까? 당신을? 아니, 나를! 그래, 내가 죽자!

아름다운 여름날 밤, 산에 오르게 되면 지난날 그 골짜기를 즐거이 오르내리던 나를 기억해 주십시오. 그리고 고이 잠든 내 무덤과 저물어 가는 햇살 속에서 높이 자란 풀들이 바람결에 이리저리 흔들리는 모습을 바라봐 주십시오. 이 편지를 쓰기 시작할 때에는 마음이 아주 평온했는데, 지금은 아이처럼 울고 있습니다. 그 모든 정경이 아주 생생하게 눈앞에 떠올라서입니다.

열 시쯤 베르테르는 하인을 불렀습니다. 옷을 입으면서 이삼일 후에 여행을 떠날 것이니, 옷에 솔질을 해 두고 짐을 꾸릴 수 있도록 미리 준비해 두라고 말했습니다. 또 지불할 돈이 있는 곳에 계산서를 청구하고 빌려 준 책 몇 권을 찾아올 것이며, 매주 얼마씩 보태 주고 있는 가난한 사람들에게는 두 달치를 미리 주라고 일렀습니다.

베르테르는 식사를 방으로 가져오게 했고, 식사를 마친 후에는 말을 타고 법무관에게 갔습니다. 그러나 마침 법무관은 집에 없었습니다. 베르테르는 생각에 잠겨 정원을 거닐었습니다. 마치 마지막으로 모든 슬픈 기억들을 간직해 두려는 듯 보였습니다.

아이들은 베르테르를 가만히 내버려 두지 않았습니다. 그를 쫓아다니며 마구 몸에 매달렸습니다. 그러고는 내일, 모레, 그리고 또 한 밤만 더 자면 로테에게서 크리스마스 선물을 받을 수 있다며, 어린 마음으로 상상할 수 있는 최고의 기적들을 이야기했습니다.

"내일! 모레! 그리고 또 한 밤만 자면!"

베르테르는 그렇게 소리치며 아이들 모두에게 진심이 담긴 키스를 해 주었습니다. 그런 다음 작별 인사를 하려는데, 한 꼬마 녀석이 베르테르의 귀에 대고 무슨 말인가를 속삭였습니다. 형들이 아주 커다랗고 예쁜 새해 카드를 썼다는 것이었습니다. 새해 아침이 되면 하나는 아버지에게, 또 하나는 알베르트와 로테에게, 그리고 나머지 하나는 베르테르에게 줄 것이라고 했습니다. 베르테르는 그 말을 듣고 몹시 감동했습니다. 그는 아이들 하나하나에게 용돈을 조금씩 준 다음, 아버지에게 안부를 전해 달라고 부탁하고는 눈물을 머금고 그곳을 떠났습니다.

다섯 시경 베르테르는 집으로 돌아왔습니다. 그는 하녀에게 불을 살펴보고, 밤중까지 꺼뜨리지 말라고 일렀습니다. 하인에게는 아래층에 있는 책과 내의들을 트렁크에 넣고, 옷가지들을 보자기에 싸서 묶어 놓으라고 말했습니다. 이어 로테에게 보내는 마지막 편지의 다음 단락을 쓴 것으로 보입니다.

당신은 내가 찾아오리라고 생각하지 않겠지요! 당신의 말에 따라 크리스마스이브에나 찾아갈 거라고 생각하고 있을 겁니다. 오, 로테! 오늘이 아니면 영원히 볼 수 없습니다. 크리스마스이브에 당신은 이 편지를 손에 들고, 온몸을 떨며 뜨거운 눈물을 흘리게 될 것입니다. 나는 하겠습니다. 그렇게 해야만 합니다! 아, 결심이 이렇게 확고하니 얼마나 좋은지 모르겠습니다.

그사이 로테는 이상한 상태에 빠져들었습니다. 지난번에 베르테르와 이야기를 하고 난 후부터 그녀는 베르테르와 헤어진다는 것이 자신에게 얼마나 힘든 일인지, 또 베르테르에게도 자신과 멀어지는 것이 얼마나 큰 고통이 될지 절감했습니다.

그녀는 알베르트가 있는 자리에서 베르테르가 크리스마스이브 전에는 오지 않을 것이라는 이야기를 지나가는 투로 말해 두었습니다. 알베르트는 용무를 처리하기 위해 이웃 마을의 공사 집으로 갔고, 그날 밤은 그곳에서 묵어야 했습니다.

로테는 혼자 앉아 있었습니다. 그날따라 동생들도 곁에 없었습니다. 로테는 자신의 상황에 관해 이런저런 생각에 잠겼습니다. 그녀는 자신이 남편과 영원히 결합되어 있다는 것을 확신했습니다. 남편의 사랑과 성실함을 믿고 있을 뿐만 아니라 남편을 진심으로 좋아했습니다. 알베르트의 침착함과 신의는 착실한 여자가 행복의 토대로 삼게끔 하늘이 내려 주신 것처럼 느껴졌습니다. 그녀는 알베르트의 존재가 자신은 물론이고 앞으로 태어날 자녀들에게도 얼마나 중요한지를 느끼고 있었던 것입니다.

한편 베르테르 역시 그녀에게 아주 소중한 사람이 되어 있었습니다. 처음 만났을 때부터 두 사람의 취향과 사고방식은 아름답게 조화를 이루었습니다. 뿐만 아니라 함께했던 많은 시간들은 그녀의 가슴속에 지울 수 없는 기억으로 남았습니다. 그녀는 흥미롭게 다가오는 주변의 모든 것들을 베르테르와 함께 공유하는 데 익숙해 있었습니다. 베르테르가 멀어진다면 분명 그녀의 가슴속에는 채울 수 없을 공백이 생기게 될 터였습니다.

오, 베르테르와의 사이가 순식간에 남매로 변할 수 있다면 얼마나 좋을까! 그가 그녀의 친구 중 한 사람과 결혼한다면, 알베르트와 베르테르의 관계도 다시 예전처럼 좋아질 수 있을 텐데!

로테는 마음속으로 자신의 친구들을 죽 훑어보았습니다. 그러나 친구마다 어딘가 베르테르와 어울리지 않는 구석이 있어서, 결국은 그와 연결시켜 줄 만한 친구를 생각해 내지 못했습니다.

이와 같은 생각에 잠기면서, 로테는 확신할 수는 없지만 베르테르를 자신의 사람으로 간직하고 싶은 것이 자신의 진실하고 은밀한 욕망임을 어렴풋이 느꼈습니다. 그와 동시에 그녀는 그를 곁에 두는 일은 가능하지 않으며, 그래서도 안 된다고 혼잣말을 했습니다. 평소 그토록 순수하고 아름다운 마음으로 늘 경쾌한 모습을 보였던 로테였지만, 이제는 우울과 비애에 짓눌려서 가슴이 답답함을 느꼈습니다. 마음이 무겁게 조여 드는 듯했고, 눈에는 우수가 드리워졌습니다.

그렇게 여섯 시 반쯤 되었을 무렵, 로테는 계단을 올라오는 베르테르의 발소리를 알아차렸습니다. 이어 자신을 찾는 베르테르의 목소리가 들리자, 그녀의 심장은 세차게 뛰기 시작했습니다. 베르테르가 왔다는 사실에 그렇게 가슴이 뛴 것은 처음이었습니다. 그녀는 자신이 집에 없다고 하고 싶은 마음이 간절했습니다. 그래서 베르테르가 방에 들어오자, 그런 혼란스러운 심정을 들키지 않으려는 듯 강하게 외쳤습니다.

"약속을 안 지켰네요."

"난 약속하지 않았어요."

베르테르가 대답했습니다.

"약속을 하지 않았더라도 최소한 나의 부탁을 들어주었다면 좋았을 텐데요. 우리 모두의 평화와 안정을 위해 부탁한 것이었어요."

로테는 자신이 무슨 말을 하고 있는지조차 알 수가 없었습니다. 아무튼 그런 상태로 단둘이 있을 수 없다는 생각에, 근처에 사는 여자 친구들을 불러오라고 하녀를 보냈습니다. 베르테르는 가지고 온 책 몇 권을 내려놓고는 다른 사람들의 안부를 물었습니다. 로테는 친구들이 얼른 와 주기를 바랐지만, 한편으로는 그들이 오지 않기를 바라는 마음도 있었습니다. 하녀가 돌아와서 여자 친구 두 사람 모두 오지 못한다고 전했습니다.

로테는 하녀에게 일거리를 주어 옆방에서 머물도록 할까 하다가 다시금 생각을 바꾸었습니다. 베르테르는 방 안을 이리저리 서성거렸습니다. 로테는 피아노 앞에 앉아 미뉴에트를 치기 시작했지만, 평소처럼 잘 쳐지지 않았습니다. 그녀는 정신을 가다듬고 평소와 다름없이 긴 의자에 앉아 있는 베르테르 옆으로 가서 앉았습니다.

"뭔가 읽을 만한 게 없을까요?"

로테가 물었습니다. 베르테르는 아무것도 가지고 있지 않다고 했습니다. 그러자 그녀가 다시 말했습니다.

"저기 저 서랍 속에 당신이 번역한 〈오시안의 노래〉 몇 편이 있어요. 나는 아직 그것을 읽지 않았어요. 당신이 읽어 주면 좋을 것 같아서요. 그런데 이제껏 그럴 기회가 없었어요."

베르테르는 미소를 지으며 그 원고를 꺼내 왔습니다. 원고를 손에 들자 온몸이 전율했고, 그것을 들여다보고 있으니 눈물이 핑 돌았습니다. 그는 자리에 앉아서 읽기 시작했습니다.

어스름한 밤하늘의 별이여, 그대는 서쪽 하늘에서 아름답게 반짝이는구나. 구름 사이로 그대의 빛나는 머리를 쳐들고, 그대의 언덕을 장엄하게 지나가는구나. 그대는 황야에서 무엇을 보는가? 휘몰아치는 바람은 잠이 들고, 멀리서 졸졸 흘러가는 시냇물

소리가 들려온다. 출렁이는 물결이 바위를 타고 노닐고, 저녁 파리 떼는 윙윙거리며 들판을 휘젓는다. 아름다운 빛이여, 그대는 무엇을 보는가? 그러나 그대는 미소를 지으며 지나가고, 물결이 그대를 기쁘게 감싸고 돌며 그대의 사랑스런 머리를 감기는구나. 잘 있어라, 고요한 빛이여! 나타나라, 너 오시안의 영혼의 장엄한 빛이여!

그리하여 그 빛은 강렬하게 나타났다. 세상을 뜬 나의 친구들이 보이는구나. 그들은 지난날처럼 로라에 모여든다. 핑갈은 용사들을 거느리고 물기 머금은 안개 기둥처럼 찾아온다. 보라, 노래하는 시인들을! 백발이 성성한 울린! 위풍당당한 리노! 사랑스런 가수, 알핀! 그리고 그대, 부드럽게 탄식하는 미노나!

나의 친구들이여, 셀마의 축제 이후 그대들은 참 많이도 변했구나. 그때 우리는 봄바람이 언덕을 오르내리면서 나직이 흔들리는 풀들을 번갈아 가며 구부리듯, 서로 노래의 영광을 겨루지 않았던가.

그때 아름다운 미노나가 앞으로 나왔도다. 아래로 내리깐 눈은 눈물로 얼룩졌고, 머리카락은 언덕 아래로 불어오는 바람에 나부껴 물결치고 있었다. 미노나가 그 사랑스러운 목소리를 높였을 때, 영웅들의 가슴은 어두워졌도다. 벌써 몇 번이나 살가르의 무덤과 하얀 콜마의 어두운 집을 보았으므로. 목소리가 아름다운 콜마는 언덕 위에 버림을 받았구나. 살가르는 돌아오겠다고 약속했으나 사방은 이미 칠흑 같은 밤의 장막이 드리워져 있도다. 이제 홀로 언덕에 앉아 있는 콜마의 목소리를 들어 보라.

콜마

밤이 깊었다. 나는 홀로, 폭풍우 치는 언덕에서 길을 잃었도다. 바람은 거세고, 물결은 울부짖으며 바위를 스쳐 가는구나. 비를 피할 오두막조차 없다. 폭풍우 휘몰아치는 언덕에서 버림받은 내 신세여.

달이여, 구름을 헤치고 나오라. 비추어라, 밤하늘의 빛이여! 어떤 빛이든 내 사랑이 있는 곳으로 나를 인도해 다오. 이제 그는 시위 푼 활을 내려놓고, 가쁘게 숨을 고르는 개들 옆에서 사냥에 지친 몸을 쉬고 있으리! 그러나 나는 여기 바위 위에 홀로 앉아 있어야만 한다. 물결이 거세게 일고 폭풍우 소리 요란한데도 내 연인의 목소리가 들려오지 않는구나.

나의 살가르는 어찌하여 머뭇거리고 있는가? 그는 약속의 말을 잊었단 말인가? 거기에는 바위와 나무, 여기에는 졸졸거리는 물결! 밤이 되면 이곳에 오겠다고 약속했거늘, 나의 살가르는 어디를 헤매고 있는가? 난 그대와 함께 도망치고자 하는데! 거만한 아버지와 오라버니를 버리고 떠나려 하는데! 우리의 가문이 서로 원수가 된 지는 오래이다. 그러나 우리는 원수가 아니니! 오, 살가르!

바람아, 잠시만 조용히 있어 다오! 물결아, 잠시만 멈추어 다오! 내 목소리가 골짜기에 울려 퍼져 나의 방랑자가 들을 수 있게. 살가르! 여기 내가 부르고 있어요! 여기에 나무와 바위가 있어요! 살가르! 내 사랑! 나 여기 있어요. 왜 지체하는 건가요?

보라! 달은 빛나고, 계곡물은 반짝이며, 바위는 언덕 위에 회색빛을 뿜내며 우뚝 서 있구나. 그러나 살가르는 보이지 않는다. 앞선 개들도 그의 도착을 알리지 않으니, 나는 여기 홀로 앉아 있어야 하는가?

그런데 저 아래 황야에 누워 있는 자들은 누구인가? 나의 사랑 살가르인가? 나의 오라버니인가? 나의 친구들이여, 말해 보라! 그런데 대답이 없구나. 내 마음은 얼마나 초조한지! 아아, 그들은 죽어 있구나! 그들의 칼은 피로 얼룩져 있도다!

아, 오라버니, 나의 오라버니, 왜 나의 살가르를 죽였나요? 아아, 나의 살가르, 어찌하여 나의 오라버니를 죽였나요? 그대 둘 모두 내가 그토록 사랑하던 사람들! 오, 그대는 이 언덕에서 수천 명 가운데서도 가장 빼어났는데! 그리도 처절한 싸움이었으니. 대답해 다오! 내 목소리를 들어 다오! 그러나 그들은 말이 없구나. 영원히 말이 없구나. 그들의 가슴은 흙처럼 차갑구나!

오, 언덕의 바위에서, 폭풍이 휘몰아치는 산봉우리에서 말해 다오, 죽은 자들의 영혼이여! 말해 다오, 나는 두렵지 않으니! 그대들은 어디로 쉬러 갔는가? 산속 어느 동굴에서 그대들을 찾아야 하는가? 바람 소리에 귀 기울여 봐도 희미한 음성조차 들리지 않는구나. 폭풍 이는 언덕에서 실려 오는 바람 속에도 대답은 들리지 않는구나.

나는 비탄에 잠겨 눈물에 젖은 채 아침을 기다리노라. 죽은 자의 친구들이여, 무덤을 파헤쳐 다오. 그리고 내가 갈 때까지 닫지 말아 다오. 나의 생명은 꿈처럼 스러져 간다. 어떻게 살아갈 것인가?

나는 여기, 물살이 바위에 부딪혀 울려 퍼지는 냇가에서 친구들과 함께 살리라. 언덕에 밤이 찾아오고 황야에 바람이 불면, 나의 영혼은 바람 속에 서성이며 친구들의 죽음을 슬퍼하리라. 사냥꾼은 오막살이에서 내 소리를 듣고 나의 음성을 두려워하는 동시에 사랑하리라. 친구들을 애도하는 나의 목소리는 달콤할 것이기에. 나는 그 둘을 그렇게 사랑했노라!

오, 미노나, 수줍게 얼굴을 붉히는 토르만의 딸이여, 이것이 그대의 노래였노라. 우리는 콜마를 위해 눈물을 흘렸고, 우리의 마음은 어두웠다.

울린이 하프를 들고 나와 알핀의 노래를 들려주었다. 알핀의 목소리는 다정했고, 리노의 마음은 불타올랐노라. 그러나 이미 그들은 비좁은 집에서 고이 쉬고 있었으므로, 그들의 목소리는 셀마에 울려 퍼지지 못하였다. 일찍이 그 영웅들이 쓰러지기 전에 울린은 사냥에서 돌아와 언덕 위에서 그들의 노래자랑을 들었노라. 영웅들의 노래는 부드러우면서도 슬펐도다. 그들은 영웅 중의 으뜸인 모라르의 죽음을 탄식했다. 모라르의 영혼은 핑갈의 영혼과 닮았고, 그의 칼은 오스카의 것과 같았노라.

그러나 모라르는 쓰러졌도다. 그의 아버지는 슬퍼했으며, 그의 누이의 눈에는 눈물이 가득했노라. 장엄한 모라르의 누이인 미노나의 눈에는 눈물이 넘쳐흘렀던 것이다. 미노나는 울린의 노래 앞에서 서쪽 하늘의 달이 폭풍우를 예감하고 구름 속으로 아름다운 얼굴을 숨기듯 지레 뒤로 물러났도다. 나는 울린과 함께 슬픔의 노래에 맞추어 하프를 탔노라.

리노

바람과 비는 지나가고, 한낮에는 아주 밝아져 구름들도 흩어졌구나. 태양은 계속 도망하면서 언덕을 비추어 주니, 계곡물은 붉게 물들어 흘러내리는구나. 오, 물결이여, 그대의 속삭임은 얼마나 감미로운지! 그러나 내 귀에 들려오는 목소리는 더 감미롭구나. 그것은 죽은 자를 애도하는 알핀의 목소리. 그의 고개는 늙어 수그러지고, 눈물로 흠뻑 젖은 눈은 빨갛게 되었구나. 알핀이여, 뛰어난 가인이여! 왜 말 없는 언덕 위에 홀로 있는가? 왜 그대는 숲 속에 이는 바람처럼, 먼 강기슭의 물결처럼 슬피 탄식하는가?

알핀

리노, 내 눈물은 죽은 자들을 위한 것이요, 내 목소리는 무덤에
거하는 자들을 위한 것이로다. 언덕 위에서 그대는 훤칠하며 황
야의 아들들 중 빼어나구나. 그러나 그대는 모라르처럼 쓰러질
것이로다. 그리고 애도하는 자가 그대의 무덤가에 앉아 있으리
라. 언덕은 그대를 잊을 것이며, 그대의 활은 시위가 풀린 채 창
고에 놓이리라.

오, 모라르여, 그대는 언덕 위를 달리는 사슴처럼 빨랐고, 밤하
늘에 타오르는 불처럼 무서웠다. 그대의 분노는 폭풍우 같았고,
전쟁터에서 그대의 칼은 황야에 내리치는 번개 같았노라. 그대
의 목소리는 비 내린 뒤의 산 여울 같았고, 아득한 언덕 위의 우
레 소리 같았도다. 많은 이가 그대의 손에 쓰러졌고, 그대 분노의
불꽃은 그들을 불살랐노라. 그러나 전쟁터에서 돌아왔을 때, 그
대의 얼굴은 얼마나 평화로웠던지! 그대의 얼굴은 소나기 내린
후의 태양 같았고, 한밤중의 달 같았으며, 그대의 가슴은 바람 잔
호수처럼 고요했노라.

이제 그대의 거처는 비좁고, 그대 누운 자리는 어둡구나! 오오,
그대, 위대했던 자여, 그대의 무덤은 세 걸음나비에 불과할 뿐!
이끼로 뒤덮인 네 개의 망주석이 유일하게 그대를 기념하고 있
구나. 잎 떨어진 나무와 바람에 바스락대는 긴 풀들이 모라르의
무덤을 사냥꾼들에게 일러 줄 뿐 그대를 위해 울어 주는 어머니

도, 뜨거운 사랑의 눈물을 흘리는 연인도 없구나. 그대를 낳은 이는 세상을 떠났고, 모르글란의 딸도 쓰러졌으니.

지팡이를 짚은 자는 누구이뇨? 늙어서 백발이 성성하고, 눈은 눈물로 충혈된 자가 누구인가? 오, 모라르여, 바로 그대의 아버지이다. 자식이라곤 그대 하나밖에 없는 그대의 아버지! 그는 전쟁터에서 용감했던 그대의 소문을 들었고, 적군이 사방으로 도망쳤다는 소식을 들었다. 모라르의 명성을 들었도다!

아아, 그러나 모라르의 상처에 대해서는 아무것도 듣지 못했던가? 통곡하라, 모라르의 아비여, 통곡하라! 그러나 그대의 아들은 그대의 울음소리를 듣지 못하리라. 죽은 자들의 잠은 아주 깊고, 티끌로 된 베개는 저 아래에 놓여 있으니. 모라르는 그대의 목소리를 듣지 못하며, 그대의 부름에 깨어나지 못하느니라. 오, 무덤 속의 아침은 언제나 오는가? 언제 와서 잠든 자를 깨울 것인가?

잘 있어라, 가장 고귀한 인간이여, 전쟁의 승리자여! 들판은 영원히 그대를 보지 못하고, 어두운 숲도 빛나는 그대의 칼을 보지 못하리라. 그대는 자식을 남기지 않았으나, 그대의 이름은 노래에 간직되어 전해질 것이다. 후세 사람들은 그대에 대해 듣게 되리라. 전쟁터에서 쓰러진 모라르의 이름을.

영웅들의 슬픔은 컸노라. 아르민의 탄식 소리는 그중 가장 높았다. 젊은 나이에 쓰러진 자식의 죽음을 떠올렸기에…… 명성이 자자한 갈말의 영주 카르모르는 용사들을 거느리고 가까이 앉아 있었노라. 카르모르가 물었도다.

"어찌하여 아르민은 흐느끼며 탄식하는가? 어찌하여 우는가? 우리의 영혼을 녹이고 달래 주는 노랫소리가 들리지 않는가? 노래는 부드러운 안개처럼 호수에서 계곡으로 올라와 피어나는 꽃을 촉촉하게 하거늘. 그러나 태양은 다시 힘을 발하고 안개는 사라져 버리니. 아르민이여, 바다로 둘러싸인 고르마의 지배자여, 어찌하여 그토록 슬픔에 잠겨 있는가?"

나는 정말로 슬픔에 잠겨 있다오! 그러나 그럴 만한 이유가 있으니! 카르모르여, 그대는 아들을 잃은 적도, 꽃처럼 피어나는 딸을 잃은 적도 없도다. 용감한 콜가르는 살아 있고, 빼어나게 아름다운 아니라도 살아 있으니. 카르모르여, 그대 집안의 가지는 꽃을 피우는구나. 그러나 아르민은 집안의 마지막 사람이로다.

오, 다우라여, 그대의 잠자리는 어둡고, 무덤 속에서 잠자는 그대는 답답하도다. 언제 깨어나 그대의 노래를 들려줄 것인가? 일어나라, 가을 바람이여! 불어라, 어두운 황야에 몰아쳐라! 숲 속의 냇물이여, 흘러라! 폭풍우여, 참나무 위에서 울부짖어라! 오, 달이여, 이 구름 저 구름을 방랑하다가 그대의 창백한 얼굴을 보여 다오. 내 아이들이 죽던 끔찍한 밤이 생각나는구나. 힘센 아린달이 쓰러지고, 사랑스런 다우라가 죽던 그 밤이.

다우라, 나의 딸이여, 너는 아름다웠다. 푸라의 언덕 위에 떠오른 달처럼 아름답고, 방금 내린 눈처럼 하얗고, 신선한 공기처럼 달콤했도다! 아린달이여, 들판에서 너의 활은 강했다. 너의 창은 빨랐고, 너의 시선은 물결 위의 안개 같았으며, 너의 방패는 폭풍우 속의 불구름 같았도다!

전쟁터에서 이름을 떨친 아르마르가 찾아와서 다우라의 사랑을 구했으니, 다우라는 오래 거절하지 못하였도다. 그들의 친구들이 품은 기대는 아름다웠다.

오드갈의 아들 에라트는 아르마르에게 원한을 품었노라. 아르마르가 그의 형제의 목숨을 앗아 갔기에. 에라트는 뱃사공으로 변장을 하고 왔다. 물결 위를 떠도는 그의 배는 아름다웠고, 곱슬머리는 백발이 되었으며, 위엄 있는 얼굴은 태연했도다. 에라트가 말했노라.

"가장 아름다운 여인이여, 아르민의 사랑스런 딸이여, 저기 저 멀지 않은 바다의 바위 곁, 나무의 붉은 열매가 빛나는 곳에서 아르마르가 다우라를 기다린다오. 나는 성난 바다 건너 그의 사랑을 인도하기 위해 왔다오."

다우라는 에라트를 따라가 소리 높여 아르마르를 불렀노라. 그러나 들리는 것은 바위의 메아리뿐이구나.

"아르마르, 내 사랑! 왜 나를 걱정시키나요? 들어 봐요, 아르나르트의 아들이여! 들어 봐요, 다우라가 당신을 부르고 있어요!"

배신자 에라트는 웃으면서 뭍으로 도망쳤다. 다우라는 목소리를 높여 아버지와 오빠를 불렀노라.

"아린달이여! 아르민이여! 다우라를 구해 줄 이 아무도 없나요?"

다우라의 목소리가 바다를 건너 울려 퍼졌노라. 나의 아들 아린달은 사냥의 노획물을 들고 언덕을 내려왔도다. 그 순간 화살은 옆구리에서 달그락거리고 손에는 활이 들려 있었노라. 다섯 마리의 잿빛 맹견이 그의 곁을 맴돌았다. 그는 뻔뻔한 에라트가 물가에 서 있는 것을 보고 그를 잡아 떡갈나무에 결박한 후, 허리를 단단히 동여매었다. 사로잡힌 자의 신음 소리가 바람을 채웠노라.

아린달은 다우라를 데려오려고 배를 타고 바다에 뛰어들었도다. 분노를 참지 못한 아르마르가 달려와 회색 깃 화살을 날렸노라. 화살이 날아가는 소리가 들리고 오, 아린달이여, 화살이 네 가슴에 박혀 버렸구나. 오, 아린달, 나의 아들아! 배신자 에라트 대신에 네가 죽었구나. 배는 바위 가에 다다르고 아린달은 쓰러져 숨을 거두었다. 아아, 다우라여, 네 발치에서 네 오빠의 피가 흘렀구나. 오, 다우라여, 너는 얼마나 비통해했던가!

파도가 작은 배를 부서뜨렸다. 아르마르는 다우라를 구하든지 아니면 차라리 죽어 버리겠다며 바다로 뛰어들었노라. 순식간에 언덕에서 바다로 회오리가 일어, 아르마르는 거센 파도에 가라앉아 다시는 뜨지 못하였도다.

나는 바닷물이 출렁이는 바위에서 홀로 탄식하는 나의 딸의 울음소리를 들었노라. 다우라의 통곡은 얼마나 처절하던지……. 그러나 아버지인 나는 그녀를 구할 수 없었노라. 나는 물가에서 밤새도록 다우라를 보았고, 희미한 달빛 아래 그녀의 울음소리를 들었다. 바람 소리는 요란하고, 비는 산비탈을 거세게 때렸도다.

아침이 밝아 오기 전, 다우라의 목소리는 점점 희미해지더니 바위틈에 난 풀잎 사이를 스치는 저녁 공기처럼 스러져 마침내 숨을 거두고 말았도다. 다우라는 슬픔을 이기지 못하고 죽어 버렸고, 아르민은 홀로 남았구나! 전쟁에서 떨쳤던 나의 용맹은 사라지고, 처녀들 사이에서의 나의 자랑도 거꾸러졌다.

산에 폭풍이 몰아치고 삭풍에 파도가 거셀 때, 나는 철썩이는 바닷가에 서서 그 무서운 바위를 바라보노라. 저기 지는 달빛 속에서 내 아이들의 넋을 보노라. 어슴푸레한 모습으로 함께 어울려 구슬피 떠돌아다니는 넋들을.

로테의 눈에서 억눌린 가슴을 시원케 하는 울음이 터져 나와 베르테르의 노래를 중단시켰습니다. 베르테르는 원고를 내던지고서 로테의 손을 잡고 쓰디쓴 눈물을 흘렸습니다. 로테는 베르테르가 잡지 않은 다른 한쪽 손에 몸을 기대고 손수건으로 눈을 가렸습니다. 두 사람의 감동은 매우 컸습니다. 그들은 숭고한 자들의 운명 속에서 자신들의 불행을 함께 느끼고, 함께 울었던 것입니다.

베르테르의 입술과 눈은 로테의 팔에 파묻혀 불타올랐습니다. 로테는 감동으로 전율하면서도 그에게서 떨어지려고 했습니다. 그러나 고통과 동정심이 납덩이처럼 그녀를 짓눌러 꼼짝할 수가 없었습니다. 로테는 정신을 가다듬기 위해 심호흡을 한 뒤 흐느끼는 목소리로 베르테르에게 계속 읽어 달라고 부탁했습니다. 그것은 가히 천상의 목소리였습니다. 베르테르는 몸이 떨렸고, 가슴이 터질 것 같았습니다. 그는 다시 원고를 집어 들고 더듬거리며 읽기 시작했습니다.

봄바람이여, 왜 나를 깨우는가? 그대는 희롱하면서 천상의 이슬로 적셔 주겠다 하는구나! 그러나 나는 시들 때가 다 되었노라. 나의 잎들을 날려 버릴 폭풍우가 가까이 왔도다! 내일 나그네가 오리라. 나의 아름다웠던 시절을 보았던 나그네가. 그는 들판을 둘레둘레 돌아보며 나를 찾을 것이나 끝내 나를 발견하지 못하리라.

이 마지막 문장에 담긴 말들이 베르테르의 마음을 압도했습니다. 그는 절망한 나머지 로테 앞에 무릎을 꿇고서, 그녀의 손을 잡고 그 손을 자신의 눈과 이마에 가져다 대었습니다. 베르테르의 끔찍한 계획(죽겠다는 계획)에 대한 예감이 번갯불처럼 로테의 가슴을 스쳐 갔습니다.

로테는 몹시 혼란스러웠습니다. 그래서 베르테르의 손을 꼭 잡고 자기 가슴에 가져다 대었다가 안타까운 몸짓으로 베르테르 쪽으로 몸을 구부렸습니다. 그들의 불타오르는 뺨이 맞닿았습니다. 그들에게 세상은 이미 온데간데없이 사라져 버렸습니다. 베르테르는 로테를 으스러지게 껴안고는 떨리고 웅얼대는 그녀의 입술에 미친 듯이 키스를 퍼부었습니다.

"베르테르!"

로테는 외면하면서 숨이 막히는 듯한 음성으로 외쳤습니다.

"베르테르!"

로테는 가냘픈 손으로 베르테르의 가슴을 떠밀었습니다.

"베르테르!"

로테는 숭고한 감정이 깃든, 차분한 목소리로 외쳤습니다. 베르테르는 거역하지 않고 로테를 두 팔에서 풀어 주었습니다. 그러고는 그녀 앞에 와락 꿇어 엎드렸습니다. 로테는 어쩔 줄 몰라 하며 자리에서 벌떡 일어나더니, 사랑과 분노 사이에서 전율하며 말했습니다.

"이것이 마지막이에요! 베르테르, 다시는 당신을 만나지 않겠어요!"

그러고는 애정이 가득 담긴 눈길로 잠시 베르테르를 바라보다가 옆방으로 뛰어 들어가 문을 잠가 버렸습니다. 베르테르는 그녀에게 팔을 뻗었지만 차마 붙잡지는 못했습니다. 그는 머리를 안락의자에 기댄 채 바닥에 앉아 있었습니다.

그런 자세로 반 시간쯤 가만히 있었을까? 어떤 소리가 들리는 바람에 그는 정신이 들었습니다. 하녀가 식탁을 차리려고 들어와 있었습니다. 베르테르는 방 안을 이리저리 서성거렸습니다. 그러다가 다시 홀로 있게 되자 옆방 문 앞으로 가서 나지막한 소리로 불렀다.

"로테! 로테! 한마디만이라도 해 줘요! 작별 인사라도 해 주세요!"

로테는 침묵했습니다. 베르테르는 기다렸다가 또 애원하고 다시 기다렸습니다. 그러다 마침내 포기하고 돌아서면서 이렇게 외쳤습니다.

"안녕, 로테! 영원히 안녕!"

제 13 장
마지막 편지

베르테르는 도시의 문에 다다랐습니다. 문지기는 베르테르를 자주 봐서 낯이 익었기 때문에 아무런 말 없이 그를 밖으로 내보내 주었습니다. 진눈깨비가 내리고 있었습니다.

그는 열한 시가 다 되어서야 다시 집으로 돌아와 문을 두드렸습니다. 하인은 베르테르의 모자가 없어졌다는 것을 알아차렸으나 아무 말도 하지 못하고 주인의 옷을 벗겼습니다. 옷은 푹 젖어 있었습니다. 모자는 나중에 골짜기가 내려다보이는 산비탈 바위에서 발견되었습니다. 그 비 오는 어두컴컴한 밤에 어떻게 굴러 떨어지지 않고 거기까지 올라갔는지 알 수 없는 노릇이었습니다.

베르테르는 침대에 드러누워 오랫동안 잠을 잤습니다. 다음 날 아침 하인이 베르테르의 부름을 받고 커피를 가져갔을 때, 베르테르는 뭔가를 쓰고 있었습니다. 그는 로테에게 보내는 편지를 쓰고 있었던 것입니다.

마지막으로, 정말 마지막으로 이 눈을 떴습니다. 아, 이 눈은 더 이상 태양을 보지 못할 것입니다. 흐린 안개가 태양을 가려 버렸습니다. 자연이여, 슬퍼해 다오! 그대의 아들, 그대의 친구, 그대의 연인이 마지막 순간에 다가가고 있으니. 로테, 자기 자신에게 이것이 마지막 아침이라고 타이르는 기분은 정말 무어라 말할 수 없습니다. 희미한 꿈을 꾸는 것만 같습니다.

마지막 아침! 로테, 나는 마지막이라는 말이 무엇을 의미하는지 알지 못합니다. 내일이면 나는 나의 힘으로 서 있지 못하고, 축 늘어져서 바닥에 뻗어 있겠지요. 죽는다는 것! 그것은 무엇일까요? 죽음에 대해 이야기할 때면 꿈을 꾸는 것 같습니다.

나는 사람이 죽는 것을 여러 번 보았습니다. 하지만 인간은 아주 제한적인 존재여서, 자신의 시작과 끝에 대해서는 아무것도 알지 못하지요. 아직까지 나는 나의 것이지만, 아니 당신의 것이지만! 오오, 당신의 것입니다! 당신 것이에요. 사랑하는 이여! 그런데 우리는 잠시 떨어져, 아니 헤어지나요? 어쩌면 영원히?

아닙니다, 로테. 아니에요. 어떻게 내가 사라질 수 있겠습니까?

어떻게 당신이 사라질 수 있겠어요? 우리는 엄연히 존재하고 있습니다! 사라진다는 것, 그것은 무엇일까요? 그것은 그저 한마디 말에 불과합니다. 내 가슴에 아무런 느낌도 주지 못하는 공허한 울림입니다. 로테, 죽는다는 것, 차가운 땅에 묻힌다는 것, 그렇게 비좁은 곳에! 그렇게 어두운 곳에!

소년 시절, 나에게는 세상 무엇보다 소중했던 여자 친구가 있었습니다. 그 사람이 죽어서, 나는 유해를 따라 묘지까지 갔습니다. 무덤 구덩이 속에 관을 내려놓고 줄을 잡아 뺀 다음 첫 삽질로 흙덩어리를 던져 넣자, 관에서 둔중한 소리가 났습니다. 그 소리는 점점 더 작아졌고, 드디어 관은 흙으로 모조리 덮여 버렸습니다! 나는 무덤가에 쓰러졌습니다. 내 가슴은 불안에 떨고 갈가리 찢긴 채였습니다. 그러나 나는 어떻게 그런 일이 일어날 수 있는지 도무지 알 수가 없었습니다. 죽음! 무덤! 그런 말들을 이해할 수 없었습니다!

아아, 용서해 주십시오! 나를 용서해 주세요! 어제의 일을 말입니다. 그것이 내 인생의 마지막 순간이었더라면. 오, 나의 천사여! 처음으로, 진정 처음으로 조금의 의심도 없이 행복감이 나의 내면을 가득 채웠습니다. 로테가 나를 사랑한다! 그녀가 나를 사랑해 준다는 그 기쁨이었습니다. 당신의 입술에서 흘러나온 거룩한 불꽃이 아직도 나의 입술에서 불타고 있습니다. 새롭고 따뜻한 기쁨이 내 마음속에 넘쳐흐르고 있어요. 용서해 주십시오!

나를 용서해 주세요!

아, 나는 당신이 나를 사랑하고 있다는 것을 알았습니다. 처음 만났을 때 그 진심 어린 눈길에서, 따뜻함이 담긴 첫 악수에서 느낄 수 있었지요. 하지만 내가 당신과 떨어져 있고 알베르트가 당신 곁에 있는 것을 볼 때면, 다시금 낙담하여 불 같은 의심에 빠지곤 했습니다.

언젠가 그 몹쓸 모임에서, 당신이 내게 말을 걸 수도 악수를 건넬 수도 없었을 때 꽃을 보냈던 일을 기억하고 있는지요? 오, 나는 몇 시간 동안이나 그 꽃 앞에서 무릎을 꿇고 있었습니다. 그 꽃들은 당신의 사랑을 보증해 주는 꽃이기 때문이었어요. 그러나 그런 감동은 지나가 버렸고, 자그마한 확신마저 사라졌습니다. 거룩한 은혜를 눈으로 보고서 하느님에 대한 믿음이 충만해졌던 신자가 그 마음을 서서히 잃어 가는 것처럼 말이에요.

모든 것은 지나갑니다. 그러나 내가 어제 그대의 입술에서 누리고, 지금까지도 내 안에서 불타오르고 있는 숨결은 영원히 지워지지 않을 것입니다. 그녀는 나를 사랑한다! 이 팔이 그녀를 안았고, 이 입술이 그녀의 입술 위에서 떨었고, 이 입이 그녀의 입가에서 웅얼거렸다. 그녀는 나의 것이다! 그래요, 로테! 당신은 나의 것입니다! 영원히!

알베르트가 당신의 남편이라는 것, 그것이 대체 뭔가요? 남편! 그것은 오직 이 세상에서만 통용되는 것 아닌가요? 그리고 이 세상에서는 내가 당신을 사랑한다는 것, 내가 당신을 그의 팔에서 빼앗아 오고 싶다는 것이 죄가 되겠지요. 죄라고요? 좋아요. 나는 그 벌을 달게 받겠습니다. 나는 완전한 천상의 기쁨 가운데 그 죄를 맛보았고, 생의 모든 향기와 힘을 나의 가슴으로 가득히 들이마셨습니다. 당신은 이 순간부터 나의 것입니다!

오, 로테! 나는 먼저 갑니다! 하늘에 계신 나의 아버지, 당신의 아버지 곁으로 먼저 가서 그에게 토로하려 합니다. 그러면 그분은 당신이 올 때까지 나를 위로해 주실 것입니다. 당신이 오면 나는 기쁘게 뛰어가 당신을 맞이할 것이고, 당신을 붙잡고 당신 곁에서 떠나지 않은 채 무한한 자가 내려다보시는 앞에서 영원한 포옹을 할 것입니다.

나는 꿈꾸는 것이 아닙니다. 망상에 사로잡힌 것도 아닙니다! 무덤 가까이로 다가갈수록 나의 마음과 머릿속은 점점 더 명료해지고 있습니다. 우리는 존재할 것입니다! 저 세상에서 다시 만나게 될 것입니다! 나는 당신의 어머니를 만나겠습니다! 그분을 찾아 내 마음을 털어놓겠습니다! 당신의 어머니, 당신과 꼭 닮은 그분에게.

열한 시경 베르테르는 하인에게 "알베르트가 돌아왔겠지?"라고 물었습니다. 하인은 알베르트가 말을 타고 집 쪽으로 가는 것을 보았다고 전했습니다. 그러자 베르테르는 다음과 같은 쪽지를 봉하지 않은 채 하인에게 건넸습니다.

여행을 가려고 하는데, 권총을 빌려 주시겠습니까? 그럼 안녕
히 계십시오!

로테는 간밤에 거의 잠을 이루지 못했습니다. 전부터 두려워
했던 일이 예상치 못한 순간에, 생각도 못 했던 뜻밖의 방향으
로 벌어지고 말았기 때문이었습니다. 평소에 그토록 순수하고
쾌활했던 로테는 마음이 편치 않았습니다. 여러 가지 생각들이
로테의 아름다운 마음을 뒤흔들고 혼란스럽게 했습니다.

가슴속에 느껴지는 것은 베르테르의 포옹에서 비롯된 불길함
일까? 아니면 베르테르의 불손한 태도에 대한 혐오감일까? 아
니면 거리낌 없이 자유롭고 순진무구하게 자기 자신을 신뢰했
던 날들과 지금의 불안한 상태를 비교하는 데서 비롯되는 불쾌
감일까? 남편을 어떻게 마주 대한단 말인가? 말한다 해도 꺼림
칙할 이유는 없지만, 그렇다고 말할 용기가 나지 않는 그런 일
을 어떻게 고백한단 말인가?

두 사람은 이미 오랫동안 베르테르에 관한 일에 침묵을 지켜
왔는데, 그녀가 먼저 침묵을 깨어야 할까? 하지만 하필이면 이
런 적절치 못한 때에 예기치 않았던 불상사를 고백할 필요가 있
을까? 베르테르가 왔다는 사실을 전하는 것만으로도 불쾌한 인

상을 주지 않을까 염려되는데, 그런 뜻하지 않던 사건까지! 남편이 선입견 없이 그녀를 받아들이고, 자신의 마음을 읽어 주기를 바랄 수 있을까? 아니면 이제 와서 남편을 속일 수 있을까? 지금까지 언제나 남편에게 수정처럼 투명하고 솔직하게 대했고, 어떤 감정도 숨긴 적이 없는데? 이와 같은 여러 생각들이 한꺼번에 밀려와 로테를 당황하게 만들었습니다.

그리고 로테의 생각은 계속하여 베르테르에게로 되돌아갔습니다. 이제 로테는 베르테르를 영원히 잃어버렸습니다. 그를 놓아주기가 몹시 힘들었지만, 유감스럽게도 그를 자기 자신에게 맡겨 두는 수밖에 다른 도리가 없었습니다. 그녀를 잃어버리면 그에게는 아무것도 남지 않으므로.

그 순간 확실히 깨닫지는 못했지만, 알베르트와 베르테르 사이에 의사소통이 막혀 버렸다는 점이 로테의 마음을 은근히 짓눌렀습니다. 그렇게 이지적이고 좋은 사람들이 서로의 미묘한 차이로 침묵하기 시작하여, 각자 자신이 옳고 상대방은 옳지 않다는 생각을 하게 되었던 것입니다. 관계가 꼬이고 악화되어 마침내 위기의 순간에도 매듭을 풀 수가 없게 되었습니다.

두 사람이 좀 더 일찍 행복한 신뢰를 바탕으로 가깝게 지냈더라면, 사랑과 배려가 그들 사이에 살아 있었더라면, 그리하여 서로 흉금을 터놓는 사이가 되었더라면 아마도 우리의 친구는 구원될 수 있었을지도 모릅니다.

거기에 또 하나의 이상한 상황이 추가되었습니다. 베르테르의 편지를 읽어 보면 알 수 있듯이, 그는 자신이 이 세상을 떠나고 싶어 한다는 것을 결코 숨기지 않았습니다. 알베르트는 종종 베르테르와 그런 생각에 대해 논쟁을 하였고, 로테와 알베르트 사이에서도 몇 번인가 그에 대한 이야기가 오고 갔습니다.

알베르트는 그런 행위에 대해 단호한 반감을 가지고 있었기 때문에 평소와는 달리 민감한 반응을 보였습니다. 그는 그런 결심이 진지한 것인지 아주 의심스럽다며, 심지어 농담까지 섞어서 베르테르의 말을 믿을 수 없다는 의견을 로테에게 피력하곤 했습니다.

알베르트의 이런 태도는 한편으로는 로테가 걱정스런 생각이 떠오를 때마다 안심시켜 주는 효과가 있었습니다. 하지만 다른 한편으로는 그렇기에 더욱더 지금 자신을 괴롭히고 있는 고통스런 걱정거리(베르테르가 그런 행동을 저지를지도 모른다는)를 알베르트에게 털어놓기가 꺼려졌습니다.

알베르트가 돌아오자, 로테는 당황스럽고 분주한 태도로 그를 맞았습니다. 알베르트는 기분이 좋지 않은 듯 보였습니다. 일이 제대로 처리되지 못한 데다가, 함께 일한 이웃 마을 공사는 아주 고집이 세고 소심한 성격이어서 그를 몹시 힘들게 했던 것입니다. 거기에 길이 좋지 않았던 것도 불쾌감을 더했습니다.

알베르트가 아무 일도 없었느냐고 물었을 때, 로테는 성급하게 어제저녁에 베르테르가 다녀갔다고 말했습니다. 알베르트는 편지 온 것이 있느냐고 물었고, 편지 한 통과 소포들이 방에 놓여 있다는 대답을 듣고는 방으로 들어갔습니다. 로테는 혼자 남았습니다.

사랑하고 존경하는 남편이 자신의 곁에 있다는 사실이 로테에게 새로운 인상을 심어 주었습니다. 그의 고결함과 사랑, 은혜를 생각하자 로테의 마음은 한층 더 가라앉았습니다. 그녀는 남편 곁에 있고 싶은 마음에 일거리를 들고 그의 방으로 갔습니다. 알베르트는 소포들을 풀고 편지를 읽는 일에 열중해 있었는데, 그중에는 그다지 유쾌하지 않은 것이 들어 있는 성싶었습니다. 로테는 알베르트에게 몇 가지 질문을 했는데, 알베르트는 짧게 대답하고는 책상 앞에 앉아 뭔가를 쓰기 시작했습니다.

그들은 그렇게 한 시간가량 함께 있었습니다. 그런데 시간이 갈수록 로테의 마음은 점점 더 어두워졌습니다. 그녀는 설사 남편의 기분이 아주 좋은 상황이라고 해도, 자신의 마음에 걸리는 일을 털어놓는 것은 너무나 어려운 일임을 느꼈던 것입니다. 로테는 시름에 잠겼습니다. 이를 감추고 눈물을 삼키려 할수록 마음은 더욱 고통스러워져 갔습니다.

베르테르가 부리는 시동이 찾아오자 로테는 더욱 당황했습니다. 베르테르의 시동이 알베르트에게 쪽지를 전하자, 알베르트는 태연하게 아내 쪽으로 고개를 돌리며 말했습니다.

"이 아이에게 권총을 하나 내줘요."

그러고는 이어 시동에게 말했습니다.

"좋은 여행이 되길 바란다고 전해 주게."

그 말은 로테에게 청천벽력과도 같았습니다. 로테는 비틀거리며 일어났지만 어찌해야 좋을지 알지 못했습니다. 그녀는 천천히 벽 쪽으로 가서 떨리는 손으로 총을 내렸습니다. 그러고는 깨끗이 먼지를 닦고서도 내주기를 주저하였습니다. 알베르트가 의아한 눈길을 보내지 않았더라면 더 오랫동안 망설였을 것입니다.

로테는 한마디 말도 못 한 채 그 불길한 무기를 시동에게 건네주었습니다. 그리고 시동이 나가자, 일거리를 거두어 형언할 수 없이 불안한 마음으로 자신의 방으로 건너왔습니다. 그녀의 가슴은 끔찍한 일을 예감하고 있었습니다.

로테는 당장이라도 남편 앞에 엎드려 간밤에 일어났던 모든 일을 말하고, 자신의 잘못과 걱정거리를 털어놓을까 하는 생각도 했습니다. 그러나 이내 그런다고 해도 소용없으리라는 것을 깨달았습니다. 무엇보다 알베르트를 설득하여 베르테르에게 가 보게 한다는 것은 바랄 수조차 없는 일이었습니다.

식사가 모두 준비되었습니다. 마침 여자 친구 하나가 물어볼 것이 있다며 잠시 들렀다가 함께 식사를 하게 되었습니다. 덕분에 식사 분위기는 그다지 어색하지 않았습니다. 로테는 어쩔 수 없이 대화를 주고받으면서 조금이나마 우울함을 잊어버릴 수 있었습니다.

　시동은 권총을 가지고 베르테르에게 돌아왔습니다. 베르테르는 로테가 그것을 손수 건네주었다는 말을 듣자 매우 황송해하며 받아 들었습니다. 베르테르는 빵과 포도주를 가져오게 하여 시동에게 식사를 하고 가라고 이른 뒤 자리에 앉아서 편지를 쓰기 시작했습니다.

　권총이 당신의 손을 거쳐서 왔습니다. 당신이 권총의 먼지를 닦아 주셨다죠. 나는 이 권총에 수없이 키스를 합니다. 당신이 이 권총을 만졌다니! 하늘의 정령이시여, 내 결심에 은총을 베푸시는군요. 로테, 당신이 내게 권총을 건네주었습니다. 나는 당신의 손에서 죽음을 받기 원했는데, 아! 이제야 받게 되었습니다.

　오, 시동에게 물어보니, 이것을 내줄 때 당신은 떨고 있었다지요. 그리고 인사 한마디 전하지 않았다지요. 마음이 아픕니다! 잘 가라는 말 한마디 하지 않다니! 나를 영원히 당신과 결합시켰던 그 순간 때문에 마음의 문을 닫아야만 하는 건가요? 로테, 천 년이 지나도 그때의 감동은 잊혀지지 않을 겁니다. 이토록 당신을 연모하는 남자를 당신도 미워할 수는 없겠지요.

　식사가 끝나자, 베르테르는 시동에게 짐을 완전히 꾸리라고 지시했습니다. 수많은 서류들을 찢어 버렸고, 이어 밖으로 나가서 소소한 외상값들을 지불했습니다. 그러고는 다시 집으로 왔다가, 비가 오는데도 아랑곳하지 않고 다시 성문 밖에 있는 백작의 정원으로 갔습니다. 그는 그 근처를 계속 배회하다가 밤이 되어서야 돌아와 이런 편지를 썼습니다.

빌헬름, 나는 마지막으로 들과 숲과 하늘을 보고 왔네. 잘 있게! 사랑하는 어머니, 나를 용서해 주세요! 빌헬름, 어머니를 위로해 주게. 하느님께서 그대들에게 축복을 내려 주시기를! 내 신변은 모두 잘 정리해 두었네. 안녕! 더 기쁜 모습으로 다시 만날 수 있기를.

알베르트, 당신의 호의를 악으로 갚게 되었습니다. 나를 용서해 주시리라 믿습니다. 내가 당신 가정의 평화를 깨고, 불신을 조장했습니다. 안녕히 계십시오! 나는 이제 끝내려 합니다. 오, 나의 죽음으로 부디 그대들이 행복해지기를 바랍니다. 알베르트! 알베르트! 그 천사를 행복하게 해 주십시오! 하느님의 축복이 당신에게 임하기를!

베르테르는 그날 밤에도 서류들을 뒤적이고, 많은 것들을 찢어서 난로 속에 던졌습니다. 몇 묶음은 빌헬름의 이름으로 봉인

했습니다. 그 묶음에는 짧은 글들과 단편적인 생각들이 기록되어 있었는데, 그중 몇 가지는 편저자인 나도 보았습니다.

열 시쯤 그는 난로에 불을 더 지피게 하고 포도주를 한 병 가져오라고 한 후, 하인에게 가서 자라고 했습니다. 하인의 방은 여느 하인의 침실처럼 멀찍이 떨어져 있었습니다. 하인은 새벽에 눈뜨자마자 곧장 시중을 들 수 있도록 옷을 입은 채 침대에 누웠습니다. 새벽 여섯 시가 되기 전에 역마차가 집 앞으로 올 것이라고 주인이 말했기 때문입니다.

열한 시 넘어서

주변의 모든 것이 아주 고요합니다. 내 마음도 정말 고요합니다. 하느님, 마지막 순간에 이런 따스함과 힘을 선사해 주셔서 감사합니다.

사랑하는 이여, 나는 창가로 다가가 흘러가는 구름 사이로 영원한 하늘에서 빛나는 별들을 봅니다! 그래, 너희들은 떨어지지 않으리라. 영원하신 분이 너희를 가슴에 품어 주시리라. 나 역시 품어 주실 것이다.

가장 사랑스러운 큰곰자리의 북두칠성을 봅니다. 한밤중에 당신과 헤어지고 당신의 집 문을 나설 때면, 언제나 저 별은 나를 마주보고 있었지요. 얼마나 넋을 잃고 저 별을 바라보곤 했는지…… 두 손을 치켜들고 그 별을 현재 나의 행복의 표지로, 영원한 이정표로 만들었지요!

오, 로테, 당신을 기억나게 하지 않는 것이라곤 하나도 없습니다. 당신은 온통 나를 둘러싸고 있고, 나는 어린아이처럼 거룩한 당신이 손을 댔던 것은 무엇이든지 다 끌어모으지 않았습니까!

사랑스런 당신의 실루엣 그림! 로테, 이 그림을 당신에게 남기고 가렵니다. 이 그림을 소중히 여겨 주십시오. 나는 들어오고 나갈 때마다 이 그림에 수천 번 키스를 했고, 수천 번 눈인사를 했습니다.

당신의 아버지에게 편지로 나의 유해를 부탁드렸습니다. 묘지 뒤편 들판 쪽으로 향한 한구석에 두 그루의 보리수나무가 있어요. 나는 그곳에서 영원히 쉬고 싶습니다. 아버지께서는 친구를 위해 그렇게 해 주실 수 있고, 그렇게 해 주시겠지요. 당신도 부탁을 드려 주십시오.

경건한 기독교 신자들에게 이 가련하고 불행한 자의 옆에서 안식을 누리라고 요구하고 싶지는 않습니다. 아, 나는 당신네들의 손으로 길가나 고독한 골짜기에 묻히기를 원할 뿐입니다. 사제와 레위 인은 축복하며 비석 앞을 지나가고, 사마리아 인은 눈물을 뿌려 주기를 원했던 것입니다.

자, 로테! 나는 무서워하지 않고 차갑고 무서운 술잔을 들어 죽음의 도취를 마셔 버리려 합니다! 당신은 내게 그 잔을 건넸고, 나는 망설이지 않겠습니다. 이제 모든 것이! 내 인생의 모든 바람과 소망들이 이루어집니다! 이렇게 냉정하고 담담하게 죽음의 철문을 두드립니다!

로테, 당신을 위해 죽는 행복을 누리고 싶었습니다. 당신을 위해 나를 내어 줄 수 있기를 바랐습니다. 당신의 안식과 기쁨을 위해서라면 용감히, 기꺼이 죽고자 했습니다. 그러나 아아, 당신을 위해, 사랑하는 사람을 위해 피를 흘리고 죽음으로 친구들에게 백 배의 새로운 인생을 선사하는 것은 오로지 숭고한 몇몇 사람들에게만 허락되었던 일입니다.

로테, 나는 이 옷을 입고 묻히렵니다. 이 옷은 당신이 만지고 손을 대었기에 거룩해졌습니다. 당신의 아버지에게도 그렇게 부탁했습니다. 나의 영혼은 벌써 관 위를 떠돌고 있습니다. 누구도 내 호주머니를 뒤지지 않도록 해 주십시오. 내가 처음 당신을 보았을 때, 당신이 달고 있던 이 분홍색 리본을 가져갑니다.

아! 아이들에게 키스를 해 주세요. 그리고 이 불행한 친구의 운명을 이야기해 주십시오. 나를 보면 우르르 모여들곤 했던 귀엽고 사랑스러운 아이들! 아아, 나는 얼마나 당신과 긴밀히 연결되어 있었는지요! 처음 만난 순간부터 당신 곁을 떠날 수가 없었습니다! 내 생일 선물로 주었던 이 리본을 나와 함께 묻어 주세요. 내가 이런 것들을 얼마나 탐내었는지! 아, 그 길이 나를 이리로 인도할 줄은 미처 생각지 못했습니다! 진정해요. 제발 부탁이니, 마음을 가라앉혀요!

탄환을 재어 놓았습니다. 시계가 열두 시를 치고 있군요! 자, 그럼 이만! 로테, 안녕! 안녕!

이웃 사람이 화약의 불빛을 보았고, 총성을 들었습니다. 그러나 그 이후에는 아주 조용했기 때문에 더 이상 신경을 쓰지 않았습니다.

아침 여섯 시경 하인이 불을 들고 들어왔다가 바닥에 쓰러져 있는 주인과 권총, 그리고 바닥에 흥건한 피를 보았습니다. 하인은 소리를 지르며 주인의 몸을 잡아 일으켰습니다. 그러나 아무런 대답이 없었고, 단지 목구멍에서 골골거리는 소리를 낼 뿐이었습니다. 하인은 의사를 부르러 달려갔으며, 알베르트에게도 갔습니다.

로테는 초인종이 울리는 소리를 듣고 온몸을 떨었습니다. 그녀는 허둥지둥 남편을 깨워 함께 나갔습니다. 하인이 울면서 더듬더듬 소식을 전했습니다. 로테는 정신을 잃고 알베르트 앞에 쓰러졌습니다.

의사가 도착했을 때, 베르테르는 이미 가망이 없는 상태였습니다. 맥박은 아직 뛰고 있었지만, 사지는 모두 마비되었던 것입니다. 총알이 오른쪽 눈 위에서 머리를 관통하는 바람에 뇌수가 밖으로 터져 나와 있었습니다. 의사는 마지막 수단으로 팔의 정맥을 째 보았습니다. 그러자 피가 흘러나왔습니다. 숨은 간신히

붙어 있었습니다.

안락의자 등받이에 묻은 피로 보아, 베르테르는 책상 앞에 앉아서 방아쇠를 당긴 후 경련하며 의자 밑으로 나뒹군 것으로 보였습니다. 베르테르는 축 늘어진 채 창가 쪽으로 고개를 돌리고 하늘을 쳐다보며 누워 있었습니다. 파란 연미복에 노란 조끼를 갖추어 입고 장화를 신은 채였습니다.

이웃과 온 시내가 발칵 뒤집혔습니다. 알베르트가 방 안으로 들어왔습니다. 베르테르는 침대에 뉘어 있었는데, 이마에는 붕대가 칭칭 감겨 있고, 얼굴빛은 벌써 죽은 사람 같았습니다. 손가락 하나 움직이지 않았습니다. 오직 허파만이 무섭게 골골거리는 소리를 냈습니다. 때로는 약하게, 때로는 강하게. 모두들 베르테르의 임종을 기다릴 뿐이었습니다.

포도주는 한 잔 밖에 마시지 않았습니다. 그리고 책상 위에는 《에밀리아 갈로티》(독일의 극작가 레싱의 희곡─옮긴이)가 펼쳐져 있었습니다.

여기서 알베르트의 당혹감과 로테의 슬픔에 대해서는 이야기하지 않겠습니다.

소식을 듣고 달려온 법무관은 뜨거운 눈물을 흘리며 죽어 가는 자에게 키스를 했습니다. 뒤이어 온 법무관의 큰 아들들은 슬픔을 이기지 못하고 침대 옆에 쓰러져서는, 베르테르의 손과 입술에 입맞춤을 했습니다. 베르테르에게서 가장 사랑을 받았던 맏아들은 베르테르의 입술에서 떨어지려고 하지 않았습니다. 그래서 베르테르가 숨을 거둔 뒤 억지로 소년을 떼어 내어야 했습니다.

낮 열두 시에 마침내 베르테르는 운명하였습니다. 법무관의 침착한 대처 덕분에 별다른 소동은 없었습니다. 밤 열한 시경에 법무관은 고인이 원했던 장소에 시신을 안장시켰습니다. 법무관과 그의 아들들이 유해를 따라갔습니다. 알베르트는 그럴 수 없었습니다. 로테의 생명이 염려되었기 때문입니다. 일꾼들이 유해를 운반해 갔습니다. 성직자는 한 사람도 따라가지 않았습니다.

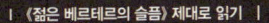

이성의 힘에
생생한 감정의 울림으로
맞서다

전종옥 _ 서울 마곡중학교 국어 교사

사랑과 이별,
그 마르지 않는 이야기의 샘

번화한 도심을 걷다 보면 여기저기서 흘러나오는 대중가요들을 접하게 마련이다. 공교롭게도 거의 모든 노래들이 사랑의 기쁨, 아니면 이별의 슬픔을 노래한다. 도심의 갖가지 소음과 사람들의 목소리, 그리고 수많은 노래들이 한꺼번에 뒤섞여 무슨 노래인지 알 수가 없다. 그런데 그 소란함 가운데에서 유독 어느 노래의 가사 한 구절 한 구절이 내 가슴에 콕콕 박히는 듯한 기분을 느껴 본 적이 있는가? 그렇다면 당신은 누군가를 사랑하고 있거나 실연의 아픔을 겪고 있는지도 모른다.

대중가요를 크게 분류해 보면 '사랑 노래', '이별 노래', '기타 노래'로 나눌 수 있을 정도로 사랑이나 이별을 다룬 노래가 압도적으로 많다. 그만큼 사랑이라는 주제로 변주되는 다양한 감정들이 사람의 마음을 움직이는 힘은 강력한 것이다. 대중가요는 가능한 한 많은 사람들의 공감을 이끌어 내어 히트를 치는 것이 중요하기 때문에 이렇게 강한 영향력을 행사하는 사랑이라는 주제에 집중할 수밖에 없다.

그렇다면 문학 작품에서는 어떨까? 그 비중이나 정도의 차이는 있지만, 대부분의 작품들이 어떤 형태로든 사랑과 이별 이야기를 담고 있다. 우선 사랑이 주제를 돋보이게 하는 중요한 장치가 되는 경우가 있다. 그 대표적인 작품이 바로 셰익스피어의 희곡 《햄릿》이다. 이 작품은 햄릿의 갈등과 경험을 통해 삶과 죽음, 정의와 불의, 진실과 허구의 문제를 조명한다. 여기서 주인공 햄릿과 오필리어의 사랑은 그 자체로도 비극적이지만, 이 사랑이 아버지를 죽인 삼촌에게 복수를 해야 하는 햄릿의 내면 갈등을 심화시키는 요인으로 작용한다는 점에 더 큰 무게를 두고 있다.

또 스탕달의《적과 흑》에는 주인공 쥘리엥 소렐과 드 레날 부인의 애틋한 사랑이 펼쳐진다. 그러나 이 작품의 핵심은 프랑스혁명 이후 왕정복고라는 혼탁한 사회상을 세밀하게 포착하여 이를 비판하는 데 맞춰져 있다.

물론 사랑 그 자체를 전면으로 다루고 있는 훌륭한 작품들도 많이 있다.《로미오와 줄리엣》이 그 대표적인 작품일 것이다. 서로 철천지원수인 몬터규 집안과 캐풀렛 집안의 두 남녀 로미오와 줄리엣은 운명의 장난처럼 첫눈에 사랑에 빠진다. 두 사람의 순수하고 강렬한 사랑은 양쪽 집안의 다툼 때문에 결국 비극으로 끝나고 만다는 이야기는 이후 수많은 문학 작품뿐만 아니라 영화와 드라마의 모티브가 되었다.

우리 문학에서는 강신재의《젊은 느티나무》를 꼽을 수 있다. 이 작품은 부모의 재혼으로 오누이가 된 남녀의 금지된 사랑 이야기를 다루고 있다. 의붓 오누이 사이라는 현실의 어려움 속에서도 맑고 깨끗한 마음을 잃지 않고 자신들의 사랑을 이루어 나

존 에버렛 밀레이가 그린 〈오필리어〉. 자신의 아버지가 연인 햄릿에게 살해되자 강물에 몸을 던져 스스로 목숨을 끊는 장면을 그렸다.

1960년에 발표한 강신재의 단편소설

가는 젊은 남녀의 모습이 한 폭의 수채화처럼 아름답게 펼쳐진 작품이다.

　사람들은 왜 이토록 사랑 이야기에 집요하게 매달릴까? 문학 작품은 삶의 갖가지 모습을 담고 있는 인간사의 축소판이다. 문학 작품 속에 사랑의 비중이 크다는 것은 그만큼 사랑이 우리들의 삶 어디에나 존재하는, 삶의 모든 것과 얽혀 있는 주제라는 뜻일 것이다.

　여기, 이루어질 수 없는 사랑 앞에 절망하고 괴로워하다 결국 죽음을 택하는 격정적인 인물이 있다. 바로《젊은 베르테르의 슬픔》의 베르테르이다. 이 작품은 1774년 출간 당시 독자들에게 소설이라는 의미 이상으로 다가가 베르테르 신드롬까지 일으켰다. 과연 베르테르의 어떤 면이 독자들을 사로잡았기에 이렇게 큰 반향을 이끌어 냈던 것일까?

젊은 베르테르의 강렬하고 고통스러운 사랑

　1771년 5월, 베르테르는 복잡한 세상사에 염증을 느끼고 살던 곳을 훌쩍 떠나 발하임 근처에 머무른다. 그는 그곳의 풍요로운 자연 속에서 한가롭게 그림을 그리고 호메로스를 읽으면서 존재의 기쁨을 만끽한다. 그러던 어느 날, 작은 무도회에 초청을 받아 그곳으로 가는 도중 만난 순수하고 아름다운 여인 로테에게 첫눈에 반한다. 그는 그녀와 춤을 추고 대화를 나누면서 영혼으로 교감할 수 있는 여인을 만났다고 느낀다.

　첫 만남 이후 베르테르는 거의 매일 로테의 집에 드나든다. 무

《젊은 베르테르의 슬픔》이 남긴 신드롬, 베르테르 효과

1774년《젊은 베르테르의 슬픔》이 출간되고 유럽에서 선풍적인 인기를 끈 이후, 수많은 젊은이들이 베르테르의 죽음을 모방하여 권총으로 자살하였다. 이것은 곧 사회적인 문제로 대두되어, 로마 교황청뿐만 아니라 유럽 각 국가에서 이 작품을 금서로 지정하는 결과로 이어졌다.
그로부터 이백 년이 지난 1974년, 미국의 사회학자 데이비드 필립스는 유명인의 자살이 언론에 보도된 뒤 약 두 달간 자살률이 급증했다는

베르테르의 자살 소식을 듣고 달려온 사람들이 슬퍼하는 장면

연구 결과를 발표하였다. 자신이 좋아하고 존경하던 인물이나 사회적으로 영향력 있는 유명인이 자살할 경우, 그 사람과 자신을 동일시하여 자살을 시도하는 사람들이 늘어난다는 것이다. 그는 이러한 사회적 전염을 '베르테르 효과(Werther effect)'라고 이름 붙였다.
그런데 베르테르 효과에서 자살을 전염시키는 중요 매개체는 바로 언론이다. 언론이 유명인의 자살을 대대적으로 보도한 뒤에 자살이 급증하는 것이다. 실제로 인기 있는 연예인이 자살한 경우, 온갖 언론 매체들이 앞다투어 그에 관련된 뉴스들을 쏟아 낸다. 그 사건이 온 나라를 뒤흔들고 잠잠해질 즈음, 같은 방식으로 자살한 사람이 발견되었다는 뉴스들이 덧붙여지는 것을 어렵지 않게 확인할 수 있다.

이처럼 언론의 보도로 특정 질병의 환자가 더 증가하는 현상을 '루핑 효과(Looping effect)'라고 한다. 평소에는 잘 인식하지 못하던 것이 언론의 보도를 통해서 더욱 확대되는 현상을 일컫는 말이다. 언론이 현실을 드러내는 것뿐만 아니라 적극적으로 현실을 만들어 내기까지 한다는 것이다. 《젊은 베르테르의 슬픔》을 읽은 젊은이들이 베르테르와 같은 방식으로 자살을 시도한 것도 당시에 가장 최신의 매체라 할 수 있는 '소설'이 지닌 위력 때문이었다.

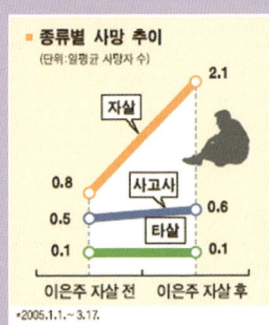

한 영화배우의 자살 이후 자살자가 증가하였다는 사실을 보여 주는 신문 기사의 그래프

로테가 즐겁게 피아노를 치고, 베르테르는 그런 로테를 사랑이 가득한 눈길로 바라보고 있다.

연극 〈젊은 베르테르의 슬픔〉의 한 장면. 베르테르와 로테가 행복한 시간을 보내는 모습이다.

료하기만 하던 그의 일상은 행복으로 가득 채워지고, 감성은 터질 듯 팽창한다. 삶의 모든 이유가 오로지 로테에게 있는 나날들이 이어진다. 그에게 로테는 새로운 날이 시작되는 이유, 아침에 눈을 뜨고 밤에 잠을 자야 하는 이유가 된다. 그는 로테와 손가락이 스치거나, 탁자 밑에서 발이 닿기라도 하면 뜨거운 피가 끓어오르는 것을 느낀다.

그러나 한편으로는 로테를 자주 만나지 않겠다는 지킬 수 없는 결심을 하기도 한다. 로테는 이미 약혼을 한 몸이었기 때문이다. 로테의 약혼자 알베르트가 여행에서 돌아온 다음부터 베르테르의 찬란했던 마음은 서서히 빛을 잃기 시작한다. 로테가 다른 사람의 아내가 될 것이라는 사실을 받아들여야 하는 현실과 두 사람이 함께 있는 모습을 지켜보는 일은 그에게 견디기 힘든 고통으로 다가온다.

베르테르는 알베르트의 훌륭한 성품과 성실함을 인정하고 친밀한 관계를 유지한다. 그러나 두 사람은 근본적으로 다른 성향과 사고방식을 지니고 있기에 갈등의 골이 서서히 깊어진다. 더구나 로테에 대한 베르테르의 마음이 걷잡을 수 없이 커져 가면서 알베르트도 베르테르를 불편해하기 시작한다. 로테를 향한 사랑과 알베르트에 대한 신의와 우정 사이에서 고민하던 베르테르는 결국 로테 곁을 떠나겠다고 마음먹는다.

베르테르는 공사(公使)를 수행하는 자리를 얻어 다른 도시로 떠난다. 그는 까다로운 공사와 갈등을 겪기도 하지만 이해심 깊은 C 백작과의 교제로 의미 있는 시간을 보내고, 사랑스러운 아가씨와 만남을 갖기도 한다. 그러나 남보다 한 걸음이라도 앞서려고 혈안이 되어 있는 사람들과 우월 의식으로 똘똘 뭉친 사람들, 격식을 차리는 데에만 혼신의 힘을 다하는 사람들 사이에서 회의를 느끼고 사직서를 낸 후 그곳을 떠난다. 그런 와중에 알베르트와 로테는 결혼을 한다.

베르테르는 고향에 잠시 들른 뒤, 이곳저곳을 여행하다가 로테가 있는 곳으로 돌아간다. 그러나 이미 그의 운명은 끝을 바라보기 시작한다. 로테를 향한 희망 없는 사랑 때문에 절망을 거듭하던 끝에 자살할 결심을 굳히는 것이다. 이즈음 로테는 베르테르에 대한 자신의 마음이 어떤 것인지 깨닫기 시작한다. 그녀는 베르테르를 마음속에서 떠나보내기가 쉽지 않을 것임을 알아채고 일부러 베르테르를 멀리하려 한다. 하지만 이런 행동은 베르테르에게 더욱 큰 상처가 될 뿐이다.

크리스마스를 며칠 앞두고, 베르테르는 로테를 찾아간다. 그는 로테에게 〈오시안의 노래〉를 읽어 주고, 두 사람은 작품에 흠뻑 빠진 나머지 손을 맞잡고 눈물을 쏟아 낸다. 격정을 가누지 못한 베르테르는 로테를 껴안고 입맞춤을 한다. 이에 로테는 다시는 그를 만나지 않겠다고 선언한다.

입맞춤을 하고 난 뒤 로테가 다시는 만나지 않겠다고 말하자 베르테르는 몹시 괴로워한다.

《젊은 베르테르의 기쁨》도 있다!

괴테가 《젊은 베르테르의 슬픔》으로 한창 이름을 날리던 시절, 독일의 또 다른 작가 크리스토프 프리드리히 니콜라이는 《젊은 베르테르의 기쁨》이라는 책을 써서, 베르테르가 슬픔 대신 느낄 수 있었을지도 모를 기쁨에 대해 이야기했다. 결말도 원작과 다르다.

절망에 빠진 베르테르가 죽음을 준비할 때, 현명한 정신과 의사가 총알 대신 닭의 피로 채워진 권총이 베르테르의 손에 들어가도록 조치를 취한다. 닭의 피로 얼룩진 더러운 소

크리스토프 프리드리히 니콜라이(1733~1811)

《젊은 베르테르의 기쁨》의 표제지(1775)

동이 벌어졌으나 다행히도 끔찍한 일은 일어나지 않는다. 이런 사건 끝에 결국 로테는 베르테르의 아내가 되고, 대체로 사건은 만족스럽게 끝이 난다는 내용이었다.

이 책의 출현에 어이없어 하던 괴테는 조용히 복수를 하는데, 아예 베르테르 이야기 전체를 한바탕 떠들썩한 희곡으로 바꿔 써 버린 것이었다. 이 작품 속에서 베르테르는 닭의 피 덕분에 살아남기는 했지만 그 후 더 안 좋은 상황에 처하게 된다. 생명은 구했으나, 총으로 자신의 눈을 쏘았던 것이다. 결국 베르테르는 시력을 잃고, 로테의 남편이 되고도 그녀를 볼 수 없기에 다시 한 번 깊은 절망에 빠진다는 내용이었다.

이튿날 베르테르는 자신의 신변을 차근차근 정리하고, 여행을 떠날 것이라며 알베르트에게서 권총을 빌린다. 그러고는 사랑했던 사람들에게 마지막 편지를 남긴 뒤, 자정을 알리는 시계 소리를 듣고서 방아쇠를 당겨 생을 마감한다.

《젊은 베르테르의 슬픔》,
이렇게 세상에 나왔다

위대한 작가들은 후세에 길이 남을 걸작을 어떻게 완성시켰을까? 오랜 구상과 치밀한 준비 끝에 대작을 만들어 냈을까? 아니면 예술적 영감이 떠오르는 순간, 이것을 놓치지 않고 단박에 휘갈기듯이 써 내려간 것일까? 물론 이에 대한 정답은 없다. 어느쪽이 더 훌륭한 작품으로 만들어진다는 보장도 없고, 또 두 가지상황이 맞물려 위대한 걸작이 탄생하기도 한다. 그러니 굳이 답을 찾자면 '그때그때 달라요.' 정도가 될 것이다.

그런데 《젊은 베르테르의 슬픔》은 후자에 더 가깝지 않을까 싶다. 이 작품은 괴테가 스물다섯 살의 나이에 불과 사 주 만에 완성한 것이다. 작품 제목에서 충분히 드러나듯, 베르테르라는 젊은이가 이루지 못할사랑에 괴로워하다가 비극적으로 삶을 마감하는 이야기를 다루고 있다.

전체적으로는 괴테가 창작한 허구이지만, 중심 줄거리는 실제로 있었던 두 사건에 바탕을 두고 있다. 제1부(이 책에서는 6장까지가 제1부에 해당하고, 7장부터 13장까지가 제2부에 해당한다.)는 주로 괴테 자신의경험을 바탕으로, 제2부는 괴테가 아는 한젊은이의 사건을 토대로 쓴 것이다.

1772년 여름, 괴테는 제국 고등 법원의실습생 자격으로 몇 달 동안 베츨러 시에

질풍노도의 시대를 이끈 청년 괴테(1775)

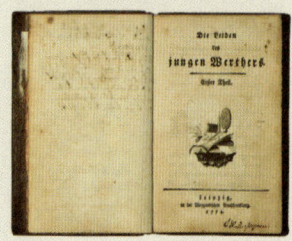

《젊은 베르테르의 슬픔》 초판본

로테의 실제 모델인 샤를로테 부프　　　괴테가 머무를 당시(1772)의 베츨러 시

머물렀다. 하지만 실습은 따분하기만 했고, 괴테는 잔디에 누워서 호메로스의 서사시를 읽으며 시간을 보내곤 했다. 어느 날 저녁, 모임에 나갔던 괴테는 그곳에서 샤를로테 부프를 보고 첫눈에 반한다. 하지만 그 아름다운 여인은 대사의 비서인 요한 케스트너와 이미 약혼을 한 사이였다.

　괴테는 샤를로테와 춤을 추거나 산책을 하고 시를 함께 읽으며 즐거운 시간을 보냈다. 더불어 그녀의 약혼자인 케스트너와도 순수한 우정을 나누었다. 그렇기에 괴테는 자신의 상황과 사랑을 몹시 힘겨워했다. 마침내 그는 샤를로테에게 자신의 마음을 고백하지만, 그녀는 자신에게 우정 이상의 것을 기대하지 말라고 말했다. 괴테는 사랑의 열병으로 넉 달 동안 지옥 같은 시간을 보내다가, 결국 인사도 없이 두 사람의 곁을 훌쩍 떠나고 말았다.

　그로부터 몇 주일이 지난 뒤, 괴테는 베츨러에서 날아온 끔찍한 소식을 접했다. 케스트너의 동료인 카를 요한 예루잘렘이라는 청년이 이루어질 수 없는 사랑의 고통을 견디다 못해 권총 자살을 한 것이었다. 그 역시 남편이 있는 여인을 사랑하고 있었다. 그 사건은 엄청난 파장을 불러일으켰고, 괴테는 큰 충격을 받았다.

괴테는 자신의 경험과 예루잘렘의 사건에서 자신이 써야 할 글의 소재를 발견하고는 1774년 본격적으로 집필에 착수하였다. 괴테 자신의 표현에 따르면 '몽유병자와 같이 무의식적인 확신을 가지고' 집필을 시작한 지 사 주 만에 탄생한 작품이 바로《젊은 베르테르의 슬픔》이었다.

편지 속에 담긴 사연

괴테는 편지라는 형식을 이용해 이 작품을 썼다. 작품 속에서 베르테르는 친구인 빌헬름에게 보내는 편지에 로테를 향한 사랑과 세상에 대한 깊은 고민들을 고백하듯 털어놓는다. 그리고 이 편지들은 베르테르의 죽음 이후에 빌헬름, 혹은 다른 지인으로 추정되는 편저자가 공개하는 형식을 취했다. 이렇게 편지 형식으로 이야기를 전개해 가는 소설을 서간체 소설이라 한다.

서간체 소설은 18세기에 유행한 소설 형식으로, 영국 작가 새뮤얼 리처드슨의《파멜라》(1740)가 그 효시로 꼽힌다. 당시에는 편지에 교훈이나 여행 이야기, 또는 세상에 떠돌아다니는 소문 등을 담아 보내는 것이 유행이었다. 리처드슨은 이러한 편지글에 구체적인 인물과 사건을 설정하고 인물의 심리 변화와 동기, 사건에 대한 직접적인 반응 등을 세밀하게 묘사하는 독특한 소설 형식을 만들어 냈다.

서간체 소설의 형식에는《젊은 베르테르의 슬픔》처럼 주인공이 써서 보낸 여러 편의 편지들로 구성된 소설이 있는가 하면, 주인공뿐만 아니라 여러 인물들이 서로 주고받는 편지들로 된 소설도 있다. 또 한 편의 긴 편지 속에 전체 이야기를 다 담은 소설,

주인공의 사연을 잘 아는 제삼자가 또 다른 사람에게 보내는 편지 속에 이야기가 전개되는 소설 등 다양한 유형이 있다. 주인공의 일기 형식으로 된 소설이나 우연히 발견한 수기 형식의 소설도 서간체 소설에서 갈라져 나온 것이다.

서간체 소설은 사건의 현장을 직접 목격하는 듯한 사실감과 심중을 그대로 들여다보는 것 같은 세밀함 때문에 인물들 사이의 복잡 미묘한 감정을 전달하는 데 효과적인 형식으로 여겨진다. 그러나 사건을 바라볼 수 있는 시야가 좁고, 작가가 사건 진행에 개입할 수 있는 여지가 거의 없기 때문에 소설적인 효과를 충분히 기대할 수 없다는 단점도 있다.

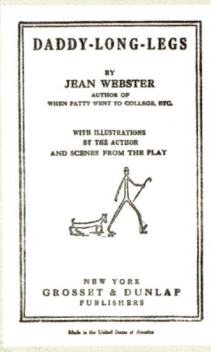

진 웹스터의 《키다리 아저씨》 역시 서간체 소설이다.

괴테는 서간체 소설의 단점을 극복하기 위해 후반부에서 편저자를 내세워 베르테르의 마지막 나날들이 어떻게 지나갔고, 어떤 과정을 거쳐 죽음으로 이어지게 되었는지를 담담하면서도 사실적인 톤으로 이야기한다. 이렇게 해서 빼어난 고백 문학 한 편이 탄생한 것이다.

베르테르, 이성의 힘에 생생한 감정의 울림으로 맞서다

1774년 7월 16일, 일개 법원 실습생이던 괴테가 갓 인쇄되어 나온 소설 한 권을 베츨러 시에 보냈을 때만 해도 괴테 자신은 물론, 그 책을 받은 사람조차도 그 책이 엄청난 반향을 불러일으키리라고는 생각지 못했다. 그 작품이 가장 성공적인 독일 소설이

완성까지 무려 육십여 년이 걸린 작품도 있다고?

괴테의 작품 중 《파우스트》는 1773년 집필을 시작하여 1831년에 완성되기까지 무려 육십여 년이라는 긴 세월이 걸린 작품이다.

외젠 들라크루아가 그린 파우스트의 한 장면

작품의 주인공인 파우스트는 본래 15세기 말 실존했던 연금술사 요하네스 파우스트 박사의 이야기에 기이한 술수를 부려 사람들을 현혹하던 마술사의 전설이 결합되어 창조된 인물이었다. 이 매력적인 인물의 이야기로 이후 여러 작가들이 다양한 작품을 선보였고, 인형극이나 연극 등으로 대중들에게도 널리 알려지게 되었다. 그중에서 바로 괴테의 《파우스트》가 가장 문학적으로 인정받는 대작으로 꼽힌다.

괴테의 작품 속 파우스트는 악마 메피스토펠레스와 신의 내기에 말려들어 쾌락적인 삶을 제공받는 대신에 영혼을 넘겨주기로 한다. 이십 대 청년으로 변한 파우스트는 순진한 처녀 그레트헨을 만나 고귀한 사랑을 나누지만, 악마의 농간으로 그레트헨과 그녀의 가족을 파멸에 빠뜨린다. 이어 파우스트는 그리스의 미녀 헬레네를 만나 아이까지 낳고 살지만, 아이는 죽고 헬레네는 사라진다. 메피스토펠레스가 다시 쾌락을 선사하려 하자, 파우스트는 이를 거절하고 황제에게서 하사받은 황무지를 비옥한 땅으로 만드는 데 여생을 바친다. 마침내 백 살이 된 파우스트는 눈이 멀지만, 마음의 눈은 오히려 더욱 깊어진다. 죽음의 순간 내기에서 이겼다고 생각한 메피스토펠레스가 파우스트의 영혼을 거두어 가려 한다. 그때 하늘의 은총을 받은 속죄의 여인 그레트헨의 사랑이 파우스트의 영혼을 구원한다.

이 작품은 신과 악마 사이에서 방황하는 한 인간의 모습을 통해 서구 근대 세계를 탄생시키고 지탱해 온 인간 중심주의에 대한 근본적인 성찰을 담고 있다. 영원한 삶을 누리고자 하는 욕망을 위해 영혼도 파는 파우스트의 모습은 욕망의 충족에 모든 것을 거는 인간의 모습 그 자체이다. 또 그의 욕망은 작게는 한 개인의 삶을, 넓게는 공동체의 터전을 파괴하는 결과를 낳는다. 말년의 파우스트는 황무지를 개간한다는 명분으로 무자비한 인명 살상과 착취를 일삼았던 것이다.

《파우스트》는 한 인간의 생애가 전 인류의 역사에 뒤지지 않는 깊이와 넓이를 지니고 있음을 보여 주는 장엄한 드라마라고 할 수 있다. 이러한 대작을 쓸 수 있었던 데에는 육십여 년이라는 긴 세월도 한몫을 해 주었을 것이다. 오래 고심하고 숙성되었기에 한 작품 속에 질풍노도 시대에서 고전주의 시대를 거쳐서 만년의 세계 문학의 제창에 이르는 자신의 모든 사상을 오롯이 담아낼 수 있었던 것이 아닐까?

되리라는 것도. 당시 스물다섯 살 풋내기였던 괴테는 단 한 달 만에 그 소설을 완성하였으며, 그로써 오랫동안 그를 짓누르고 있던 샤를로테 부프에 대한 부담감에서 벗어났다.

《젊은 베르테르의 슬픔》은 출간되자마자 유럽의 수많은 독자들의 마음을 사로잡았다. 유럽 곳곳에서 각국의 언어로 번역되었고, 그것을 패러디한 작품들이 쏟아져 나오는가 하면, 비평가들 사이에서 주요한 토론의 대상이 되어 '베르테르 열기'를 실감케 했다. 그것은 문학사에서 그 유례를 찾아보기 힘든 하나의 현상이었다.

독자들은 마치 자신이 베르테르가 된 양 깊이 공감하였고, 가련한 베르테르의 운명을 안타까워하며 눈물 흘렸다. 이 책의 인기와 더불어 남자들은 베르테르처럼 파란색 연미복에 노란색 조끼를 입었고, 베르테르 향수까지 등장했다고 하니 얼마나 높은 인기를 누리고 있었는지 미루어 짐작할 수 있다.

비평가들 사이에서는 격찬과 혹평이 엇갈렸는데, 이 작품 이후 베르테르의 죽음을 모방한 젊은이들의 자살이 급증하면서 사

베르테르와 로테를 그린 그림. 베르테르의 파란색 연미복은 젊은이들 사이에서 대유행했다.

요한 하인리히 빌헬름 티슈바인이 그린 《캄파니아에서의 괴테》

회적인 문제로 대두되었기 때문이다. 사회 지도층에서는 이 책이 젊은이들에게 도덕적인 혼란을 불러일으키고, 사회에 부정적인 영향을 끼친다고 생각했다.

그래서 라이프치히 신학 대학의 교수들이 자살을 권장한다는 이유로 이 책의 판매 금지를 신청했을 때, 시의회는 단 이틀 만에 판매 금지 명령을 내렸다. 덴마크에서도 번역본이 판매 금지를 당했으며, 몇몇 유명 작가들은 공개적으로 거부감을 표현하기도 했다. 하지만 대중들은 이 소설에 열렬히 환호했다. 베르테르는 젊은이들의 우상이자 유행이 되었다.

이러한 현상은 당시 독일 문학을 지배했던 계몽주의 소설과 깊은 관련이 있다. 계몽주의 소설들은 합리적 이성에 바탕을 둔 시민 계급의 해방 의지를 담은 유토피아의 건설을 꿈꾸었다. 이와 같은 계몽주의 소설은 문학을 통해 시민 계급을 각성하고 성장시키는 성과를 가져왔다. 그러나 한편으로는 작가가 의도를 너무 직접적으로 드러내거나 교훈적 주제를 지나치게 강조하는 바람에, 자연스러운 감동을 이끌어 내지 못한다는 한계를 지니고 있었다.

계몽주의 문학의 엄정함에 숨이 막혔던 독자들은 《젊은 베르테르의 슬픔》이 등장하자 이 책에 문학적인 것을 뛰어넘는 의미를 부여하였다. 베르테르의 고뇌를 살아 꿈틀거리는 생생한 감정으로, 자신들의 삶을 이끄는 철학으로 받아들였던 것이다. 그것은 당시의 계몽주의가 표방하는 이성의 힘에 맞서 자연적인 감정이 지닌 힘에 대한 옹호와 지지를 적극적으로 표출한 것과 다름없었다.

이로써 괴테는 단숨에 일약 스타 작가가 되었다. 하지만 그는 평생 동안 따라다닌 '베르테르의 작가'라는 칭호를 그리 달가워하지 않았다고 한다. 그래서 이후에 점차적으로 고전주의 작가로 탈바꿈해 가는 동시에 이른바 '슈투름 운트 드랑(Sturm und Drang, 질풍노도)' 시대의 자신의 모습과 의도적으로 거리를 두려 하였다.

베르테르와 로테,
알베르트의 서글픈 삼각 구도

우연한 계기로 만나 첫눈에 사랑에 빠진 남녀가 있다. 그런데 두 집안은 사회적 지위가 너무나 달라서 한쪽 집안의 부모가 두 사람의 교제를 반대한다. 이때 각자에게 또 다른 남녀가 나타나 가까워지기 시작한다. 여기에 더해 네 사람은 출생의 비밀까지 얽혀 있다.

TV 드라마에서 쉽게 볼 수 있는 이야기 구조이다. 요즘 드라마들은 시청률을 올리겠다는 욕심에 단기간에 시청자들의 눈길을 사로잡기 위해 극단적인 설정을 서슴지 않는다. 그러나 이런 작품들은 경이적인 시청률을 기록한다 해도 명작으로 남는 경우는 별로 없다. 사람들의 눈과 귀는 자극할 수 있지만, 마음을 움직이지는 못하기 때문이다.

사람의 마음을 움직이는 힘은 자극이 아니라 진실에서 나온다. 자극으로 시청자의 환심을 사려다 보니 점점 더 강한 자극이 필요해지고, 진실은 사라져 버린다. 그 자리에는 듣도 보도 못한 해괴한 설정

오페라 〈젊은 베르테르의 슬픔〉의 한 장면

질풍노도처럼 밀려온 열정의 문학, 슈투름 운트 드랑

슈투름 운트 드랑(Sturm und Drang)은 '질풍노도(疾風怒濤)'라는 말로, 이 명칭은 클링거의 동명 희곡에서 따온 것이었다. 이것은 계몽주의 사조에 반항하면서 감정의 해방과 자유 관념, 자아의식 등을 내세운 문학 운동을 일컫는 말이다. 1765년경 독일의 변방 지역인 슈트라스부르크에서 시작되어 1785년까지 약 이십 년 동안 독일의 문학과 연극 등의 예술 분야를 이끌었다.

젊은 괴테가 최초로 접한 독일 문학은 계몽주의 일색이었고, 새로운 시도라고는 형식미와 기교에 치우친 것에 지나지 않았다. 이러한 상황에서 새로운 문학과 시대정신에 대한 요구는 어찌 보면 당연한 것이었을지도 모른다. 질풍노도 문학의 선두에는 요한 고트프리트 헤르더가 있었다. 자유분방하고 독창적인 헤르더와 괴테의 만남은 진실로 독일적인 생명과 인간 감정의 본질을 회복하려는, 이른바 '슈트름 운트 드랑' 문학 운동으로 확대되었다.

이 문학 운동의 주요한 갈래는 시와 희곡이었으며, 괴테와 실러를 비롯하여 클링거, 바그너 등이 대표적인 작가였다. 이 시기의 대표적인 작품은 괴테의 《젊은 베르테르의 슬픔》, 실러의 《군도(群盜)》, 《음모와 사랑》, 클링거의 《쌍둥이》 등으로 자연을 향한 뜨거운 열정과 문학의 형식과 법칙에서 벗어난 자유분방한 태도 등이 잘 나타나 있다. 열정적이고 자유로운 문학 운동답게 젊은이들을 중심으로 전개된 탓에 사회적 기반이 크게 취약했기 때문에 그 영역이 문학 분야에만 한정된 채 단기간에 소멸되는 길을 걸었다.

요한 고트프리트 헤르더(1744~1803)

클링거의 희곡 《슈트름 운트 드랑》의 표지

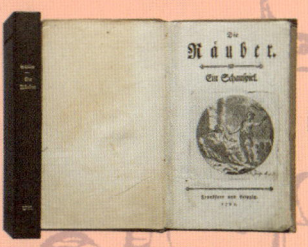

실러의 처녀작 《군도》. 도적단의 두목이 된 한 청년의 눈을 통해 통렬한 사회 비판, 자유를 향한 불타는 동경, 몰아치는 감정의 폭풍을 선명하게 표현하고 있다.

오페라 〈젊은 베르테르의 슬픔〉 중 베르테르와 알베르트가 갈등하는 장면

만이 자리할 뿐이다. 그러나 괴테는 베르테르의 마음을 세밀하게 드러내 보이는 데 집중하는 것만으로도 독자들의 마음을 강하게 사로잡았다. 거기에는 진실이 있기 때문이다.

여기 격렬한 감성과 열정을 소유한 베르테르라는 젊은이가 있다. 그는 출신 성분과 계급의 차이를 따지고 출세만을 위해 달려가는 사람들에게 염증을 느낀다. 그의 앞에 솔직하고 사랑스러운 여인 로테가 나타난다. 그녀와 춤을 추고 이야기를 나누며 숨결을 느끼는 꿀 같은 시간들이 흘러간다. 그런데 그녀가 이미 약혼한 몸이라니! 이런 상황이라면 대개는 자신을 추스르고 마음을 접는다. 그러나 자신의 똑똑한 머리보다 마음을 자랑거리로 삼는 베르테르는 다른 사람들의 눈이나 인습, 사회 제도보다는 마음이 원하는 것을 더 중요하게 여긴다.

로테는 누구에게나 상냥하고 다정다감한 매력적인 여인이지만 결코 열정이 넘치는 사람은 아니다. 설령 가슴 깊은 곳에 묻어둔 열정이 있다 하더라도 베르테르처럼 자유롭게 자기 열정을 깨우고 표현하는 일은 그녀의 삶에서 상상조차 할 수 없는 일이다. 어머니의 유언에 따라 아버지와 동생들을 충실히 보살펴야 하고, 누가 보더라도 훌륭한 약혼자도 있기 때문이다. 그녀는 베르테르를 좋은 사람으로 여기고, 나중에는 그를 향한 자신의 마음이 단순한 우정에 머무르지 않음을 깨닫지만, 자신을 둘러싼 사회의 관습이나 제도의 틀을 뛰어넘을 수가 없다.

그래서 한 남자는 한 여자를 애절하게 사랑하지만, 여자는 그 마음의 크기만큼 화답하지 않는다는 흔하디흔한 설정이 만들어진다. 그 구도에 여자를 사랑하는 또 다른 남자가 존재한다는 사실이 더해진다.

베르테르의 눈에 비친 알베르트는 모든 면에서 존경할 만한 훌륭한 인물이다. 베르테르는 알베르트의 진심 어린 우정을 고마워하면서도 그가 소중한 아내보다 하찮은 일들에 더 마음을 쏟는 것 같아 내심 못마땅해한다. 자기가 얼마나 행복한 사람인지 알지도 못하고, 로테가 지닌 가치에 맞게 그녀를 존중할 줄도 모르면서 그녀를 차지하고 있다고 여기는 것이다. 그는 자신이 로테를 더 행복하게 해 줄 수 있다고 생각하고, 그래서 더욱 그녀를 포기하기가 쉽지 않다.

이런 상황을 지켜보는 알베르트의 심정은 어땠을까? 사실 사랑하는 여인 옆에 그림자처럼 따라다니는 이성이 있다는 것은 아무리 이해심 많은 사람이라도 쉽게 받아들이지 못할 일이다. 그러나 그는 로테를 굳게 믿었고, 그녀를 향한 베르테르의 마음과 그 격정적인 성격을 이해해 준다.

하지만 아무리 관대한 알베르트라도 그 역시 한 남자이기에 그런 상황들을 무한정 이해하고 받아줄 수는 없다. 마침내 알베르트는 로테에게 세상 사람들의 이목과 소문에 신경 써 달라고 부탁한다. 어찌 보면 지극히 당연한 부탁이다. 결국 로테는 베르테르에게 이제 더 이상 자신을 찾아오지 말아 달라는 간절한 애원을 하게 된다.

이런 점에서 본다면《젊은 베르테르의 슬픔》은 전형적인 삼각관계의 구도이다. 가장 위쪽 꼭짓점에 로테가 있으며, 거기에 연결된 두 꼭짓점

우리나라의 창작 뮤지컬 〈젊은 베르테르의 슬픔〉. 2000년 초연한 이후 매년 꾸준히 공연되고 있다.

괴테, 여인들의 마음을 훔치다

위대한 작가들은 대개 풍부한 감성을 가진 사람들이다. 그런 까닭에 치
명적인 사랑에 빠져 자신을 잃어버리기도 하고, 끊임없이 다양한 사람
들과 사랑을 나누기도 한다. 괴테 역시 평생에 걸쳐 많은 여인들과 사
랑을 나누면서 그 사랑을 자신의 작품 세계에 반영했다.

샤를로테 폰 슈타인

1770년 대학 시절, 목사의 딸 프리드리케 브리온을 사랑한 것을 시작으
로 1772년에는 《젊은 베르테르의 슬픔》의 모티브가 된 샤를로테 부프에
게 열정을 쏟았다. 1774년 무렵에는 부유한 은행가의 딸 릴리 쇠네만과
약혼했다가 파혼했고, 1775년부터 이후 십 년 동안은 폰 슈타인 남작의
아내인 슈타인 부인과 마음을 나누었다. 1788년 이탈리아 여행에서 돌
아온 직후부터는 평민인 크리스티아네 불피우스를 사랑하여 오랫동안
함께 살았다. 그녀는 괴테와 정식으로 결혼한 유일한 여인이었다.

괴테가 사랑한 여인들 중 특히 슈타인 부인은 그의 삶과 문학에 가장 커
다란 영향을 끼쳤다. 괴테보다 일곱 살 연상이었던 슈타인 부인은 오랜
교제 기간 동안 변함없이 괴테를 이해해 주었고, 자유분방한 그의 생활
에 안정을 준 보호자였다. 그녀는 괴테의 열정적인 기질을 현명하게 진
정시키는 동시에 그의 천재성이 유감없이 발휘되도록 독려했다.

괴테의 마지막 사랑, 울리케 폰 레
베초

평생토록 인생과 세상에 대해 지칠 줄 모르는 정열을 보였던 괴테답게
만년에도 사랑을 놓치지 않았다. 1808년 예순이 다 된 나이에 미나 헤르
츨리프를 깊이 사랑하였고, 이 소녀를 모델로 하여 소설 《친화력》을 완
성하였다. 1814년에는 프랑크푸르트에서 빌레머 부인을 알게 되어 시를
나누며 정열을 불태웠다. 이때 그녀를 사모하여 읊은 시들을 모아 《서동시집(西東詩集)》을 펴냈다.

괴테의 마지막 사랑은 일흔네 살에 찾아왔다. 그는 마리엔바트로 피서 여행을 갔다가 불과 열여덟 살의
아가씨 울리케 폰 레베초을 알게 되었다. 그는 그녀를 깊이 사랑하여 청혼까지 하였는데, 다행인지 불
행인지 그 청혼은 그녀의 어머니에 의해서 거절되었다. 그 연모의 정은 시집 《마리엔바트의 비가》에 잘
나타나 있다.

괴테가 아름다운 서정시를 지어 바쳤던 청년 시절의 연인 프리드리케 브리온은 나중에 수도원으로 들
어가 수녀가 되었으며, 말년의 괴테에게 뜨거운 사랑을 받았던 울리케도 평생 결혼하지 않고 독신으로
지냈다고 한다. 그것이 전적으로 괴테와의 사랑과 그 상처 때문이라고 할 수는 없겠으나, 괴테가 수많
은 여인을 사랑하고 또 그들의 마음을 흔들었던 것만큼은 분명해 보인다.

에는 베르테르와 알베르트가 자리 잡고 있다. 물론 로테에게서 내려오는 두 선의 굵기나 모양은 확연히 다르다. 로테와 알베르트 사이의 선은 뚜렷하고 당당하게 뻗어 나간 반면, 로테와 베르테르를 이어 주는 선은 존재하기는 하되 희미하고 불안정한 선이다. 알베르트에게로 향하는 선은 누구에게나 내세울 수 있고, 사회적으로 인정을 받는다. 그러나 로테와 베르테르의 선은 사회적인 용인을 받지 못하는 선이다.

대개 삼각관계의 끝은 한 사람의 파멸이나 좌절로 끝이 난다. 슬픈 사랑을 거두고 자제해 달라는 로테의 말은 베르테르에게 당겨진 마지막 방아쇠와 마찬가지이다. 로테를 한 번만이라도 안아 보고 싶다는 소망이 이루어지는 순간, 그는 이미 죽음의 문턱을 넘어선 것이다.

베르테르라는 인물에게는 분명 여러 가지 약점이 있다. 그러나 그를 자기 연민에 빠진 나약하기 짝이 없는 인물이라고 말하는 것은 햄릿의 비극적인 운명을 외면한 채 우유부단한 인간 유형이라고 단정지어 비난하는 것과 다를 바 없다. 베르테르는 이루어질 수 없는 사랑 앞에서 이성적인 판단을 하기보다는 마음이 바라는 것에 몸을 내맡긴 감성적인 사람이었다. 우리는 그의 치명적인 결함이 누구나 한 번쯤 겪을 수 있는 내면의 고통임을 알기에 그의 슬픔에 깊이 공감할 수 있는 것이다.

누구에게나 자신만의 로테가 있다

청춘! 이는 듣기만 하여도 가슴이 설레는 말이다. 청춘! 너의 두 손을 가슴에 대고, 물방아 같은 심장의 고동을 들어 보라. 청춘의 피는 끓는다.

끓는 피에 뛰노는 심장은 거선의 기관과 같이 힘 있다. 이것이다. 인류
의 역사를 꾸며 내려온 동력은 바로 이것이다.

— 민태원, 《청춘예찬》 중에서

단 몇 줄인데도 청춘의 역동적인 에너지가 느껴지는 글이다.
어쩌면 베르테르는 이와 같은 청춘의 정의에 가장 부합하는 인
물일지도 모른다. 그리고 그렇게 누군가를 열정적으로 사랑할
수 있었기에 진정한 행복을 만끽한 사람이었을지도.

지금, 21세기 대한민국 청춘들의 모습을 살펴보자. 그들에게
진한 사랑까지는 아니더라도 무언가에 마음껏 빠져 볼 여유가
있을까? 혹시 그들 앞에 자신만의 로테가 나타난다면 베르테르
가 그랬듯 온 마음을 바쳐 깊이 빠져들 수 있을까? 누구도 쉽사
리 그렇다고 대답할 수 없을 것이다. 베르테르만큼 열정적이지
않아서도 아니고, 제도나 관습의 틀을 벗어나기 힘들어서도 아
니다. 그들의 눈앞에는 불안한 미래에 대한 걱정과 염려가 놓여
있기 때문이다.

개인에 따라 정도는 다르겠지만, 어느 누구도 성적과 대학이
라는 무거운 짐에서 자유로울 수 없다. 그것이 곧 미래의 자신을
보장해 준다고 믿기 때문이다. 학교라는 울타리에 들어선 순간
부터 누구라고 할 것 없이 대학 진학을 위한 살벌한 경쟁에 뛰어
들어야 한다. 숨 돌릴 겨를이 없지만, 그 경쟁에서 한 번 낙오되
면 다시 도전할 기회를 얻는 것은 불가능해 보이기에 다른 생각
을 하지 못한다.

청소년기를 모두 반납해 대학에 들어간다 해도 달라지는 것은
없다. 요즘 대학 신입생들이 입학하자마자 찾는 곳은 도서관이
다. 책을 읽고 교양을 쌓기 위해서가 아니라 취업 준비에 매진하

기 위해서이다. 졸업을 해도 청춘들의 미래는 암울하기만 하다. 세상을 떠받치는 일꾼으로 당당하게 자리매김해야 할 나이의 그들에게 주어진 이름은 '88만 원 세대', '청년 백수' 등이다. 졸업과 동시에 학자금 대출 명목의 빚이 쌓여 있고, 내 한 몸 열정을 바쳐 일할 곳을 찾기란 바늘구멍 찾기보다 어렵다.

대학을 졸업하고 좋은 직장을 얻지 못하면 사랑은 꿈꾸지 못하는 88만 원 세대를 풍자한 삽화

그렇다면 일찍부터 대학 대신 다른 길을 선택한 청춘들은 좀 더 나은 삶을 살까? 어느 순간부터 우리 사회에는 대학이라는 학벌을 당연시하는 분위기가 자리 잡았다. 이 사회적인 분위기 속에서 뜻이 있어 자신의 의지대로 다른 길을 선택했다 해도 주변의 시선에서 자유로울 수 없다.

한 취업 정보 회사가 내건 광고 문구이다. 현실을 너무 적나라하게 보여 주어 씁쓸함마저 느끼게 한다.

게다가 같은 일을 해도 대학 졸업장이 있고 없고에 따라 출발선부터가 다르기에 공정한 평가를 기대할 수 없다. 그렇다 보니 일을 할수록 스스로에게 당당해지고 만족감을 느끼기보다는 달라지지 않는 현실에 절망감만 느끼는 것이다. 이런 거대한 고민에 싸인 청춘들에게 '사랑'이 그 본연의 의미대로 다가갈 수 있을까?

어른들은 쉽게들 말한다. 요즘 젊은이들은 눈높이를 낮추어야 한다고. 그런 충고는 당장의 현실적인 문제를 해결해 줄 수 있을지 모른다. 그러나 부푼 꿈을 안고 세상에 나서는 청춘들에게는 꿈을 꾸지 말라는 것과 다르지 않은 말이다. 젊은이라면 높은 이상을 향해 날개를 펼치고 훨훨 날아 봐야 하지 않겠느냐고 말하면서 눈높이를 낮추라고 하는 것은 너무나 모순되지 않는가?

우리의 가슴을 뛰게 하는 청춘의 에너지는 간절히 원하는 것이 뭔지도 모른 채 무작정 같은 곳을 향해 달려가도록 이끄는 에너지는 아닐 것이다. 누구에게나 베르테르의 시절이 있다. 그리고 누구에게나 자신만의 로테가 있다. 그것은 사랑하는 사람일 수도 있고, 남들이 보기에 무모해 보이는 꿈일 수도 있다. 현실의 벽은 높고 두텁지만, 눈앞에 자신만의 로테가 나타난다면 청춘의 끓는 피를 동력으로 삼아 열정을 다해 빠져들어 보자.

질풍노도의 정열에서
고전주의 균형미까지 아우른 위대한 삶

요한 볼프강 폰 괴테는 1749년 프랑크푸르트 암마인에서 태어났다. 법률가이자 궁정 고문관으로 일하던 아버지는 엄격한 편이었던 반면, 어머니는 명랑하고 상냥한 성격으로 아들의 자유분방한 성향을 이해해 주었다. 귀족은 아니었지만, 비교적 부유한 집안이었기에 풍요로운 어린 시절을 보냈다.

1765년, 괴테는 라이프치히 대학에 들어가 법률을 공부하면서도 신비주의와 중세의 연금술에 관심을 갖는 등 다양한 분야에 관심을 보였다. 이어 1770년에 스트라스부르에서 법학 공부를 하다가 요한 고트프리트 헤르더와 교제하면서 셰익스피어와 호메로스의 위대함을 깨닫게 되었다. 아울러 감정의 순수성에서 문학의 본질을 찾으려는 노력을 기울이기 시작하였다. 노래로도 불리는 시 〈들장미〉는 그러한 노력의 결과물이었다.

스물한 살의 나이에 변호사가 되어 고향에서 사무실을 개업한

괴테는 이듬해에 베츨러에 머무르면서 샤
를로테 부프를 향한 슬픈 사랑을 경험하였
고, 이것을 바탕으로 《젊은 베르테르의 슬
픔》(1774)을 완성하였다. 이 작품으로 문
단에서 크게 이름을 떨치면서 개성 해방을
내세우는 문학 운동인 '슈투름 운트 드랑'
의 중심인물이 되어 활발한 창작 활동을
하였다.

1775년에는 바이마르 공국의 아우구스
트 대공의 초청을 받아 공직 생활을 시작
하였고, 이후 십 년 남짓 바이마르의 국정
에 참여하였다. 이 기간 동안 그는 정치적
업적을 쌓는 한편으로 지질학과 광물학을
비롯한 자연 과학 연구에도 몰두하였다.
또 샤를로테 폰 슈타인 부인과 십여 년에
걸친 연애를 하면서, 그녀를 통해 인간적
인 면에서나 예술적인 면에서 한층 성숙해
지는 결과를 얻었다.

프랑크푸르트 암마인에 있는 괴테의 생가(위)
와 괴테가 글을 쓰던 방

오랜 궁정 생활에 염증을 느끼던 괴테는
자유로운 창작 활동을 꿈꾸며 훌쩍 이탈리
아로 여행을 떠났다. 이탈리아 여행을 계
기로 괴테는 고전주의를 추구하는 자신의
작품 세계를 확고히 하였으며, 이 여행에
대한 추억과 감상들은 훗날 《이탈리아 기
행》에 고스란히 담아냈다.

이 년 뒤 이탈리아 여행을 마치고 다시

괴테의 어머니 카타리나 엘리자베스 괴테

바이마르로 돌아온 그는 가난한 집안의 딸 크리스티아네 불피우스를 만나 비로소 가정적인 행복을 맛보게 되었다. 이 무렵에는 시인과 궁정인의 갈등을 그린 희곡《타소》와, 관능의 기쁨을 노래한《로마 애가(哀歌)》를 발표하였다. 또 과학 논문인《식물 변태론》도 이 시기의 산물이었다.

1794년은 괴테의 인생에서, 아니 독일 문학사에서 가장 위대한 인연이 맺어진 시기였다. 괴테와 실러의 만남이 그것이었다. 괴테는 실러가 기획한 잡지《호렌》에 참여하면서 굳은 우정을 다지기 시작했으며, 그로부터 십 년간 실러의 깊은 이해에 용기를 얻어 많은 작품을 완성하였다. 오랫동안 중단하고 있었던《파우스트》를 다시 시작한 것이 가장 큰 성과였다. 아울러《빌헬름 마이스터의 수업 시대》를 완성하였고, 서사시《헤르만과 도로테아》를 발표하는 등 현재에서의 완성을 추구하는 독일 고전주의를 확립해 나가기 시작했다.

1805년 만년에 이른 괴테는 막역했던 실러의 죽음으로 큰 충격을 받고 존재의 절반을 잃은 것 같다며 슬퍼했다. 그 무렵에 그는 이미 유럽 문학의 최고 위치에 올라 있었다. 이때부터는 유럽 각국의 문학만이 아니라 신대륙 미국의 문학까지 아우르며 각 국민 문학의 교류를 꾀하고, 세계 문학적 시야의 필요성을 제창하며 그 실천에 나섰다.

괴테는 문학 작품이나 자연 연구에서 신과 세계를 하나로 보는 범신론적 세계관을 전개하였다. 종교관에 있어서도 범신론적 경향이 뚜렷하기는 했지만 복음서의 윤리에는 깊은 존경을 표시하였다. 또한 항상 정신적인 편협성을 경계하고 열려 있는 개방 정신을 추구했으며, 독일인이라는 한계를 넘어 세계인의 시각으로 사고하고 창작하고 행동하고자 했다.

괴테가 오랜 기간 생활하다 숨을 거둔 바이마르 괴테하우스　　괴테의 유해는 바이마르 대공 집안 묘지에 대공 및 실러와 나란히 안치되었다.

　　말년에도 그의 창작열은 꺼질 줄 모르고 불타올랐다. 일흔두 살에 당시의 시대와 사회상을 묘사한 걸작《빌헬름 마이스터의 편력 시대》를 출간하였다. 1829년에는《이탈리아 기행》전편을 완성하였고, 1831년에는 오랜 숙원이었던《파우스트》2부를 완성하였다.《파우스트》가 완성되고 이듬해인 1832년 3월 22일, 괴테는 열정적이고 충실했던 삶을 마감하고 여든 셋의 나이로 영원히 눈을 감았다.

　　《젊은 베르테르의 슬픔》에서《파우스트》에 이르기까지, 질풍노도의 정열과 고전주의적인 균형과 절제의 아름다움을 두루 호흡했던 위대한 작가 괴테. 그는 작품 곳곳에서 인류애를 강조하였고, 그 실천을 촉구하였다. 그런 까닭에 이백여 년 전에 활동했던 세계 시민 괴테의 위대함은 여전히 건재하다. 프랑크푸르트의 생가와 바이마르 괴테하우스에 오늘도 그의 숭배자들이 구름처럼 몰려드는 이유이다.

푸른숲
징검다리
클래식
0 3 3

젊은 베르테르의 슬픔

첫판 1쇄 펴낸날 2011년 7월 27일
8쇄 펴낸날 2023년 7월 31일

지은이 요한 볼프강 폰 괴테　**옮긴이** 유영미
펴낸이 김혜경　**편집인** 김수진
주니어 본부장 박창희
편집 강정윤 조승현
디자인 전윤정 김혜은
마케팅 최창호 임선주
경영지원국 안정숙
회계 임옥희 양여진 김주연

펴낸곳 (주)도서출판 푸른숲
출판등록 2003년 12월 17일 제2003-000032호
주소 경기도 파주시 심학산로 10, 우편번호 10881
전화 031) 955-9010　**팩스** 031) 955-9009
홈페이지 www.prunsoop.co.kr　**인스타그램** @psoopjr
이메일 psoopjr@prunsoop.co.kr

ⓒ 푸른숲주니어, 2011
ISBN 978-89-7184-917-0　44850
　　　978-89-7184-464-9 (세트)